交渉人・遠野麻衣子 ゼロ

五十嵐貴久

The Negotiator Maiko Tono "ZERO" by Takahisa Igara

河出書房新社

交渉人・遠野麻衣子　ゼロ

交渉人・遠野麻衣子　ゼロ

目次

序章

千代田区霞ケ関二丁目一番二号、中央合同庁舎第二号館十六階、警察庁生活安全局生活安全企画課犯罪抑止対策室。

遠野《とおの》麻衣子《まいこ》は会議室のドアをノックした。入れ、と低い声がした。

ドアを開けると、制服を着た犯罪抑止対策室長の広岡《ひろおか》が奥の席に座っていた。他には誰もいない。

「失礼します」

敬礼した麻衣子に、座れ、と広岡がパイプ椅子を指した。

ドアに近い椅子に腰を下ろした。広岡とは五メートルほど離れている。距離がそのまま立場の差を表していた。

「遠野警部補、異動だ」

麻衣子は私立早生大学社会人文学部を首席で卒業し、大学院の修士課程に進んだ。国家公務員総合職試験を受けたのは、大学入学時からの希望だった。

院卒見込者は大卒見込者と試験区分が違う。基礎能力、専門の第一次、政策試験、人物、専門、英語の第二次試験を経て合格通知が届いたのは、一年半前の六月だった。

その後官庁訪問があり、警察庁に入庁が決まった。小学三年生の時、家に押し入った強盗が麻衣子の目の前で祖母を殺害したが、倍率の高い警察庁を志望したのはそのトラウマから自分を解放するためだ。

国家公務員総合職試験に合格した者はキャリアと呼ばれる。警察庁の場合、毎年十人前後が採用されるが、麻衣子もその一人となった。

ノンキャリアの警察官は最も下の階級、巡査から経歴をスタートするが、キャリアは入庁と同時に警部補となる。二年後には全員が無条件で警部に昇進することも決まっていた。

警察組織において、キャリアは警察官僚であり、警察官とは立場も役割も違う。誰もが羨むエリートだが、麻衣子にとって警察庁の居心地は最悪だった。

ガラスの天井という言葉があるが、官僚機構には女性の昇進を阻む意識が強く、特に警察庁では顕著だ。

警察庁は警視庁を含む全国の都道府県警を束ねる行政機関という役割を持つ。警察官の基本的な職務は犯罪防止、そして犯罪の捜査と犯人の検挙だが、逮捕に当たっては犯人の抵抗が予想される。そのため、警察官は女性に向かない職業とされていた。

その意識は、今も警察庁に根強く残っている。直接的なハラスメント行為こそないが、同期で唯一の女性である麻衣子に対し、周囲の目は厳しかった。出世コースとはいえない犯罪抑止対策室に配属されたのもそのためだ。

「異動……どこへですか？」

広岡が手元のクリアファイルを放った。大きな会議用デスクの上を滑り、麻衣子の前で止まった。

『辞令・二月一日付けで警視庁刑事部捜査一課特殊犯捜査係第一班への異動を命ず』

ちょうど一週間後の月曜日だ。突然過ぎますと首を振った麻衣子に、異例なのは認める、と広岡が薄い唇を動かした。

「事情を説明する。一課の特殊犯捜査係は知ってるな？」

ＳＩＴですね、と麻衣子はうなずいた。ＳＩＴとはSpecial Investigation Team の略称で、警視庁以外の各道府県警にも同様の部署があるが、名称はそれぞれ違う。例えば大阪府警ではＭＡＡＴと呼ばれている。

警視庁が刑事部捜査一課に特殊犯捜査係を設置したのは一九六四年で、主に誘拐事件捜査を専門とする部署だったが、その後人質を取った立て籠もり事件、ハイジャック、脅迫、恐喝事件、交通機関のテロなども担当するようになった。

携帯電話とインターネットの普及によって爆発的に増加したネット犯罪、特殊詐欺の捜査も任務に加わっている。

犯罪の多様化ってやつだ、と広岡がデスクを指で軽く叩いた。

「とはいえ、ＳＩＴの本来の目的は、犯人との交渉だ。以前から交渉人の育成が課題になっていたが、ＦＢＩで研修を受けた石田《いしだ》修平《しゅうへい》警視が半年前から準備を進めていてね。警視庁四万五千人の警察官の中から、七人が選抜されている。君は八人目だ。交渉人研修への参加を命じる」

「なぜわたしが？」

人事のバランスだよ、と広岡が低い声で言った。

「平成二十九年、男女雇用機会均等法が改正、施行された。国会の決定だから、どこの省庁も無視できない。それどころか、率先して範を垂れるべき立場にある。建前だけのザル法でもだ。加えて、警察にはキャリアとノンキャリア格差の問題がある。交渉人研修に警察庁からも誰か出せ、と指示があった。その時点で選ばれていたのは男性五人、女性二人だったから、バランスが悪いという話も出たんだろう。君が選ばれた理由はそれだ」

「女性だからですか？　キャリア組からも誰かを出さなければならなくて、人数合わせのために……」

それ以上は言うな、と広岡が顔をしかめた。

「これは名目上の異動だ。三カ月間の研修が終われば、君を警察庁《サッチョウ》へ戻す。石田警視も了解済みだ。少し変わった男だが、彼もキャリア組だから我々の立場は理解している。不満かもしれないが、三カ月の辛抱だ」

わたしは石田警視を知りません、と麻衣子は言った。

「変わった男……どういう意味です？」

優秀な男だ、と広岡が時計を見た。

「三十四歳、三年後には警視正になるだろう。同期では最速だし、幹部候補どころか、警察庁長官になってもおかしくない。ただ……我々キャリア組は行政官だ。全国の警察、警察官を管理する立場にある」

「はい」

石田には捜査に首を突っ込む癖がある、と広岡が舌打ちした。

「悪いとは言わない。だが、彼は臨場するし、捜査本部で指揮を執ることもある。建前で言えば、それも警察庁キャリアの仕事だ。しかし、実際に捜査を主導するのは捜査一課だし、具体的に言えばノンキャリアの一課長だよ。捜査のミス、誤認逮捕などがあれば、石田の経歴に傷がつく。彼ほどの人材をつまらないことで失うのは惜しい……とはいえ、彼が捜査を指揮した事件はすべて早期解決している。結果を残しているから、止めるわけにもいかない」

交渉人制度の改革も石田の提案だ、と広岡が話を続けた。

「彼は東大で心理学を専攻していた。それもあって、交渉人制度の研究のため、国枝《くにえだ》元警察庁長官が石田をＦＢＩに半年ほど派遣した。バージニア州のクワンティコ本部だ。有名な映画があっただろ？」

〝羊たちの沈黙〟ですねと言った麻衣子に、そんな題名だったと広岡がうなずいた。

「帰国後、志願して警視庁に出向した。去年起きた携帯電話会社社長誘拐事件は覚えているな？　あの時、交渉人を務めたのが石田だ。人質の解放と犯人グループの逮捕を、電話一本でやり遂げたのは語り草だよ」

事件のことは覚えていますが、石田警視の名前は聞いたことがありません、と麻衣子は首を振った。

「確か、犯人を逮捕したのは警視庁捜査一課の刑事ではなかったかと……」

石田は表に出ない、と広岡が言った。

「それが交渉人の鉄則だ、と本人が言ってる。手柄を誇ったり、吹聴することもない、あくまでも黒子に徹すると……どんな仕事でも評価が欲しくなるのは、誰だって同じだ。その一点だけを見ても、石田は変人だよ。何のためにキャリアになったんだか……話が逸れたな。とにかく、三カ月だ。研修終了時に石田が一名ないし二名を選ぶことになっているが、君は除外されるから心配しなくていい」

「除外？」

全国すべての都道府県警に女性交渉人はいない、と広岡が立ち上がった。

「差別とか、つまらんことは言うな。適性の問題だ。だが、建前を守るのも仕事のうちだ……質問は？　なければ戻れ」

麻衣子は辞令を手にドアを開けた。頭を下げると、広岡が前を通り過ぎていった。

第一章　交渉人研修室（仮）

1

二月一日月曜日、午前六時五十分。麻衣子は警視庁本庁舎のエントランスを抜け、受付で名前を言った。

ダウンジャケットを脱ぐと、冬の冷気が体を包んだ。警察庁のある合同庁舎と隣接しているので、出勤のタイミングはいつもと同じだ。

「交渉人研修室は十階の特別会議室です」

女性警官がＩＤパスを渡し、首にかけてくださいと言った。エレベーターに乗り、服装をチェックしたが、黒のパンツスーツ、白のブラウス姿なのは、制服ではなく私服着用を指示されていたためだ。

どうして、と不意に苦笑が漏れた。なぜここにいるのだろう。

名目上の異動と広岡が話していたが、信じてはいなかった。体《てい》のいい厄介払い、それが本音だろう。

(警察庁は厳しい)

犯罪抑止対策室には約五十人の室員がいるが、女性は麻衣子だけだ。友人どころか、話し相手すらいない。

誰の目にも敵意か蔑視の色があった。面倒な女、と思われているのもわかっていた。下手に声をかけるだけでも、セクハラと訴えられかねない時代だ。腫れ物扱いされ、いつも一人だった。

警察は絶対的な男性社会で、それはキャリア、ノンキャリア共に変わらない。常に男性が上に立ち、女性は従うだけの立場だ。

だが、女性の権利を誰もが認めざるを得なくなっている。おかしな言い方だが、能力や適性に関係なく、女性のポジションを上げなければならない事情が警察組織内にあった。

ポストのひとつに女性が就けば、その分椅子が減る。男たちにとって、麻衣子は潜在的な敵だった。早く辞めろ、と心の中では牙を剥いているに違いない。

広岡が異動を命じたのは、三カ月でも警察庁を離れれば経歴に空白が生じるためだ。それは今後の昇進にも影響する。

ただ、麻衣子としてはどうでもよかった。女性がトップに立つ省庁はほとんどないし、あってもお飾りだ。

そして、警察庁長官に女性が就くことは絶対にあり得ない。どこか諦めに似た気持ちがあった。

（いい機会かもしれない）

警察庁に入庁したのは、祖母を殺害されたためだが、事件捜査に関心もあった。交渉人も捜査官だから、臨場することもあるだろう。現場を踏みたいという思いは、どんなキャリアでも持っている。

エレベーターを降り、廊下を右に曲がると、突き当たりのドアに〝交渉人研修室（仮）〟と貼り紙があった。ドアを開けると、奇妙な光景が目の前に広がっていた。

（アメリカの高校）

連想したのはそれだった。正面、一段高い壇の上に机、すぐ後ろにホワイトボードが置かれ、それを取り囲むように椅子が並んでいる。

折り畳み式の小さなテーブルがついているが、そこにiPadが載っていた。席は二列、配置はランダムで、席間の距離もばらばらだ。

座っていた五人の男女が顔を上げ、視線を向けた。麻衣子は小さく頭を下げ、空いていた後列の椅子に腰を下ろした。

隣に座っていた三十代の男が、わざとらしく空咳をした。首からＩＤパスを下げているので、名前がわかった。江崎康生《えざきこうせい》、階級は巡査部長、所属は所轄の赤羽署刑事課だ。

警察官のＩＤパスは年齢その他と関係なく共通で、名前、階級、所属が記されている。

麻衣子のＩＤに目をやった江崎が、サッチョウと唇だけを動かした。

警察庁から交渉人研修に人員が派遣されているのは知っているはずだが、女性とは思っていなかったようだ。

江崎のつぶやきに、前列の女性が振り向いた。村山紀美《むらやまのりみ》、西銀座署少年課巡査長。かなりのやせ形で、目尻の皺《しわ》が目立っている。三十代後半だろう。麻衣子は一六〇センチちょうどだが、紀美は十センチ以上背が高かった。

交渉人研修には本庁、所轄も参加してると紀美が囁《ささや》いた。

「でも、本人の希望と上長の推薦が必須条件よ。遠野さんも手を挙げたってこと？」

同じ女性、年齢が上ということもあってか、明け透けな物言いだが、嫌な感じはしない。さっぱりした性格なのだろう。

「手を挙げたわけでは……上に勧められたので、従っただけです」

キャリアは違いますね、と江崎がこめかみの辺りを指で掻いた。

「望まなくても道が開ける……羨ましいですよ」

「羨ましい？」

本庁に上がるチャンスはめったにありません、と江崎が言った。敬語なのは、階級がひとつ下だからだ。

「所轄の刑事課にいたら、そんな機会は巡ってきませんよ。ですが、交渉人研修にパスすれば捜査一課に配属されると聞きました。願ってもない話です」

刑事課ならともかく、少年課だと可能性はゼロ、と紀美が眉間に皺を寄せた。

「他の所轄でも、女性警察官がこぞって許可を願い出たそうよ。だけど、推薦が出たのは五人もいない。わたしが何度頭を下げたか……」

遅れて入ってきた男と女がそれぞれ頭を下げ、空いていた席に座った。一分も経たないうちに、七時のチャイムが鳴った。

少し遅れる、といきなり誰もいない壇上の机から声が響いた。深い森の中で、木々の間を通り抜けていく風のような声だ。

『全員、着席して待つように。お互い、自己紹介してはどうだ？　私は十分以内に着く』

スマホだ、と最後に入ってきた若い男が指さした。気づかなかったが、壇上の机にスマホが置かれていた。

スピーカーホンからの声だとわかり、麻衣子は小さく息を吐いた。誰もいない机から声がすれば、誰でも驚く。全員の顔に、苦笑が浮かんでいた。

「今のが石田警視ですか？」

若い男が首を捻った。歳は麻衣子より少し上に見えた。

会澤一樹《あいざわかずき》、捜査一課巡査部長、とＩＤにあった。所属が記されていないのは、本庁勤務のためだ。

「会澤さんは石田警視を知っているのでは？」

角刈りの四十代の男が尋ねた。柔道をやっていたのか、固太りの体型で、背こそ低いが、腕が丸太のように太かった。

「城西署の平河《ひらかわ》といいます。本庁内のことはよくわかりませんが、部署が同じなら――」

石田警視は特殊犯捜査係です、と会澤が言った。

「ぼくは二カ月前に水上署から本庁に上がってきたばかりで、同じ一課ですが、特殊犯捜査係とはフロアも違います。本庁舎には一般職員を含め、約四千人が勤務していますから、ひとつフロアが違えば誰が誰なのかさっぱりです。大企業と同じですよ。噂ぐらいは聞いてますが……」

麻衣子は左側に顔を向けた。女子大生のようなルックスの色白の女性が座っていた。並《なみ》木《き》晴《はる》、杉並署交通課の巡査だ。

集まった八人の中で一番若いので、声がかけやすかった。あなたも希望したんですかと尋ねると、一応そうです、と曖昧な返事があった。

「でも、交渉人になりたいのかって言われると、そういうわけじゃなくて……交通課で毎日ミニパトに乗っているんですけど、何かつまんないなって思っていたら、上司にこの研修のことを教えられました。推薦してもいいと言われたので――」

おいおい、と三十代半ばの男が掛けていた眼鏡の位置を直した。浜内久《はまうちひさし》、本庁二課の巡査部長だ。

「やる気がないなら、帰ってくれ。こっちは何年も前から交渉人……いや、SITへの転属願を出しているんだ。そのために勉強もしたし、資格も取った。最終的に一人か二人残すそうだが、ライバルは少ない方がいい」

やや甲高い声だった。浜内さん、と江崎が腰を浮かせた。

「止めましょう。帰れと言っても、そんなことできるはずないじゃないですか。警察の人事は簡単に引っ繰り返せません」

王子の連続強姦事件の犯人を逮捕したのは君か、と浜内が江崎に鋭い目を向けた。

「それで抜擢《ばってき》されたと聞いたが、冗談もわからないのか？」

この研修では本庁も所轄もない、と紀美が首を振った。

「立場は同じと聞いてる。誰だって、所轄で燻《くすぶ》っていたいわけじゃない。今は石田警視を待つしかないでしょ」

浜内が肩をすくめた。それまで黙っていた太った男が口を開いた。

「ごちゃごちゃ言うても仕方ないやろ。寝不足なんや。静かにしてくれ」

蔵野《くらの》茂雄《しげお》、立川西署の巡査部長だ。三十代後半だろう。アクセントに関西訛《なま》りが混ざっていたが、警視庁では珍しい。

しばらく沈黙が続き、五分ほど経った時、ドアが開いた。

入ってきた男が壇上の椅子に腰を降ろした。一八〇センチを超える長身、顔が小さく、明るいグレーのスーツで均整の取れた体を包んでいる。

刑事のイメージはない。商社マンと言われても信じただろう。

「聞いていると思うが、改めて自己紹介する」石田修平だ、と男が言った。「警視庁捜査一課特殊犯捜査係第一班長兼係長代理。年齢は三十四歳、階級は警視」

よく通る聞き取りやすい声だが、話し方はやや間延びしていた。文章でいえば、句読点の数が普通より多い。

「今日から約三カ月、交渉人研修を実施する。最終面接は四月二十八日の予定だ。その間、指示がない限り、午前七時にこの会議室に集まるように。研修中は所属、部署、階級、年齢、その他社会的な肩書を外し、お互いに名字で呼び合うこと。私にもそうしてほしいところだが、さすがにやりにくいだろう。石田警視でいい。私の方は君たちをくん付けで呼ぶ」

平河さんと遠野さんは警部補です、と江崎が手を挙げた。

「ぼくは巡査部長で、警察は階級がすべてと言っていい組織です。指示の意図はわかりますが、非礼ではないかと――」

ここでは交渉術を教える、と石田が言った。

「犯罪者との交渉において、年齢や階級は意味を持たない。君が警視総監であっても、犯人には関係ない。総理大臣でもだ。その意識を徹底するために、研修中はすべての枷《かせ》を外す。いいね？　それから浜内巡査部長。君を戻してほしいと桂本《かつらもと》二課長から頼まれた。私も詳しくは聞いていないが、事件が起きて人が足りないんだろう」

待ってください、と浜内が立ち上がった。

「上長の山根《やまね》警部と話したのは昨日です。交渉人研修に専念せよ、と命じられました。以前から何度もＳＩＴへの転属願を出していますし、それは桂本課長も了解済みです。交渉人になるため、基礎心理学はもちろんですが、応用心理学、特に犯罪心理については東亜大で塚本《つかもと》教授の講義を受けるなど、誰よりも学んでいる自負があります。いきなり戻れと言われても……」

熱意はわかるが、と石田が外国人のように手を広げた。

「命令は命令だ。朝令暮改は警察の悪癖だな……とにかく二課に戻って、山根警部と話すように」

納得できません、と浜内が首を強く振った。

「昨日の今日ですよ？　人員不足だから戻れとは、山根警部も桂本二課長も言わないはずです。研修が始まってもいないのに――」

妙だ、と麻衣子は思った。自分はともかく、他は自ら希望し、上長の推薦と許可を得ているはずだ。

数日ではなく、三カ月に及ぶ長期研修だ。本庁、所轄、部署にかかわらず、人事も調整済みだろう。

大きな事件が起きたのであればやむを得ないが、そんな話は聞いていない。浜内が抗うのは当然だ。

研修は始まっている、と石田が机のスマホをスーツの内ポケットにしまった。

「命令に従うのは警察官の義務だ。違うか？」

唇を固く結んだ浜内が会議室を出て行った。始めよう、と石田が軽く手を叩いた。

2

今後について簡単に説明する、と石田がスーツの胸ポケットに差していたペンを握った。

「午前七時から夕方五時まで、九十分ひとコマ、休憩三十分、昼食時間もあるから、一日五コマで交渉人研修を行なう。交渉人に必須の知識は心理学、言語学、精神分析概要、生理学、病理学、動物行動学、教育学、情報学、その他多岐にわたる。私だけではなく、それぞれ専門の講師が教える」

音声認識機能が起動し、石田の声がiPad上で文字になった。大学どころか、大学院レベルの講義になるのがわかった。

今日は初日だから雑談だ、と石田がペンを左右に振った。

「殺人を例に挙げてみよう。認知の端緒はさまざまだが、代表的なものは何だ？」

ペンを向けられた会澤が、通報です、と答えた。人が殺される現場を見た、叫び声を聞いた、争っているのがわかった、と石田が指を折った。

「もっとダイレクトに、死体を発見したと通報が入ることもある。いずれにせよ、警察が動くのは事件が発生した後だ。傷害、強盗、窃盗、性犯罪、放火、詐欺その他経済犯、轢《ひ》き逃げその他交通事故、違反、少年犯罪、サイバー犯罪、暴力団等反社会組織による犯罪、銃器や薬物に関する犯罪……細かく分類すればきりがないが、犯罪発生前に警察が動くのは法律的に難しい」

全員がうなずいた。例えば殺人予告のように明らかな理由があれば、と石田が話を続けた。

「防止のために介入することは可能だが、リアルに考えれば、そんなことはめったにない。あったとすれば、ほとんどが悪戯だ。あくまでも一般論だが、殺人事件の場合、死体が発見されるまで、捜査は始まらない。その他すべての事件でも同じだ」

だが、犯罪発生中に捜査が可能な事件がある、と石田がペンを向けた。誘拐ですねと言った麻衣子に、その通りだ、と石田がうなずいた。

「刑法224条、未成年者略取及び誘拐罪、同225条、営利目的等略取及び誘拐罪。同225条の2、身代金目的略取等の罪、同226条、所在国外移送目的略取及び誘拐罪。刑法的には四つに分かれるが、複合型もあり得る。交渉人が担当することになる身代金目的の略取誘拐を考えてみよう。その場合、最悪のケースは何だと思う？」

促された平河が額の汗を拭い、犯人を取り逃がすことでしょうか、と小声で言った。

「犯人が逃走、身代金を奪われた上に、人質が殺害される……最悪の結末だと思いますが」

違う、と石田が首を振った。

「人質の救出に失敗することだ。極論だが、金はどうにでもなるし、犯人を逮捕できなくても構わない。人質の無事な保護が何よりも重要だ」

そうでしょうね、と蔵野がうなずいた。アクセントが標準語になっていたから、使い分けているようだ。

被害者が無事に解放されれば、マスコミや世論、ネットが何と言おうと警察の勝利と言っていい、と石田が微笑んだ。

「それが交渉人の存在意義だ。さて、誘拐と他の事件では大きく異なるポイントがある」

被害者を拉致《らち》した時点で、誘拐は犯罪として認知されます、と紀美がまっすぐ手を挙げた。

「ですので、現在進行形の犯罪と呼ばれています。犯人が人質を取っている限り、警察は手を出せません。それが他の事件との違いです」

詳しいな、と石田が感心したように言った。

「拉致直後に人質を殺害し、生きていると見せかけて身代金を要求する犯人もいるが、昭和ならともかく、現在の科学捜査はほとんどの場合その嘘を見破る。人質が死亡していれば、警察はどんな手段を使ってでも犯人を逮捕する。つまり、犯人にとって人質は矛だが、盾でもある。暴力を行使すると脅し、身代金の支払いに同意させるための武器だが、人質が無事だと証明しなければ自分を守れない」

そこに交渉の余地が生まれる、と石田がペンを机に置いた。

「現在進行形の犯罪と呼ばれているのは、時間の経過、犯人の心理状態その他によって事件の様相が変わるためだ。ランサムウェアによる企業への身代金要求、ハイジャック、テロ組織等の犯罪、それぞれ性格は異なるが、交渉が可能になる事件が増加している。更に言えば、どんな犯罪においても交渉は有効な解決手段となる」

今や警察は何でも屋だ、と石田が苦笑した。

「近隣トラブルの仲裁に入るのが警察官の仕事になって久しい。すれ違っても挨拶がない、物音がうるさい、ゴミ捨てのルールを守らない……些細なことがきっかけで口論が始まり、時には手が出ることもある。ニュースで取り上げられる機会が多いのは、知っているはずだ」

それはわたしたちの仕事でしょうかと口を尖らせた紀美に、建前として警察は民事不介入だ、と石田が言った。

「だが、通報があれば現場に向かわざるを得ない。どこまで踏み込むか、その線引きは難しいが、実はそこでも交渉が行なわれている。当事者同士をなだめ、その場が丸く収まればいいが、警察官の仲裁が怒りを増幅させることもあり、かえって深刻な事態を招きかねない。怒りの火種を徹底的に消しておけば、そんなことにはならない」

「交渉が不十分なために起こる事件があると？」

平河の問いに、現に起きている、と石田が肩をすくめた。

「ケンカはやめなさい、と言うのは簡単だ。ほとんどの場合、それでひとまず終わるだろうが、根本的な解決とは言えない。トラブルの原因は何か、お互いの言い分に耳を傾け、解決策を考え、当事者同士が納得するように妥協点を探り、譲歩できる落とし所を示す。

話し合いでも説得でもなく、交渉によって事件発生を未然に防ぐことができる」

だが、警察という組織では事件を解決した者が評価される、と石田が言った。

「端的に言えば犯人の逮捕だ。知っての通り、警察の全部署にノルマがあり、その達成が要求されている。評価の基準として逮捕がわかりやすいのは確かだが、本来、警察官の任務は犯罪を未然に防ぐことだ。交渉人にはそれができる。ここではそれを教える」

地味で、目立たず、評価されることもない、と石田が頭を掻いた。

「要求される水準は高く、一ミリでも下回れば非難される。それが交渉人だ。自信がない者は申し出るように。即日、元の部署に戻す。人事考課にも関係ないし、ペナルティにもならないから、安心して――」

石田が右耳に触れた。麻衣子は気づかなかったが、ブルートゥースイヤホンが差し込まれていた。

小声で話していた石田が、少し待て、と言って通話を切った。

「ちょっと外す。十分ほどで戻るが、その間、考えておくように」

壇から降り、会議室のドアを押し開けた石田が振り返った。

「ひとつ宿題だ。浜内くんを外した本当の理由を考えておけ」

ドアが閉まった。七人の口から、一斉にため息が漏れた。

3

何があったんだ、と江崎が大声で言った。事件ね、と紀美がうなずいた。

「電話に出た時、顔色が変わった。小さな事件ではないはず」

注意深い人だ、と麻衣子は思った。二班で対処できないのかと石田警視が言ってましたね、と平河が大きな鼻をこすった。

「二班？」

特殊犯捜査係には班が二つあります、と会澤が言った。

「第一班は石田警視、第二班は大谷《おおたに》警部が班長を務めています。二班の大谷警部に任せたい、という意味では？」

「石田警視って、どんな人なんだ？」江崎が口を開いた。「君は会ったことがないと言うが、噂ぐらいは聞いたことがあるだろう？」

ドラマや映画では、本庁と所轄の刑事の間に軋轢《あつれき》があると描写されることが多いが、実際にはほとんどない。階級が同じなら、年次が上の者が上位に立つ。

所轄勤務の者でも、年次が上なら口調がくだけるのは、一般の企業と同じだ。

場の雰囲気を察した江崎が話を振っているのが、麻衣子にもわかった。どこの署にも、あるいはどんな組織でも、江崎のようなタイプがいる。楽天的で物おじしないムードメーカーだ。

平河は年齢も階級も上だが、前に出る性格には見えない。四十代は一人だけという意識が、遠慮に繋がっているのかもしれなかった。

どうなんだと促した江崎に、よく知らないんです、と会澤が首を振った。

「同じ刑事部でも、強行犯係はＳＩＴと接点がほとんどないので……ただ、警察庁のキャリアが自ら希望して警視庁に来たと聞きました。ある意味で、箔付けかもしれません。現場を踏んだ経験があると、警察庁に戻った時に有利ですからね。最初は捜査一課の強行犯三係だったそうです」

殺人係か、と江崎がつぶやいた。強行犯全体は殺人、傷害事件を扱う。

正式名称ではない。一種の符丁だ。刑事を志す者なら、誰もが目指す部署でもある。

二年ほど籍を置いていたようです、と会澤が言った。

「その間に、幼女連続誘拐殺人事件、未解決だった七年前の清瀬スーパー殺人事件の犯人を逮捕しています。ですが、本人の要望もあってＳＩＴに移ったと……普通のキャリアなら、とっくに警察庁に戻っているはずで、変わった男だと先輩の刑事が話していました」

変人かもしれないけど、頭の回転は速い、と紀美が iPad を手にした。

「教科書を読み上げてるみたいだったでしょ？　論旨に乱れはないし、質問にも的確に答えていた」

石田警視は捜査本部で指揮を執るようです、と平河が落ち着いた声で言った。

「帳場が立てば、キャリアが名目上のトップに立つこともあります。しかし、普通は人員の手配や経費の管理をするだけで、捜査自体は警視庁、所轄の刑事が担当します。何か問題が起きれば、責任を問われますからね。キャリアは警察官僚で、経歴に傷をつけたくないと考えるのは仕方ありません。ですが、石田警視は火の中に手を突っ込んで、焼けた栗を拾おうとする……変人だという噂は自分も聞いています」

キャリアらしくありませんね、と江崎がうなずいた。

「管理に徹してもらった方が、何かと円滑に進むでしょう？」

石田警視が担当した事件で現場が混乱したことはないはずです、と会澤が言った。

「そんなことがあれば、ぼくも噂を聞いていたでしょう。統率力に優れ、決断力、判断力の高い優秀な指揮官……上からも下からも評判のいい人です」

「何でＳＩＴに移った？　理由があったのか？」

江崎の問いに、本人の希望と上の思惑が合致したようです、と会澤が答えた。

「もともと、ＳＩＴは誘拐事件対策班として設立されていますが、他に立て籠もり犯やハイジャックなど、扱う事件の幅が広がっていきました。加えて、この十年ほどは企業のパソコンに不正アクセスして、個人情報の公開を盾に脅迫し、身代金を要求する事件が急増しています」

「知ってる」

「サイバー犯罪課の連中の話では、表に出ていない事件も相当数あるようです。企業情報詐取による身代金要求でも、犯人との交渉はＳＩＴが担当します。オレオレ詐欺など特殊詐欺も同じで、ＳＩＴの新システム構築を一任されたと聞きましたが、知っているのはそれぐらいです」

　ＦＢＩへ研修に行ったそうです、と麻衣子は言った。

「後進の交渉人育成のため、半年間クワンティコの本部で学んだと上司に聞きました。他部署と連携して、組織横断型の捜査体制を作るつもりかもしれません」

　交渉のスペシャリストだと杉並署の署長が話していました、と晴がえくぼを作った。

「署長は本庁の一課が長かったので、事情に詳しいんです。石田警視のことも知っていました。各道府県警に交渉人はいるが、プロフェッショナルと呼べるのは石田だけだと……でも、そんな感じには見えませんでしたよね？　意外でした。交渉人って訥々《とつとつ》と話すんだなって……」

　確かにそうね、と紀美が苦笑した。

「立て板に水で、すらすら言葉が出てくるわけじゃないし、どちらかと言えばゆっくりした話し方だった。でも、わかりやすかったのは確かよ。さっきも言ったけど、頭の中に教科書があって、それを丁寧に読むような……犯人との交渉の時も、あんな話し方をするのかな？」

　保育士さんのようだと思いましたな、と平河が言った。

「自分には十歳の息子がおるんですが、誰に似たのか、ちょっとやんちゃなところがあります。私の言うことなんか、聞きやしません。ですが、通っていた幼稚園の保育士さんが読み聞かせをすると、おとなしくなるんですな。話し方が石田警視とよく似ていました。子供でも犯罪者でも、あんな感じで話をされたら落ち着くでしょう」

声の要素もある、と麻衣子は思っていた。一般的な意味での美声とは違うが、低く、静かで、それでいてどこまでも届くような声質だ。

抑揚も一定していた。ベッドに入った時、石田が本を朗読したら、一分も経たないうちに眠りにつくだろう。

石田の声は天から与えられたギフトだ。石田と話せば、どんな凶悪犯でも冷静さを取り戻すのではないか。

浜内さんを研修から外した理由だが、と江崎が首を傾げた。

「考えろと言ってたけど、どういう意味だ？」

彼が所属する二課で事件が起きただけよ、と紀美が言った。

「本庁だって、人が余ってるわけじゃない。交渉人研修より、目の前の事件を解決する方が優先される。ＳＩＴで交渉人になるために勉強してきたと話してたけど、個人の希望が簡単に通るなら、誰も苦労しない」

そうでしょうか、と麻衣子は額に指を押し当てた。

「捜査二課の担当は主に経済犯です。例えば企業犯罪、詐欺、横領……贈収賄なども扱いますけど、緊急の事件は稀ですよね？」

研修は始まっていると言ってました、と晴が iPad に目をやった。

「あれはどういう意味ですか？　浜内さんを研修から外したのと関係が？」

そんなことを言い出したら、と江崎が舌打ちした。

「訳がわからなくなる。事件以外の理由があって外したのは確かだろう。昨日の今日で人事を引っ繰り返すはずがないからね。だが、なぜそんなことを？」

顔が気に入らなかったのよ、と紀美が冗談を言った。勘弁してや、と蔵野が肩をすくめた。

4

十分ほどと言ったが、三十分後に戻って来た石田が椅子に座り、辺りを見回した。いわゆる刑事の目とは違い、その眼差しは温かかった。

「抜けて済まなかった。これでも管理職だから、いろいろあってね」

さて、と石田がペンで机を軽く叩いた。

「まず宿題を片付けよう。さっき、私は浜内くんに二課へ戻れと言った。理由は何だと思う？」

麻衣子は顔を伏せた。他の六人も同じだ。学校と同じで、視線が合えば指されるだろう。

「並木くん、どうだ？　思いついたことがあれば言ってくれ」

二課の刑事だからでしょうか、と晴が顔を上げた。

「二課は人員が不足している、と聞いたことがあります。事件が起きて、呼び戻されたとか……」

一人加わったぐらいでは何も変わらない、と石田が白い歯を見せて笑った。

「平河くん、君は？」

わかりません、と平河が答えた。江崎くん、と石田が視線を向けた。

「君の意見は？」

何とも言えません、と江崎が僅《わず》かに首を傾げた。

「ただ……ぼくだけかもしれませんが、浜内さんの話し方に圧を感じました。それが関係しているのではないかと――」

惜しいな、と石田が首を振った。

「クイズをやってるわけじゃない。答えを言おう。研修で皆が集合する前、私はここにスマートフォンを置いていた」

石田がスーツの内ポケットから取り出したスマホを全員に向けた。

「スピーカーホンを通じて、少し遅れると君たちに伝えた。それまで互いに自己紹介してはどうかと勧めたが、私は君たちの話を聞いていた。内容はどうでもいい。聞きたかったのは声、正確に言えば声質だ」

声質、と会澤がつぶやいた。浜内くんの声を聞いて、交渉人の適性がないと判断した、と石田が言った。

「彼の責任ではない。声質を変えるのは、誰にとっても難しい。単に向いていなかった、それだけだ」

話し方がそれまでと変わっていた。浜内への思いやりが感じられた。

「向いていなかった？」余計なことかもしれませんが、と紀美が手を挙げた。「それは警視の偏見では？」

「では、交渉人の武器とは何か？」ひとつしかない、と石田がスマホを指した。「犯人との会話はすべて電話を通じて行なう。会話から、犯人に関する情報を拾い集める」

電話、と蔵野が囁いた。交渉人は犯人と相対しない、と石田が言った。

「顔を見るのは写真、動画のみ。交渉に際し、最も重要な武器は声だ。話し方は訓練で矯正できるが、声質そのものはどうにもならない。浜内くんが交渉人を志望していたこと、熱心に勉強していたことは、二課長から聞いていた。彼を外したのは、声が交渉に不向きだからで、他に理由はない」

そうでしょうか、と紀美が眉をひそめた。

「普通の声だったと思いますけど……少なくとも、わたしは気になりませんでした。不向きという根拠はあるんですか？」

成人男性が話す時、と石田が喉に指を当てた。

「その声は一二〇から二〇〇ヘルツ、女性だと二〇〇から三〇〇ヘルツが平均値だ。測定したが、浜内くんの声は二九〇ヘルツだった。日常会話ではちょっと高い声と思うだけで、気にならないだろう。だが、話し声はこれぐらいだという認識が誰にでもある。感覚と言ってもいい」

わかります、と晴がうなずいた。交渉の現場は常に緊張している、と石田が話を続けた。

「その状況で、浜内くんの声はノイズになりかねない。犯人を刺激する可能性もある。交渉人の仕事は、犯人との間に信頼関係を築くことだ。だが、彼の声質では厳しい。適性がない者が研修に加わっても無意味だ」

理路整然とした説明に、紀美が口を閉じた。警視庁には四万五千人の警察官がいる、と石田が言った。

「それぞれに向き不向きがある。希望する仕事が向いているとは限らないし、その逆もある。彼が交渉人になったとしても、必ずミスが起きる。小さなミスでも命にかかわるのが交渉人だ。だから外した。彼の上司とも話はついている」

自分はどうなんでしょう、と平河が空咳をした。

「声がいいと言われたことは、一度もありません。交渉人に向いてるとは思えんのですが」

悪声とも言えない、と石田が微笑んだ。

「安心感を与える声だ。自信を持って話せば、説得力が増すだろう。他に質問がなければ――」

ひとつだけ、と江崎が左右に目をやった。

「昭和の頃はともかく、平成以降、誘拐事件は減っていると聞いています。警察白書によれば、略取誘拐件数は年間二百件前後、検挙率は九十パーセント以上、交渉人が出動したケースは一割もありません。これは全国のデータで、去年、警視庁管内で起きた誘拐事件は約二十件、その多くが親権を巡って争った両親のどちらかが子供を強引にさらっていくようなレベルで、正確な意味で誘拐と呼べるかどうか……いわゆる略取誘拐で、交渉人が出動したのは一件だけです」

「それで？」

他にも交渉人の仕事があるのはわかっていますが、と江崎が語気を強めた。

「実際のところ、交渉人は必要なんですか？」

よく調べているが詰めが甘い、と石田が言った。

「昭和四十年代まで、誘拐事件は年間千件前後起きていた。その後、科学捜査の進歩によって、リスクの高い犯罪だと認識され、急激に減った。平成になって、発生件数は年平均で百五十件だったが、五年前からプラスに転じている。理由はさまざまだが、格差が生み出した社会の縮図と言えるかもしれない。リスクを覚悟で、誘拐という手段を選ぶ者が増えている」

もうひとつ、警察白書は公表されたデータだ、と石田が咳払いをした。

「認知されている誘拐事件の件数が減少傾向にあるのは間違いないが、表に出ていない事件はその数倍ある。推測だが、十倍以上だろう。かつて、誘拐事件の被害者は多くが子供だった。犯人の目的は身代金、つまり金だ。大金を支払ってでも子供を取り返したいと考えるのは、親なら誰でも同じだよ。だが、今は違う」

どう違うんですと質問した江崎に、少子高齢化の時代だ、と石田が微笑んだ。

「誘拐のターゲット層が広がり、三十代から五十代も狙われるようになった。七十代、八十代の親は金を持っていて、身代金も用意できる。あるいは高齢者を誘拐し、その息子、娘に身代金を要求するケースも急増している。抵抗できないという点で、高齢者は子供と変わらない。ターゲット層の広がりに、発生件数の増加がそのまま比例しているんだ」

誘拐の手法も変化を遂げ、進歩していると石田が言った。

「ランサムウェアによる企業への身代金要求も、人質が人間ではない誘拐と考えられる。また身代金自体もインターネットのダークウェブを通じ、仮想通貨を振り込ませるなど、複雑化する一方だ。犯人と話すことさえできないケースも多い。だが、誘拐事件においては、どのような形であれ、犯人は身代金を要求せざるを得ない」

興味を感じたのか、蔵野が身を乗り出した。今は誘拐を例に挙げたが、と石田が時計に目をやった。

「立て籠もり、特殊詐欺、その他の事件でも交渉人が重要な役割を果たすことになる。単に交渉だけではなく、心理分析官、プロファイラーの側面も求められている。君たちが考えているより、交渉人が必要とされる事件は多いんだ」

確かに変わってる、と麻衣子は石田を見つめた。警察官らしくない、と言うべきかもしれない。

過去のデータについて、細かい数字は把握していない警察官が多い。科学捜査がどれだけ進歩しても、直感に頼る者が大半を占めている。

現場百遍という言葉は今も生きている。理屈や能書きより、足で情報を集め、執念で犯人を逮捕するという精神主義が、警察では美徳とされる。今もそれは変わっていない。

現在進行形という特殊な形態を持つ誘拐事件では、秒単位で状況が変化する。要求されるのは即応性で、悠長に数字を調べている暇はない、という刑事がほとんどだろう。

石田はそのバランスを取ろうとしている。常に客観的な立場を取り、過去のデータと目の前で起きている事件を比較、検討し、早期解決を目指す。

それが理想なのは言うまでもないが、現実には難しい。犯人が被害者の喉元に刃物を突き付けていたら、数字やデータに意味はない。

おそらく、石田は人間を信じているのだろう。理性に訴え、話し合おうと呼びかけ続け、最後まで諦めず、犯人との対話を試みる。

単に逮捕するのではなく、犯人を含め、事件にかかわったすべての人間を救おうと考えている。

警察の常識からは外れているが、信頼できる人柄だ。警察庁に入庁してから、石田のような警察官と会ったことはなかった。

もうひとつ、立て籠もり事件について考えてみよう、と石田が口を開いた。

「犯人が薬物を使用していたり、過度なアルコール摂取のため錯乱状態に陥り、感情をコントロールできない場合がある。非常に危険な状況と考えていい。それを想定すると――」

ノックの音とともにドアが開き、スーツを着た中年男が飛び込んできた。顔に見覚えがあった。捜査一課の河井《かわい》巡査部長だ。

石田に近づいた河井が耳元で数語囁いた。

「要求は？」

石田の問いに、不明です、と河井が低い声で答えた。麻衣子に聞こえたのはそれだけで、声を潜めて話していた石田が立ち上がった。

「しばらくここを離れる。状況によって指示するが、それまで君たちは待機」

iPadを手にした石田が河井と会議室を出て行った。何があったの、と紀美がまばたきを繰り返した。

「入ってきた刑事が、立て籠もりって言ったのは聞こえた？」

いいえ、と麻衣子は首を振った。紀美の方が席が近い。河井の囁きが聞こえたのだろう。

「人質がいる、とも言ってた」家族らしい、と江崎が腕を組んだ。「立て籠もり事件か……まさか、このタイミングで起きるなんて――」

事件はこっちの都合と関係ないですからな、と平河が渋面を作った。

「とにかく、今は待つしかありません」

麻衣子は外に目をやった。冬の弱い陽光がガラス窓から差し込んでいた。

第二章　籠城犯

1

スマホに耳を当てていた会澤が小さく首を振り、すいませんでしたと頭を下げ、通話を切った。

「強行犯三係の先輩に確認しましたが、立て籠もり事件の報告は入っていないそうです」

どういうことだと江崎が首を傾げたが、ないとは言えない、と麻衣子は思っていた。籠城、立て籠もりといっても、その形はさまざまだ。

人質を取らず、家、部屋、店舗などに一人で立て籠もり、自殺すると騒ぐ者もいる。あるいはバスや電車、学校や病院などで大勢の人質を盾に、何らかの要求を繰り返すというパターンもある。

規模や場所などによって、事件の様相は変わる。それによって、対応する部署も違ってくる。

都内で立て籠もり事件が発生しても、すべてが警視庁に報告されるわけではない。それでは警視庁の機能がすぐにパンクする。

殺人、誘拐等重大事件は別だが、立て籠もり事件の場合、まず所轄署が動き、手に負えないとわかれば警視庁の関連部署に連絡を入れることになっている。ドラマでは〝事件に大きいも小さいもない〟と刑事が叫ぶが、現実には厳然と大小がある。

当初、簡単に解決すると見通しを立てていた所轄署が、人質の人数が多い、飲酒、覚醒剤等の使用により、犯人が暴力的になり、人質の命に危険が及ぶと判断し、警視庁に応援を要請したと考えれば、石田の表情が緊張していた理由がわかる。

立て籠もり事件の担当は警視庁捜査一課で、部署で言えば特殊犯捜査係だ。一課長も報告を聞いているはずだが、情報漏れを防ぐため、口を閉ざしているのだろう。

会澤が確認の連絡を入れた先輩の刑事は、担当外のため何も聞かされていないか、話すなと命じられているのかもしれない。

警察庁《サッチョウ》で何かわかりませんかと会澤に問われたが、麻衣子や生活安全局に捜査情報が入るはずもないので、否定的な答えしか返せなかった。

ネットで検索してみたけど、と紀美がタブレットから目を離した。

「まだニュースにはなっていないみたいね。どこで何が起きているのか――」

しばらくは伏せますよ、と平河が言った。

「テレビ、ラジオ、インターネットなどを通じ、犯人が警察の動きを察知する恐れがありますからね。派手な騒ぎになっていればマスコミも気づくでしょうが、警視庁に通達の義務はありません。正直なところ、マスコミは捜査の邪魔になりますから、事後の警察発表以外、積極的に情報を出すはずがないんです」

何が起きているんですか、と晴が左右に目をやった。不安のためか、顔が青白くなっている。

知ったところで何もできない、と江崎が苦笑した。

「ぼくたちは研修中で、しかも初日だ。交渉人になったわけじゃないし、犯人と交渉できる立場でもない。石田警視が待機を命じたのは、ぼくたちに何もできないとわかっているからだ。下手に動けば邪魔になると考えたんじゃないか？　長くなりそうだな」

「長くなる？」

顔を上げた晴に、常識だよ、と江崎が言った。

「犯人がどこに立て籠もっているのか、人質が何人いるのか、いずれにしても交渉には時間がかかる。事件が発生したのは一時間以上前、石田警視がそれを知ったのは三十分ほど前だ。一度、ここを出て行っただろ？　あの時、報告を受けたんだ。だけど、所轄で対応できると言われたんじゃないか？　そうでなきゃ、戻ってくるはずがない」

初日だしね、と紀美が唇をすぼめた。

「でも、所轄では解決できないと連絡が入り、石田警視がまた呼ばれたってこと？　犯人の情報収集から交渉は始まるって話していたけど、確かに時間がかかりそうね」

目をこすった蔵野が頬杖をついた。事件に興味がないのか、退屈そうな様子だ。どうすればいいんでしょう、と会澤が顔をしかめた。

「ただ待てと言われても――」

その時、タブレットの画面が切り替わった。

2

麻衣子は画面に目をやった。やや粗い動画が映し出されている。

古い三階建のアパート、その二階の外廊下にいくつかドアが並んでいた。奥から二番目のドアに、制服警察官がじりじりと近づいていた。

『全員、注目』

石田の声がスピーカーから流れ出した。

『許可が下りたので、君たちにも状況を伝えておく。今、私は港区飯倉片町交差点近くのアパート、フラワー荘正面に停めた指揮車内にいる。映像は届いているな？　同アパートの202号室で、犯人が一名の人質と共に立て籠もっている』

会澤が唾を呑む音が鳴った。犯人は浅井寿郎《あさいとしろう》、五十歳と石田が言った。

『人質は内縁の妻、内藤可南子《ないとうかなこ》、年齢は四十二歳。一階102号の住人から通報が入ったのは、午前七時二十四分。202号室で怒鳴り声と悲鳴、ガラスが割れる音が聞こえた、と通信指令センターの担当者に話している。浅井と内藤が同居していること、最近口論やケンカが続いていたことも通報者は伝えた』

麻衣子はタブレットを見つめた。一週間前、内藤が麻布東署に浅井のＤＶについて相談していた、と石田が先を続けた。

『麻布東署の警察官が同アパートを訪れ、事情を聞いている』

やや早口だが、発音が明瞭なため、内容が頭にすんなり入ってきた。

「ぼくたちは何をすればいいんですか？」

江崎の問いに、事件の推移を見て、後でレポートを提出するようにと石田が答えた。

『君たちは過去に立て籠もり事件を担当したことがない。それほど頻繁に起きる事件ではないが、警視庁管内で年間百件ほど同様のケースがある。ついでに言っておくと、立て籠もり事件の人質の数は平均一・四人、七十四パーセントは家族だ。その意味で本件は典型例と言っていい。今後の参考になるだろう』

交渉人の目的は人質の解放と犯人の投降だ、と石田が咳払いをした。

『ケースバイケースで、時間の予想はできない。これもひとつの学びの場だ。何が起き、我々がどう対処したか、自分ならどう動いたか、その他をレポートにまとめること。交渉の準備があるので、直接君たちと話せなくなるかもしれないが、情報は河井刑事が伝える。いいね？』

麻衣子はタブレットで別窓を開き、現場の動画を見ながらメモができるようにした。更に、持っていた大学ノートとボールペンを並べてテーブルに置いた。

アナログなやり方だが、タブレット、デジタルメモパッドなどを使うと、誤って消してしまう恐れもあるし、頭ではなく、手が考えることもある。二度手間だが、無駄ではない。

(あの人は?)

江崎たちも麻衣子と同じように準備を始めていたが、蔵野だけは腕組みをしたまま、目をつぶっていた。メモを取る気がないようだ。現場の映像を見るそぶりもなかった。

『馬鹿野郎!』

凄まじい怒声がスピーカーから響いた。タブレットの画面が左右に揺れ、ピントが大きくずれるほど、撮影者の焦りが伝わってきた。

カメラが202号室をズームした。玄関ドア横にある小窓のガラスが割れ、破片が飛び散っている。黒いセーターを着た大柄な男の姿が一瞬見えた。

『近づくなって言ってるだろうが! 見えてるんだぞ、この野郎!』

外廊下にいた制服警察官が数歩下がった。ふざけんなよ、という喚き声が繰り返し続いている。

酔っているようです、と会澤が囁いた。

「呂律《ろれつ》が回っていません。声の大きさも普通じゃないですし、自分の拳で窓を割っていました。泥酔してるのでは?」

ドラッグ類かもしれません、と平河が渋面を作った。

「浅井の仕事は何ですかね？　月曜の朝、自宅にいるのは定職がないからですか？　内縁の妻と石田警視は言ってましたが、犯人の年齢を考えると、結婚していないのは――」

憶測はやめましょう、と江崎が言った。

「ぼくたちが交渉の場に立つわけじゃないんです。正確な情報が入ってくるまで、様子を見ているしかありません。それに、命じられたのはレポートの提出です。ただ、どうして石田警視は犯人に投降を呼びかけないのか……」

声をかけた方がいいのでは、と晴が唇を震わせた。

「犯人を落ち着かせるのも、交渉人の役目ですよね？　それに、交渉は電話を通じて行なうと話してました。どうするつもりでしょう？」

ドロップフォン、と紀美が自分のスマホを手にした。

「研修に参加が決まって、資料を読んだの。ドロップフォンについて、書いてあった。石田警視は携帯電話を犯人に渡すはず。玄関ドアの前に置くか、それとも割れた窓から投げ込むのか――」

会議室のドアが開き、緊張した表情を浮かべた河井が入ってきた。

「浅井の履歴がわかった。二年前まで大手宅配便会社でドライバーとして働いていたが、対人事故を起こして退職している。被害者は足を骨折、一カ月入院した。保険金に加え、会社が示談金を支払ったが、原因は浅井の居眠り運転だった。そのため懲戒免職扱いとなり、退職金は出ていない」

「その後は？」

質問した江崎に、アルバイト暮らしだと河井が答えた。

「事故の際、浅井はハンドルで頭を強打し、頻繁に偏頭痛を起こすようになった。新宿の頭痛外来に通っていた時期もあったが、治らなかったようだ。病院へ行かなくなったのは一年半前、その頃から昼夜構わず酒を飲むようになった。今では完全な依存症と言っていい」

ため息をついた会澤に、まだある、と河井が話を続けた。

「半年ほど前から、内藤に手を上げるようになった。それまでも物に当たったり、暴言を吐くなどハラスメント行為があったようだが、ＤＶが酷くなったんだ。彼女は宅配便会社のパートで、知り合ったのは四年前、その一年後にフラワー荘で同棲を始めている。籍を入れていないのは内藤に離婚歴があるためで、踏ん切りがつかなかったとＤＶの事情を確認に行った警察官に本人が話している」

「浅井の要求は何です？」

はっきりしない、と河井が肩をすくめた。

「夜中、話し声が聞こえたが、未明四時頃から二人がケンカを始めた、と階下の住人は言っている。物音や怒鳴り声が聞こえ、非常識だと注意しに行こうと思ったが、普段から浅井が乱暴なのを知っていたので、トラブルを恐れて放っておいたそうだ。だが、六時過ぎに言い争う声が激しくなり、浅井が内藤を殴っているのがわかった。前から、いずれ何か起きると思っていたらしい」

「それで通報したんですか？」

七時二十分頃、内藤の悲鳴と助けてくれという声を聞いて110番通報した、と河井が言った。

「その後、内藤の声は聞こえなくなった。暴行を受けて意識を失ったのか、口を塞がれ、拘束されている可能性もある。現場に向かった麻布東署の刑事の一人が、内藤を殺して自分も死ぬという浅井の怒鳴り声を聞いている」

何のためですと言いかけた紀美に、浅井は酒を飲んでいると河井がしかめ面になった。

「駆けつけた麻布東署の連中の話では、ドアの外までアルコール臭が漂っていたそうだ。階下の住人は、浅井が夜中にコンビニで発泡酒を買っているのを何度も見ている。飲酒が習慣になっていたんだろう。かなり酔っていると考えていい。日頃の不平不満が爆発したのか……」

「浅井と内藤の口論の原因は何です？」

紀美の問いに、そこまではわからない、と河井が答えた。

「確かなのは、朝六時過ぎに浅井が内藤に暴力をふるい、お前を殺して俺も死ぬと怒鳴ったことだ。室内の様子は不明だが、包丁ぐらいはあるだろう。凶器を持っていることになる」

状況は良くない、と河井が口をへの字に曲げた。

「石田警視からは、情報だけを伝えろと言われているが、こういうケースが一番まずい。理屈が通用する相手じゃないし、コミュニケーションも取れない。アルコールによる被害妄想が起きている可能性もある。何をするかわからないし、衝動的に内藤を刺すこともあり得る。一刻も早く手を打つべきだが……」

「石田警視は何をしているんですか？」

晴の問いに、何も、と河井が首を振った。

「指示があるまで動くな、と命じられた。アルコール依存者は体力の消耗が激しい。二、三時間内藤と言い争い、その後暴力行為に及んでいる。いつ倒れてもおかしくないし、それを待って室内に踏み込み、浅井の身柄を確保するつもりだろうが、気になることがある」

「何です？」

宅配便会社で働いていた頃、浅井は危険ドラッグを使用していたという証言がある、と河井が言った。

「勧められたが断った、と複数の同僚が話していた。人身事故と直接の関係はないと考えられるが、何らかの影響があったのかもしれない。君たちにとっては釈迦に説法だろうが、下火になったとはいえ、危険ドラッグは現在も都道府県警、厚労省地方厚生局麻薬取締部の捜査対象だ。それでも売人は手を替え品を替え、法の網の目をかい潜り、危険ドラッグの販売を続けている。浅井が常用者だとすると……」

まずいですね、と会澤が目を伏せた。危険ドラッグの成分は、販売者もよくわかっていない場合がある、と河井がうなずいた。

「効果も人によって違う。エフェドリン系であれば、興奮剤として作用するし、アルコールと併用した場合は効果が長期化する傾向がある。被害妄想に陥っていれば、周りのすべてが敵に見えるはずだ。いつ内藤を刺してもおかしくない」

麻衣子は何も言わなかった。今は状況の把握が最優先だ。

「それなら踏み込むべきでは？」

腰を浮かせた紀美に、強行突入は最後の手段だ、と河井が言った。

「それに、石田警視は強行突入を最後の手段だと常に言っている。過去に突入を命じたことはない……河井です。聞こえています」

河井が耳のブルートゥースイヤホンに手を当てた。タブレットの映像が右へ動き、同時につんざくような女の悲鳴が聞こえた。男の怒鳴り声がそれに重なった。

『馬鹿野郎、殺すぞ、この野郎』逃げようとしやがって、と浅井が叫んだ。『ふざけんじゃねえぞ、どういうつもりだ？』

ごめんなさい、とかすかな声が何度か続き、やがて聞こえなくなった。浅井の喚き声がしたが、何を言ってるのか聞き取れない。

人質の女性が危険です、と江崎が立ち上がった。

「交渉人じゃなくても、それぐらいわかりますよ。浅井が冷静になるのをただ待つだけですか？　危険ドラッグ、アルコールの過剰摂取によって、浅井が興奮状態にあるのは間違いありません。女性に暴行を加えているのも確かです。話しかけて落ち着かせた方がいいのでは？」

わたしもそう思います、と紀美がうなずいた。

「交渉人としての石田警視の実績は聞いていますが、何のための交渉人ですか？　ただ黙って待つだけなら、子供にもできます」

浅井の携帯番号を調べている、と耳に手を当てたまま河井が言った。

「自宅に固定電話がないのは確認済みだ。奴は携帯電話しか持っていない。宅配便会社に問い合わせたが、退社後に番号を変えたのか、履歴書の番号に電話をかけても繫がらない。大手三社を調べたが、番号は登録されていなかった。本人名義ではないと、番号がわかるまで時間がかかる」

電話にこだわる理由がわかりません、と会澤が顔を上げた。

「石田警視は現場アパート前の指揮車内にいるんですよね？　現場は二階ですから、声は届くでしょう。直接の交渉も可能では？　原則は理解できますが、状況によるでしょう。説得を試みるのが――」

落ち着け、と石田の声がタブレットのスピーカーから流れ出した。

『君たちが浮足立ってどうする？　交渉人が冷静さを失えば、必ず判断を誤る。それが最も危険だ』

「ですが――」

画面が切り替わり、室内が映し出された。画像がやや歪んでいるのは、超小型の魚眼レンズで撮影しているためだ。

部屋の構造だが、と石田が説明を始めた。

『間取りは1LDK。玄関ドアを開けると、そこがリビング兼ダイニングだ。キッチンはドア側で、外廊下に面している。所轄の刑事が特殊ケーブルに魚眼レンズをつけ、換気口から中へ通した。映っているのが浅井だ』

包丁を手にした大柄な男が、喚きながら熊のように歩き回っている。女性の姿はない。

奥の部屋だと石田が言うと、茶色の扉がアップになった。

『閉まっていて見えないが、寝室に使っていると考えていい。浅井は内藤をそこで拘束、監禁している。泣き声が聞こえるか？　呼吸音は？　耳を澄ませろ。全神経を耳に集中するんだ』

麻衣子は言われた通りに耳を澄ませた。女の細く長い泣き声が聞こえる。ひきつけを起こしたような、せわしない呼吸音がそれに混じっていた。

呼吸は早いが規則的だ、と石田が低い声で言った。

『暴行を受けたのは確かだが、刺されてはいない。傷が深ければ、呼吸音のリズムが刻々と変わる。浅くても呼吸は不規則になるが、その様子はない。今、浅井に声をかければ、それが引き金となって内藤を刺す可能性がある。そんなリスクを冒す意味はない』

人質が寝室にいるなら、と江崎が大声で言った。

「玄関のドアを壊して踏み込むべきでは？　浅井さえ確保すれば――」

交渉人はギャンブルをしない、と石田が僅かに声を大きくした。

『映像をよく見ろ。浅井はドアの前にリビングのテーブル、四脚の椅子を積み上げている。簡易なバリケードで、突破するのは簡単だが、突入すれば椅子が崩れる。気づいた浅井は寝室に飛び込み、内藤を刺すだろう。交渉人は常に人命を最優先する。犯人の命も含めてだ』

江崎が口を閉じた。全員を救い出すのが交渉人の仕事だ、と石田が言った。

『最も危険なのは、浅井を刺激することだ。現時点では、声をかけた際の反応がわからない。性格、状況、人質との関係、あるいは気温や湿度によっても心理状態は変化する。浅井が歩き回っているのは見えるな？　冷静さを取り戻そうという心理が働き、無意識のうちに動いているんだ。言葉をかければ、その妨げになる。交渉人は犯人を説得しない。今は浅井が口を開くのを待つ』

浅井の携帯番号がわかりました、と河井がタブレットに囁いた。

「メールで送信します」

アルコール臭がしても酔っているとは限らない、と石田の声が続いた。

『危険ドラッグの使用歴があっても、現在も使っているとは言い切れない。状況の把握、確認、性格その他あらゆる情報を可能な限り速やかに集めた上で、どう対処するか判断を下す。携帯の番号がわかった今、連絡を取ることが可能になった。室内の撮影によって、犯人の動きもわかる。所轄と捜査一課から応援が来るし、必要であればＳＡＴに応援を要請する』

「待つしかないんですか？」

平河のかすれた声に、そうだ、と石田が答えた。

『万全を期した上で、犯人に呼びかける。それが交渉人の鉄則だ。人質が危険なのは確かだが、一刻を争う状況とは言えない。冷静になることが何よりも重要だと――』

もうええでしょう、という声に麻衣子は顔を向けた。苦笑を浮かべた蔵野が足を組んでいた。

3

真に迫ってましたけど、と蔵野が口を開いた。

「もう十分やと思いますよ。石田警視、どこにおるんです？　隣の会議室ですか？　それともＳＩＴ？　どっちでも構わんですが、早う戻ってください。並木巡査が泣いています。見てられませんって」

どういうことだ、と江崎が左右に目をやった。タブレットの中で、浅井が歩き続けている。

すぐにドアが開き、石田が姿を現した。照れたような笑みを浮かべた河井が敬礼し、会議室を出て行った。

全員座ってくれ、と石田が椅子を指した。その表情で、すべてが仕組まれていたと麻衣子は悟った。

立て籠もり事件が発生したと思わせ、全員の反応を見た。怒りも驚きもなかった。感心した、というのが一番近い。

「蔵野くん、いつ気づいた？」

石田の問いに、最初からです、と蔵野がアクセントを標準語に戻した。

「なぜわかった？」

タイミングです、と蔵野が答えた。

「事件は警察の都合と関係なく発生します。たとえば日曜だから今日は止めよう、そんな犯罪者はいません。立て籠もり事件がいつ起きても不思議じゃありませんが、年間で百件前後というレアな犯罪です。空き巣や窃盗ならともかく、そんな事件が交渉人研修の初日に起きるなんて、偶然にもほどがありますよ」

「ないとは言えないだろう」

石田の指摘に、ほぼゼロです、と蔵野が鼻の下を指でこすった。

「つまり、この立て籠もりは研修の一部ってことです。面白い試みだと思って、成り行きを見ていました。他の連中は真剣に受け止めてましたけど、正直言って笑いを堪えるのに苦労したほどです。何でも斜めに見るぼくの方がおかしいのかもしれませんが」

「偶然起きるはずがないから、フェイクだと判断した？」

他にもあります、と蔵野が言った。

「交渉人は犯人と相対しない、そう言ったのは石田警視です。犯人との会話はすべて電話を通じて行なう、顔を見るのは写真、動画のみ、そうですよね？　ですが、事件発生の連絡を受けて、あなたはこの会議室から出て行き、飯倉片町へ移動したと連絡してきました。現場に行く必要はなかったはずで、フェイクだと確信したのはそのためです」

九十点だと石田が指を鳴らすと、タブレットの浅井が足を止め、カメラに向かって手を振った。奥の部屋から出てきたのは、制服を着た女性警察官だった。外廊下にいた制服警察官は、いつの間にか画面から姿を消していた。

「亀井、木下、お疲れさま。戻っていい」

タブレットが静止画面になった。面白い男だ、と石田が蔵野に視線を向けた。

「大学は東京の私大だが、出身は大阪だな？　大阪府の警察官採用試験ではなく、警視庁を目指した理由は？」

大阪人が嫌いなんです、と蔵野が口元を歪めて笑った。それはそれは、と石田が微笑を浮かべた。

「とにかく、よく気づいた。もっと長くなると思っていたんだが……蔵野くんが指摘したように、私は隣の会議室にいた。亀井と木下は本庁の広報課員だ。亀井はピーポくんの着ぐるみ姿で、都内の学校を回っている。大学の時は演劇サークルにいたから、芝居は達者だ」

二人は本当に飯倉片町にいたんですかと質問した会澤に、そうだ、と石田がうなずいた。

「老朽化して誰も住んでいないアパートを一時的に借りた。撮影していたのはSITの班員だ」

君たちを騙《だま》すつもりで仕組んだわけじゃない、と石田が手を振った。

「私がFBIの研修に参加した際の経験が基になっている。再現演習、と彼らは呼んでいたが、実際にあった事件をそのまま再現し、研修受講者の反応を見るんだ。交渉人の適性というより人間性を観察するために行なう。君たちの性格を知っておけば、時間を無駄にしなくて済む」

寿命が縮みました、と会澤が座り直した。

「いきなりだったので、焦ってしまって……」

そのつもりはなかったとしても、と紀美が苛ついた声を上げた。

「結局、騙していたわけですよね？　フェアなやり方だとは思えません」

手厳しいな、と石田が椅子の上で長い足を組んだ。

「君たちの反応をタブレットのカメラで見ていた。蔵野くんを除き、全員が驚き、動揺していたのがわかった。人として、警察官としてはやむを得ない」

だが交渉人は違う、と石田が首を振った。

「どんな状況でも、冷静さが要求される。先入観や感情を排し、客観的に事件を見る視点が必要だ。冷静さを欠けば、正しい判断ができなくなる。それは言ったはずだ」

冷静ではいられませんよ、と江崎が口を尖らせた。

「ぼくたちはまだ交渉人じゃないんです。しかも、初日ですよ？　判断も何もありません」

本庁、所轄、警察庁、と石田が指を折った。

「君たちはそれぞれ立場や階級が違う。ただし、自薦もしくは上長の推薦で、交渉人研修に参加した。私の認識ではそういうことだ。現段階で交渉人ではないが、希望したのであれば、心の準備をしておくべきだろう」

何を教えたかったのでしょうか、と質問した麻衣子に、ひとつは心構えだ、と石田が答えた。

「今後三カ月の間、何度でも言うが、感情に流されてはならない。危険な状況にいる人質を助けたい、と誰でも考える。警察官としての本能と言ってもいい。だが、救出に至るルートは最善手でなければならない」

「最善手……？」

犯人との交渉は囲碁の対局と似ている、と石田がうなずいた。

「一度石を置けば、打ち直しはできない。交渉人の些細なひと言が犯人を苛立たせ、怒らせることもある。交渉人が感情的になるのは論外だが、犯人の心をコントロールするには、自分の言葉が後にどんな意味を持つのか、あらゆる方向から検討を試みるんだ。自分は正しいと思っても、犯人にとっては違うかもしれない。だから、心構えをして、まず自分自身を疑え」

難しいです、と平河が戸惑ったような表情を浮かべた。

「映像を見ていて思ったのは、なぜ強行突入しないのかということでした。先ほど再現演習と話していましたが、モデルになる事件が過去にあったわけですか？　あの男……浅井と呼びますが、浅井に関する情報がリアルな事実の再現だとすれば、非常に危険な状況だったと考えられます。浅井はアルコール依存症で、危険ドラッグの常用者だったんでしょう？　同居人の女性に危害を加える可能性が高い、と判断したのは自分だけでしょうか？」

石田が左右に目をやった。麻衣子を含め、蔵野以外の六人が手を挙げた。

今回の再現演習は平成十年に深川で起きた立て籠もり事件を踏まえている、と石田が言った。

「通称〝深川事件〟の経過は、ほぼあのままだ。通報から警察官の到着、換気口から特殊カメラを室内に入れたこと、その他あらゆる面で現実をなぞっている。一階住人の通報を受けて、現場に駆けつけたのは、所轄、機捜、そして本庁捜査一課の順だった。捜査を指揮したのは本庁捜一、強行犯の三係長だ。蔵野くんが見破ったために出番はなかったが、実際の事件では続きがあった」

「続き？」

捜査を指揮していた係長が突入を命じた、と石田が言った。

「私が警察庁に入庁したのは十年ほど前で、深川事件を直接は知らない。ただ、最悪の結果になったことはわかっている。玄関のドアを開けようとした突入班が手間取っている間に、犯人は内縁の妻を刺殺し、頸動脈を切って自殺した。今もこの事件はＳＩＴ内で最悪の教訓として取り上げられている」

結果論ではないでしょうかと首を捻った会澤に、人命が失われた事件に結果論も何もない、と石田が切り捨てた。

「警察にはそれだけの責任がある。少なくとも交渉人にはね。百人の人質がいるなら、百人全員を助ける。それが交渉人の存在意義だ。数人の犠牲はやむを得ない、と言う警察幹部もいるが、それは間違っている。今後、君たちが交渉人を目指すのであれば、その意識を持っていなければならない」

交渉人にも責任があったんじゃないですか、と蔵野が言った。

「現場の指揮を執っていたのは強行犯の係長であっても、突入を止めなかった交渉人に問題がなかったとは思えません」

皮肉めいた言い方は、蔵野の癖なのだろう。首を賭けてでも制止するべきだった、と石田がうなずいた。

「交渉人は警察組織の中でも特殊な立場にいる。捜査陣と犯人の真ん中に立ち、どちらの側にもつかず、問題の解決を図る。そこが理解できないと、研修の意味はない。実際には強行突入が成功した事例もある。だが、それこそ結果論だろう。警察は早期解決に囚われ過ぎている。そこが問題だ」

石田が指でタブレットを弾いた。

「どんな事件であれ、捜査が長引けばそれだけ解決が困難になる。ひとつの例だが、殺人犯を逮捕できなければ、新たな犠牲者が出ることもあり得る。経費や人員にも限りがあるし、上層部はマスコミや世論の攻撃を避けたいだろう。捜査に進展がなければ、SNS上で強い非難を浴びるし、対応を誤れば担当部署に所属する刑事の個人情報まで晒されかねない。だが、そのために強引な手段で事件に幕を引くのは違う。何よりも優先されるのは人命だ。二度と深川事件のようなケースがあってはならない」

「どう解決されるべきだったと考えてるんですか？」

江崎の問いに、犯人の投降と人質の救出だ、と石田が言った。

「それ以外ない。さて、検討に移ろう」

「検討？　何のです？」

「君たちの反応だ」

なぜ黙っているのか、声をかけた方がいいと言ったのは君だったね、と石田が晴に視線を向けた。

「落ち着け、冷静になれ、自分が何をしてるかわかっているのか、そういう言葉が必要な時もある。だが、状況を考えなければならない。興奮して頭に血が上った者には、どんな言葉も届かない。何を言っても反発して、人質に危害を加えることもあるだろう。北風と太陽の話は知ってるね？　あの時点で声をかけても危険を招くだけだ。百の言葉を並べるより、沈黙の方が雄弁なこともあるんだ」

でも、放っておけません、と晴が目に浮かんでいた涙を拭った。

「興奮している犯人が何をするか、そんなの誰にもわからないですよね？　それに、アルコールや危険ドラッグを過剰に摂取していたら危険だと……」

交渉の前に、まず犯人について詳しく調べる、と石田が言った。

「現場でアルコール臭がしたからといって、犯人が泥酔しているとは限らない。危険ドラッグの使用も確実とは言えない。何よりも危険なのは、予断をもって交渉に臨むことだ。十分な時間はなくても、可能な限り犯人について調べてから交渉に入る。材料がないまま声をかけても、落ち着くはずがない」

そうかもしれませんが、と平河が手を挙げた。

「犯人が酒を飲んでいるか、どうやって調べればいいんです？　室内で飲んでいたら、誰にもわからんでしょう。アルコール依存症の犯人が飲酒していた可能性は高いはずですが、どの程度酔っていたかは何とも……」

現場はアパートで、両隣、上下階にも住人がいた、と石田が言った。

「真下の一階住人が夜中ずっと話し声を聞いていたのは、深川事件でも同じだ。再現演習に使ったアパートは飯倉片町にあるが、深川事件の現場となったアパートとよく似ている。

築年数が古く、壁が薄いのはタブレットの画面越しでもわかったはずだ。アパートの住人、近隣に住む人たちに犯人の生活習慣を聞けば、どの程度酔っていたか推定できる」

「近隣のコンビニを当たれば、事件前に酒を購入していたか、わかるかもしれません」

麻衣子も意見を述べた。

「深川事件の時はどうだったんですか？」

江崎の問いに、一階の住人に事情を聞いただけだった、と石田が舌打ちした。

「三階はともかく、左右の部屋の住人には話を聞くべきだった。ひとつの情報だけではなく、複数の情報があれば、それだけ精度が高くなる。事実を積み上げ、それを精査するのが交渉人の仕事だ。そのために犯人の実像を徹底的に調べる。手ぶらで交渉はできない」

「危険ドラッグの使用を証明するのは、難しくありませんか？」

平河の質問に、調べることはできる、と石田が言った。

「平成十年当時、危険ドラッグは合法ドラッグと呼ばれ、都市部でブームになっていた。その後、幻覚作用のある成分が含まれていることがわかり、規制が強化されたが、深川事件の犯人も常用者だった。危険ドラッグの使用者が運転中に意識を失い、交通事故が多発したためブームは沈静化したが、販売ルートをネットに変え、今も売買が続いている。麻薬を扱っている業者も多いから、警視庁、厚労省、共に神経を尖らせている。警視庁では組織犯罪対策部が危険薬物の担当だ。彼らは常用者の情報を持っている」

情報を渡すとは思えません、と会澤が首を振った。

「セクト主義は警察の悪弊《あくへい》ですが、体質的な問題ですから、そこはどうにもならないでしょう。摑んだ情報を他部署に漏らすなんて、聞いたことがありません」

それなら君が最初の一人になればいい、と石田が言った。

「警視庁の各部署間には壁がある。捜査上の機密を守る必要もあるから、情報を他に漏らすことがタブー視されている。だが、先例に従ってどうする？　どんな手を使ってでも、犯人の危険ドラッグの使用歴を聞き出せ。詳しいことがわかれば、解決の一助になる。正面から頭を下げてもいいし、課長クラスを巻き込んで搦《から》め手から攻めてもいい。それもまた交渉だ」

うまくいくでしょうかと首を傾げた会澤に、いかせるんだ、と石田が白い歯を見せて笑った。

「犯人と直接話すのは担当の交渉人だけだが、ＳＩＴには他にも班員がいる。全員で犯人の情報を調べればいい。一対一の戦いでは、人質を取っている犯人に勝てるはずがない。だが、警察には組織力がある。犯人の性格、人間性がわかれば、交渉の方向性も自ずと決まる。短時間でどれだけ犯人の実像に迫れるか、そこがポイントになる」

立て籠もり事件の七十パーセントは犯人もしくは人質の自宅だ、と石田が数字を挙げた。

「名前や職業がわかっていれば、交友関係を把握できる。ただ、犯人の身元が不明な事件、例えば身代金目的の誘拐犯などは、ＳＩＴだけだと厳しい。他部署の協力が必要になるだろう。それは別の機会に話す」

浅井の仕事、月曜の朝に自宅にいる理由、内縁の妻との関係も調べればわかる、と石田が平河に目をやった。

「私が何もしないのを、疑問に思った者もいたが、〝何もしない〟のではなく〝何もしないことを選択〟したんだ。沈黙を守り、犯人の動きを待つ。忍耐力も交渉人に必須の能力だ。待つことに耐えられず、こちらから動けば心理的に犯人が優位になる。その後どうなるかは、言うまでもないな?」

石田がタブレットに触れると、全員のタブレットで映像がリプレイされた。

「観察力も重要だ。犯人の言動に注意を払い、性格をプロファイリングする。立て籠もっている場所を見て、その特性を考えるのも交渉の初歩だ。障害物のない野外で犯人が人質を取っているようなケースでは、四方から接近して組み伏せることもある。一階で壁が薄い建物、そして内部の様子が撮影可能で、人質の安全が確保できるなら、強行突入してもいい。PTSDを考えれば、早い段階で人質を救出するべきだ。精神的外傷は肉体的外傷と同じだからね」

精神的外傷の方が深刻な事態になることもあります、と紀美がうなずいた。だが、生と死は違うと石田が言った。

「命を失うリスクが少しでもあるなら、交渉で犯人の投降を促し、人質を救出する。それがベストだ。人質を救うために踏み込むべきだと村山くんは言ったが、それにはリスクがある。落ち着けと犯人に言うのではなく、自分自身に言い聞かせるべきだった。江崎くんも最初は冷静だったが、犯人に声をかけるべきだと態度を変えたね？　難しいところだが、研修を通じて学べばいい……今日はそんなところかな？　君たちがいつフェイクに気づくかわからなかったから、午後のスケジュールは空けてある。蔵野くんがいなかったら、もっと長引いていただろう。何か質問は？」

交渉は電話でするべきなんでしょうか、と会澤が手を挙げた。

「そこにこだわらなくてもいいと思ったんですが……アパートの二階なら、声も届きますよね？　村山さんがドロップフォンに触れてましたが、携帯電話を届けるのもリスクになるのでは？」

電話の利点は多い、と石田が言った。

「冷静に会話できるのもそのひとつだ。大声を出せば、威圧的だと思う者もいる。犯人も怒鳴り返すし、そのために交渉人が感情的になることもあり得る。対面で話せば、顔が気に入らないと言い出すかもしれない。電話を使うのは、リスクコントロールの一環だ」

なぜ九十点なんです、と蔵野が不満げな声で言った。

「最初から何かがおかしいと気づいていたのはぼくだけです。違和感の正体はすぐにわかりましたし、証拠も見つけたつもりです。マイナスの十点は何です？」

九十九点でも良かった、と石田が笑みを浮かべた。

「一点だけ、交渉人が現場に行く必要はないと君は言ったね？　説明が足りなかったかもしれないが、それは間違いだ。交渉人は可能な限り現場に近い場所にいるべきで、ＳＩＴ

ではワゴン車を使用し、車内から犯人と電話による交渉を行なう」

「なぜです？　犯人と顔を合わせるわけでもないし、電話を通じて話すんですよね？　それなら、理論上はどこにいても同じはずです」

理屈はそうだ、と石田が両手を広げた。

「今回のような立て籠もり事件が発生すれば、人員を送り込み、最低でも三方向から撮影し、映像を捜査本部に送る。だが、カメラと人間の目は違う。人間の目の方が遥かに優秀だ。ズーム、ロング、クローズアップ、一瞬で判断ができる。状況に対する理解が深まれば、犯人の感情の動きを読める」

「それはわかりますが――」

もうひとつ、と石田が耳と鼻に触れた。

「聴覚と嗅覚も重要だ。現場では指向性マイクを使い、立て籠もっている部屋の音声を拾うが、その場にいなければ気づかない音もある」

ノイズの中にも音は埋まってます、と江崎がうなずいた。気温や湿度のこともある、と石田が手のひらを開いた。

「天候によって、人間の感情が変化するのは説明するまでもないね？　真夏の東京は熱帯地域より蒸し暑い。湿度が高ければ、不快指数が上がる。統計的に見ると、冬より夏の方が圧倒的に凶悪事件が多い。立て籠もり事件では、犯人の感情を刺激する一因になる。ただし、気温が高くても、室内でエアコンが効いていれば、話は違ってくる。要するに、総合的な判断が交渉人には必要ってことだ」

「匂いもそのひとつだと?」

大きなポイントになるのは生活臭だ、と石田が言った。

「生活臭?」

現場が部屋だとしよう、と石田がタブレットを指さした。

「そこには必ず生活の臭いがある。それは生活の質と密接に結び付いている。部屋だけではなく、そこを取り巻く環境臭にも注意が必要だ。見ただけではわからない人間の本質が、臭いを媒介にして浮かび上がってくることもある」

そこまで考えなければならないんですかと尋ねた紀美に、あらゆる情報を収集し、分析するのが交渉人だ、と石田が微笑んだ。

「そのためには現場へ行かなければならない。蔵野くん、わかったかい? 交渉人はいわゆる刑事とは違う。目の前の事件ではなく、犯人の人生を理解しなければ交渉はできない。今日はこれで終わりにしよう。明日の朝、また集まってくれ。レポートは提出しなくていい」

タブレットを手にした石田が会議室を出て行った。全員のため息が重なった。

4

驚いた、とエレベーターに乗り込んだ紀美が囁いた。麻衣子たち七人以外、誰もいない。静かにエレベーターが降り始めた。

「心臓に悪いよね。立て籠もり事件が起きたから現場へ行くって言われたら、信じるしかないじゃない？　すっかり騙された」

やり方が巧みだった、と江崎が苦笑した。

「その前に、一度席を外しただろ？　あれが伏線だった。何かが起きたとぼくたちに思わせ、その後の流れを信じ込むように仕組んだ。蔵野、よく気づいたな」

気づかん方がおかしいで、と蔵野が肩をすくめた。

「交渉人が出動する事件はそう多ない。警察白書に目を通しとったら、嫌でもわかる。あんなタイミングで起きるわけないやないか。朝っぱらから人質を取って立て籠もるアホがどこにおる？」

あなたは交渉人に向いてるようです、と平河が言った。

「交渉人には観察力と注意力が必要でしょう。自分にそんな能力はありません。種明かしをされても、何が何だか……今回の研修は上司の勧めで来ましたが、とてもついていけません。初日でわかって、気が楽になりましたよ。これも経験ですから、最後まで付き合いますが、三カ月後には城西署に戻ります」

平河警部補が優秀な警察官なのは、麻衣子にもわかっていた。ノンキャリアでも試験を通れば警部補に昇進できるが、全警察官の中で警部補は約三十パーセント、半分以上はキャリア組だ。ノンキャリアにとって、警部補は狭き門と言っていい。

警部補は事件捜査の指揮を執る役割を担うため、事実上現場のトップとなる。よほど有能でなければ、警部補に昇進するのは難しい。

自分はどうなのか、と麻衣子は平河を見つめた。望んで研修に加わったわけではない。警察庁ではデスクワーク専門で、現場に出たことはなかった。

広岡の指示で交渉人研修に参加したのは、他に選択肢がなかったからだ。指示といっても、実質的には命令で、断れる立場ではない。

交渉人になりたいと思ったわけではないが、閉塞感があったのは確かだ。警察庁の組織から浮き、話し相手もいない日々に疲れていた。ここまで男性優位が徹底している省庁は、他にないだろう。

石田も話していたが、交渉人は警視庁内でも特殊な立場にいる。何よりも重要なのは能力、適性であり、性差は関係ない。専門性が強く、肉体的な負担が軽いから、能力さえあれば務まる。

石田が男性、女性というレッテル貼りと無縁な人間なのは、キャリア組にもかかわらず、自ら希望して警視庁へ出向していることでわかっていた。交渉人制度の確立のためで、優秀な人材の育成を考えていなければ、格下の警視庁への出向を望むはずがない。

警察庁に戻って腫れ物扱いをされるより、警視庁で交渉人になった方がいいかもしれないと麻衣子は思った。それだけの能力があるのか、自信はなかったが、考えても意味はないだろう。

エレベーターが一階で停まり、ドアが開いた。お茶でも飲まない、と紀美が肩を叩いた。

「ちょっと早いけど、ランチでもいいかもね。こんなに早く終わると思ってなかったから、特にやることもないし……遠野さんもそうでしょ？」

トートバッグの中で、スマホが一度鳴った。ＬＩＮＥの通知音だ。

「何かの縁で一緒になったんだし、三カ月間、一緒に研修を受けるんだから、親睦を深めようよ。並木さんも行くでしょ？」

晴が小さくうなずいた。麻衣子はスマホをトートバッグから取り出し、画面を傾けた。

〈会って話そう〉

原崎一彦《はらさきかずひこ》の名前が画面にあった。スマホを戻し、麻衣子は歩き出した。

第三章　交渉人の原則

1

　桜田門駅のホームに立ったのは、夕方四時近かった。いつもより一時間以上早い。数分待つと、地下鉄の車両がホームに入ってきた。空いていた席に座り、麻衣子は紀美と晴の顔を思い浮かべた。

　警視庁本庁舎の正門を昼に出てから、二人とチェーン店のカフェに入り、研修、そしてお互いのプライベートについてしばらく話した。

　階級は警部補の麻衣子が上だが、三十六歳の紀美より年下だ。言うまでもないが、警察官としての経験は紀美の方が長い。

　二十四歳の晴はもちろんだが、麻衣子にも先輩を立てるつもりがあった。公の場であれば別だが、年齢や経験で関係性が決まるのは、警察も一般企業も同じだろう。

「石田警視ってどんな人なんだろうね」

コーヒーを飲みながら、紀美が早速話題を振った。麻衣子は紅茶、晴はオレンジジュースをオーダーしていた。

「警察庁《サッチョウ》のキャリアなら、予算や人事がメインなわけでしょ？　それなのに、交渉人制度の確立とか、研修までするなんて、変わってるよね。特殊犯捜査係は刑事部捜査一課の一部署に過ぎない。そこまで降りてくるキャリアなんて、聞いたことがない」

上司から聞きましたけど、と晴が遠慮がちに言った。

「事件捜査の指揮を執ることもあるそうです。警察庁の警視は捜査の経験がそれほどないですよね？　犯人との交渉役を務めるのはいいとしても、やりにくいと係長クラスが言うこともあるみたいですね」

どうやって捜査のスキルを身につけたんだろう、と紀美が首を傾げた。

「三十四歳って言ってたけど、経験がないと捜査はできないでしょ？」

アメリカで研修した際に学んだのかもしれません、と言った麻衣子に、下としてはやりにくいよね、と紀美がコーヒーをひと口飲んだ。

「何もわかっていない素人のくせにって、文句を言われても気にしないのは、噂通り変人だから？」

警察庁のキャリアは警察官僚だ。その職務は警察制度の企画立案が主で、捜査そのものではない。

捜査本部が設置される規模の事件が起きれば、警察庁刑事局その他の部署から管理官としてキャリアもそこに入るが、それは予算、人員等の管理担当者という立場だ。問われれば、捜査会議で意見を言うこともあるが、よほど大きな事件でない限り、捜査自体を指揮することはない。捜査本部の指揮官は、すべての責任を負う立場で、そこにはリスクしかないからだ。

事件を早期解決に導いたとしても、評価の対象にはならない。初動捜査のミスで解決が遅れたり、未解決に終われば、キャリアとしての前途は断たれたも同然だ。リスク回避は、すべての省庁の官僚にとって本能に近い。

交渉人制度の確立、交渉人の育成を企画立案するのは重要な職務だ。それはキャリアにしかできない。

だが、石田は交渉人として犯人と対峙するという。警視庁に出向し、特殊犯捜査係を率い、時には捜査本部に臨場して事件捜査の指揮を執るキャリアなど、過去にいただろうか。リスク以外の何物でもない行動を取っている。変人、と紀美が言ったのは、的確な人物評だった。

即断即決の人みたいね、と紀美が苦笑を浮かべた。

「浜内さんは本庁勤務だけど、石田警視は彼のことをよく知らなかったはず。声を聞いただけで、適性がないと判断するってどうなの?」

男の人としては少し高い気がしましたけど、普通の声でしたよね、と晴が言った。よく聞くと耳障りなところがあると麻衣子は思っていたが、それは口に出さなかった。

研修初日にあそこまでするとはね、と紀美が男のように肩をすくめた。

「わたしたちもいつ外されるかわからない。本庁も所轄もない、資質のある者だけを残す……それが石田警視の方針なんだろうな。ドライな人だよね」

それだけではない、と麻衣子は思った。残しても浜内のためにならないと考えたから、早い段階で外した。その方がダメージは少ない、という石田なりの配慮だ。

計算と人間味が矛盾なく両立している。変人というより、奇妙な男というべきかもしれない。

会澤くんは二十七歳だっけ、と紀美がそれぞれの印象を話し始めた。全員の年齢や経歴は、カフェに入る前、先輩刑事に問い合わせていた。十年以上警察官として働いているから、それなりにコネがあるようだ。

「所轄から本庁へ上がるには、管内で殺人やそれに類する大事件が起きて、捜査本部に入るのが一番の近道よ。でも、殺人は日本全国で年間約千件、警視庁管内だと二百件ぐらい？　そして、三分の二以上が現行犯逮捕される。犯人不明の事件なんて、月に一、二件よ。彼の職務質問が犯人逮捕に繋がったそうだけど、二十七歳で捜査本部に入れたことがラッキーだった」

ラッキーだけですかと言った晴に、まさか、と紀美が首を振った。

「優秀じゃなきゃ、本庁だって引っ張ろうとは考えない。機転が利くのは、何となくわかったでしょ？　でも、交渉人を目指すモチベーションは低いんじゃないかな。警察官にとって、本庁捜査一課以上の部署はない。彼にとっては不本意な研修かも」

「蔵野さんはどうです？」

晴の問いに、勘のいい男ね、と紀美が答えた。

「石田警視の仕掛けに気づいたのは、すごいと思った。よく考えれば違和感だらけだったけど、あの状況では誰だって冷静になれない。単に頭の回転が速いんじゃなくて、ひねくれた性格なのかもね」

冗談めかした言い方だったが、本音だろう。斜めに考える癖があると言ってましたね、と晴がうなずいた。

人としてどうなんだって話だけど、警察官としては優秀よ、と紀美が言った。

「それは江崎巡査部長も同じ。王子の連続強姦事件のことは知ってる？」

犯人は女子高生や主婦を襲ったんですよね、と晴が声を潜めた。暴力も酷かったそうよ、と紀美が渋い顔になった。

「四人の被害者はいずれも顔を殴打され、中には失明した者もいた。所轄の刑事が一人で深夜の巡回を続けて犯人を逮捕したのがきっかけで、本庁勤務を命じられたと噂で聞いたけど、江崎くんだったのね……粘り強く、正義感のあるいい刑事だと思うし、本庁勤務を望んでるんでしょう。彼は今回の交渉人研修をチャンスと捉えているはず。平河警部補だってそうよ」

「でも、自分には向いていない、諦めたって……」

所轄の刑事は本庁勤務のチャンスを常に窺っている、と紀美が言った。

「でも、そんな機会はめったに巡ってこない。平河さんは四十二歳でしょ？　今回を逃せば次はないって、本人が一番よくわかってる。一歩引いた風を装ってたけど、あれはポーズよ。並木さんだって、本当はそうでしょ？」

「わたしは……」

正直に言いなさい、と紀美が軽く肩を小突いた。

「上に言われて仕方なく来た？　そんなわけないでしょ。わたしも交通課にいたことがある。ノルマばっかりで、つまらない部署よね。本庁に移れば、環境も変わるし刺激もある。隠すことないでしょ」

違いますと否定した晴を無視して、あなたはどうなの、と紀美が麻衣子に目を向けた。

「警察庁キャリアと言っても、女性にとっては辛い職場でしょ？　警視庁の方が女性警察官の数も多いし、肩肘張らなくて済む……あなたも少しは話してよ、わたしばっかり喋ってるみたいじゃない」

現場には興味があります、と麻衣子は言った。

「キャリアの大半がそう考えているはずです。でも、わたしには現場経験がありません。交渉人が務まるのか、自分でもわからなくて……」

やる気がないなら、二人ともさっさと降りてと紀美が笑った。半分は冗談だが、半分は本気だ、と麻衣子は思った。

カフェを出て日比谷まで歩き、三人でランチを取った。初対面の相手と話すのが苦手な麻衣子は聞き役に回ったが、紀美と晴の会話を聞いているだけでも楽しかった。

警察庁の同期に女性はいない。一番近くても三期上で、部署が違うためお茶を飲むこともなかった。

紀美が積極的な性格なのは、話すまでもなくわかっていた。何としても研修をパスすると意気込んでいたが、悪い感じはしなかった。熱意のある警察官、という印象だ。

晴も現状に満足していないのは確かだった。どこか遠慮がちな感じがしたが、性格のためなのか、年齢が一番下だからか、そこはわからない。

地下鉄が成増駅で停まった。麻衣子は南口を出てハンバーガー屋の前を通り、光が丘団地が見えてきたところで足を止めた。

晴のことは言えない、と苦笑が漏れた。自分のことは、ほとんど話さなかった。他人とコミュニケーションを取るのが下手で、誰とでもすぐに話せるタイプではない。

問われれば答えたが、それは警察庁キャリアとしての回答だ。年齢と簡単な経歴以外は、何も言っていないのと変わらなかった。

紀美が結婚していること、相手が同じ警察官だということ、晴が大学の同級生三人とシエアハウスで暮らしていること、プライベートな話題も出たが、麻衣子はただうなずいていただけだ。

横断歩道を渡り、路地を右に折れると、四階建の小さなマンションが目の前にあった。

バッグから鍵を取り出し、麻衣子はエレベーターのボタンを押した。

2

麻衣子の母校である早生大学のキャンパスは高田馬場にあるが、大学院は和光市に本館がある。院への進学が決まった時、四年間暮らしていた九段下のワンルームマンションを出て、成増の1DKマンションに引っ越した。

二年で院を修了し、警察庁に入庁したが、有楽町線で乗り換えなしで桜田門へ出勤できるため、転居はしていない。

通勤に一時間かからないし、家賃が八万円と比較的安いこともあったが、収納が多く使い勝手がいいのと、慣れているという理由の方が大きかった。環境の変化を避けたいと考える性格は自覚していた。

ドアを開け、鍵をシューズボックスの上に置いてから、洗面台で手を丁寧に洗った。鏡を見ると、暗い目をした女がそこにいた。

クールといえば聞こえはいいが、冷たい印象を与えるルックスだ。可愛げのない顔だ、と苦笑するしかなかった。

黒のパンツスーツとコートをクローゼットのハンガーにかけ、白のブラウスを洗濯カゴに放り込んでから、部屋着に着替えた。

マキシ丈の黒いワンピースで、フードがついている。通販で買った服で、クローゼットの中はほとんどがそうだった。

もともと、ファッションに興味がない。身長一六〇センチ、体重は五十三キロなので、通販で買ってもジャストサイズだった。

もっと色味のある服を着てもいいのだが、高校に入学した頃から、他人の目を意識するようになっていた。不快な記憶を忘れるために、麻衣子は強く首を振った。

冷蔵庫を開け、ペットボトルの水をひと口飲んでから、中に入れていたプレートを取り出した。大学院に通っていた頃から、日曜日に一週間分の夕食を作り、すべて冷凍することにしていた。

朝、その日の夕食を冷蔵室に移せば、帰宅する頃には半解凍されている。サラダだけ作れば、後はプレートごとレンジで温めるだけだ。

炊いた米は小分けにしてラップに包み、冷凍してある。料理そのものは好きだが、手間を掛けたくなかった。

朝はトーストとコーヒー、昼は警察庁の食堂で日替わり定食を食べる。警視庁にも食堂があるから、食生活は今までと変わらない。

リモコンでテレビをつけると、夕方のニュースが始まっていた。豚バラ肉とタマネギの炒め物、豆もやしの胡麻和えが載ったプレートをそのままレンジに入れ、洗ったレタスを手でちぎり、ドレッシングをかけて即席のサラダを作った。レンジのスイッチを押すと、二分で加熱が終わった。

ニュースを見ながら、早めの夕食を取った。プレートが空になるまで、十分もかからなかった。

プレートを軽く水洗いして食洗機に入れ、ドリップ式のデカフェにポットの湯を注いだ。温かいカップを両手で包むと、少し気分が落ち着いた。

つまらない女だ、とつぶやきが漏れた。優等生でいる自分を好きになれない。だが、他の何かになれるわけでもなかった。

どこかで他人の目を意識し、無意味に怯え、常識の枠から外れることを恐れて生きている。友人といえる者もいない。

寂しいとは思っていなかった。人間関係の煩わしさから逃げたい、という想いが心のどこかにあった。

理由はわかっていた。抑えつけていないと、あふれ出す感情が自分の中にある。それをコントロールできなくなるのが怖かった。

スマホに目をやった。原崎からのＬＩＮＥは開いていない。

既読がつけば、電話がかかってくるだろう。マナーモードに切り替え、スマホを伏せた。

デカフェを飲みながら、テレビをぼんやり見続けた。煽り運転による交通事故、日暮里で起きた放火事件、老人の孤独死、気が滅入るようなニュースばかりが流れている。

七時になり、画面がクイズ番組に変わった。麻衣子はテレビを消し、バスタブに湯を溜めて入浴の準備を始めた。

3

翌日の火曜から、本格的な研修が始まった。一日五コマ、九十分、朝七時から夕方五時まで、休憩を挟みながら講義を受ける。

最初の一カ月は心理学の集中講義だった。講師は大学の教授職に就く者ばかりで、内容も専門的だ。

心理学は基礎心理学と応用心理学に大別される。細かく分類すると三十以上、更に各分野ごとに枝分かれしているため、一カ月で学べるものではない。

理数系の側面もあり、ある程度数学を理解していないと、表面をなぞるのがやっとだ。そのため、並行して数学の講義があったが、平河や江崎はただ板書をパソコンに書き写しているだけだし、麻衣子を含め他の五人もほとんど変わらない。

石田の講義は水曜と金曜の午後、三時半からひとコマずつある。そこでは実戦に即した講義を行なう、と事前に説明があった。

水曜の三時半、石田が会議室に入り、退屈だろうと苦笑を浮かべ、そのまま椅子に腰を下ろした。

「ここにいる全員が文系だ。今日の午前中は数学だったな？　基礎は押さえておくべきだ。

しばらくの辛抱だよ」

　何が何だか、と平河が頭を掻いた。

「正直なところ、場違いなんじゃないかと思っております」

　みんな同じだ、と石田がリラックスした様子で笑った。

「要点を整理しておこう。交渉人は主に現在進行中の事件を扱う。要請があれば現場に入るが、通常の捜査は行なわない。犯人に目的、要求等があれば、対処を考えるし、どちらも不明なら、事件を起こした動機を探る。可能な限り徹底的かつ迅速に犯人についての情報を調べた上で接触する。ここまではいいね？」

　どの程度まで調べたら、と江崎が手を挙げた。

「犯人との交渉に入っていいんですか？　名前、年齢、職業その他基本的なデータはともかく、目安になるラインを教えてください」

　まず戸籍の確認だ、と石田が言った。

「話を簡単にするために、犯人が人質を取り、自宅に立て籠もったとしよう。その場合、真っ先に犯人の住民票を取り寄せる。それだけで、人質との関係性がわかる。住民票に記載されている項目は？」

　石田が右に顔を向けた。氏名、出生年月日、と会澤が指を折った。

「性別、現住所、前の住所、世帯主……本籍も載っていたと思いますが」

　他に続柄《つづきがら》、住民票コード、マイナンバーなどがある、と石田がうなずいた。

「住民票から配偶者や家族の情報も辿れる。持ち家であれ賃貸であれ、不動産業者が保証人や犯人の勤務先を把握している。最近は保証会社も増えているが、基本的に保証人は血縁者で、そこからも情報が得られる。勤務先の同僚、上司、取引先の関係者その他から事情を聞くことも可能だ。関係者の連絡先が判明し、情報の確認ができたら、交渉に入っても構わない」

学生時代の友人はどうでしょうと質問した紀美に、情報はひとつでも多い方が望ましい、と石田が答えた。

「立て籠もり事件を引き起こす犯人の動機を調べるのは、それほど難しくないが、友人関係を当たるのもひとつの手だ。ただ、立て籠もり事件ではスピードが要求される。家族や会社の人間とは違い、昔の友人とどの程度まで連絡を取り合い、親しくしているか、簡単にはわからない。また、家族や勤務先の関係者はともかく、友人となると情報提供を強要するわけにもいかない。積極的に協力を申し出る者もいるだろうが、犯人をかばう者がいてもおかしくない。それはわかるね?」

「はい」

私は家族を第一次情報、会社関係者を第二次情報と呼んでいる、と石田がタブレットにペンで文字を書いた。

「友人等は第三次情報だ。第一次情報がない状態で、交渉に臨んではならない。それを交渉の必要絶対条件とすれば、第二次情報は必要条件で、状況によってはそれがなくても交渉を始める。第三次情報は時間の経過と共に必要条件になるが、初期段階ではノイズになることも多い。そこは注意が必要だ」

交渉の目的は何か、と石田が麻衣子たちの顔を順に見回した。人質の解放と犯人の投降です、と蔵野がタブレットを指で弾いた。

「一昨日も石田警視はそれを強調してましたが、犯人が人質に危害を加える可能性が高い場合はどうすればいいと？」

そうさせないために交渉人がいる、と石田が微笑んだ。

「交渉人が絶対に守らなければならないのは、犯人を含む関係者の安全を確保することだ。一昨日の再現演習レベルであれば、交渉で解決を図れということになる。だが、犯人が武器を所持している、人質の数が多い、飲酒、ドラッグ、その他の要因によって凶暴化している、あるいは立て籠もっている時間が長いと、強行突入して犯人を捕らえるべきだという意見が必ず出る。極論だが、人質が総理大臣なら射殺命令が出るだろう」

そりゃそうでしょう、と蔵野が鼻の頭を掻いた。

「国の首長ですよ？　守れなかったら、警察の存在意義が問われます」

犯人を射殺すれば警察の存在意義はなくなる、と石田が首を振った。

「警察には社会の安全と治安を守る責任がある。それは市民の安全と同義だ。安全と治安を守るのは、あくまでも市民のためだ。そこを勘違いしてはならない。総理大臣を守るために犯人を射殺すれば、警察の暴力が正当化される。そんな警察を誰が認める？」

「しかし、緊急時には――」

やむを得ないという判断もあるだろう、と石田がうなずいた。

「だからこそ、交渉人がいる。警察は実力を行使することで最悪の事態を防いできたが、そこには必ずリスクがある。どんな状況でも冷静に対処するべきで、犯人射殺などあってはならない」

難しい、と麻衣子はタブレットに目をやった。理想として、交渉で事件を解決するべきなのはわかるが、犯人と人質の二者択一を迫られる場合もあるのではないか。

この問題に正解はない、と石田が足を組んだ。

「だが、正解に一歩でも近づこうとトライするべきだ。交渉人は前例や常識に囚われず、自由な発想が可能だ。今後はその辺りを教えていくが、今日は交渉人の原則について話をしよう」

人質の解放と犯人の投降はイコール、事件解決を意味する、と石田が言った。

「そのためのポイントとして、交渉人は中立でなければならない。警察組織の代理人として犯人と交渉するが、警察の側に立つわけではない。無論、犯人の味方をするわけでもない。どちらにとっても納得できる解決策を提示する」

そんなことができるでしょうか、と会澤が首を傾げた。

「中立と言っても、犯人が信用しないのでは？　犯人にとって交渉人は警察の一員で、敵対する存在と考えるでしょう。交渉人を信頼する犯人がいるとは思えません」

交渉人とは、交渉する者と解釈できる、と石田が小さくうなずいた。

「犯人がそう考えるのは当然だし、会澤くんが指摘したように、警察側の代理人を務める交渉人を信じるはずがない。だから、交渉人は交渉をしない」

「交渉をしない？」

意味がわからない、と会澤が肩をすくめた。君たちの頭にはこんなイメージがあるはずだ、と石田がこめかみに指を当てた。

「犯人と話し、その心情に寄り添い、境遇に同情し、理解した上で犯人のために自首を勧める。一般的な交渉人像は、そんな感じじゃないか？　あるべき交渉人の姿と言ってもいい。だが、それは間違っている」

交渉人は交渉をしない、と石田が繰り返した。

「説得もしないし、犯人に共感することもない。ただ、犯人の話に耳を傾ける。真摯《しんし》に話を聞くだけで、多くの犯人が投降する。そのメカニズムは心理学で解読できる。そのために、講義の多くを心理学に充てているんだ」

「何も話さずに、犯人の信頼を得られるとは思えません」

手を挙げた紀美に、極端な言い方をする悪い癖が私にはある、と石田が苦笑した。

「君が私に電話をかけて、私が黙っていたら不気味だろうし、不快に思うだろう。だから、会話はしなければならない。天気の話でも、スポーツ、食事、何でもいい。犯人のバックボーンがわかっていれば、そこから話題を選択できる。言葉によって、犯人の心を武装解除させるんだ。暴力的な犯人を抑止するために、最も重要な武器は言葉だよ」

矛盾してませんか、と蔵野がからかうように言った。

「黙って話を聞いていれば事件は解決する、そう言ってたのでは？」

直接的な交渉はしないという意味だ、と石田が机を軽く叩いた。

「投降は出頭と同じで、反省の意志があるとされ、情状酌量される可能性が高い。ざっくりした言い方になるが、投降した方が刑罰は軽くなる。だが、犯人にとってメリットがあるから投降した方がいいというのは、説得のための論理に過ぎない。頭に血が上っている犯人に、そんなものは通用しない」

「では、どうしろと？」

「犯人が何を言っても、ノーと言わない。それもまた交渉人の原則だ。犯人の要求を聞き、どんな無茶を言われても受け入れる。まず、こちらが犯人を信じる。何度でも信じていると伝える。時間をかけて、犯人との信頼関係を構築するんだ」

どうすれば犯人の信頼を得ることができるんです、と蔵野が不服そうな表情になった。関西訛りのアクセントがきつくなっている。

「もっと具体的に教えてくださいよ」

第一段階は犯人への理解だ、と石田が言った。

「犯人の性格がわからなければ、手の打ちようがない。性格によっては、対応を変更する必要が生じる。君のような臍《へそ》曲がりに、言葉を尽くして誠意を示しても、鼻で笑われるだけだろう」

言い過ぎでしょうと蔵野が苦い顔になったが、構わず石田が話を続けた。

「重要なのは、犯人が交渉人を信じるかどうかだ。性格によって、かける言葉、声のトーン、口調、何もかもが違ってくる。まずは原則を守ることだ。例えば逃走用の車両を用意しろと要求されたら、君はどう答える？」

指された会澤が、手配すると答えざるを得ませんと言った。

「ただ、時間がかかると付け加えます。車両に発信機をセットしておけば、追跡が可能になります。犯人がエンジンをかけると、自動でドアロックが掛かる特殊車両を準備してもいいのでは？　車の形をした牢屋と同じですから、乗車すれば逮捕できます」

装備課の装備開発運用センターに配備されている、と石田が補足した。

「実戦で使用されたことはほとんどないが、有効かもしれない。平河くん、一億円用意しろ、さもなければ人質を殺すと言われたら？」

金で済むなら払いますな、と平河が即答した。

「一億なら安いものです。十億円と言われたら、さすがに考えますが」

村山くん、と石田が目を向けた。

「車両を用意しろ、人質の代わりに交渉人の君が乗れと言われたら従うか？」

状況にもよると思いますが、と慎重に言葉を選びながら紀美が答えた。

「他に人質を救出する手立てがないなら、やむを得ないと考えます」

遠野くん、と言いかけた石田が、全員に聞こう、と左右に目をやった。

「指を一本切り落とせ、そうすれば交渉人を信じ、人質を解放すると要求されたらどうする？　これは宿題だ。明後日の金曜朝までに、メールで回答すること。今日はここまでだ」

言葉の終わりとブザーの音が重なった。九十分があっと言う間に過ぎていた。

4

無視はないだろう、とスマホ画面の中で原崎一彦が苦笑した。すいません、と麻衣子は小さく頭を下げた。

「交渉人研修が忙しくて……」

木曜、夜七時。麻衣子は自分の部屋にいた。いずれ原崎から電話があるのはわかっていた。

スマホをコーヒーカップに立て掛けると、何が不満なんだと原崎が言った。

「付き合って半年、それで婚約は早いと言いたいのか？」

原崎は三期上で、警察庁の出世コースである警備局に勤務するキャリアだ。去年の八月、お互いの上司が間に入り、交際がスタートした。

一般に警察官は結婚が早い。警察官同士という夫婦も多い。危険を伴う仕事を理解できるのは、同じ警察官だし、上も積極的に勧める傾向がある。

ただし、警察庁では圧倒的に女性キャリアが少ない。職員数で言えば十対一以下だから、キャリア同士のカップルは成立しにくい。その意味で、警察庁全部署の独身キャリアが麻衣子に関心を持っていた。

見えないところで綱引きがあったのだろう。上司が原崎を紹介したのは、将来警察庁の幹部になり得る優秀な人材と考えたからで、それは麻衣子もわかっていた。

原崎はいい意味でキャリアらしくない男だ。尊大なところがなく、自分を大きく見せようとしない。さっぱりした性格で、信頼できる人というのが第一印象だった。

昭和の頃とは違い、今では上司が強制的に交際を命じることはできない。断っても構わないと言われたが、何度か会っているうちに、魅かれていく自分がいた。

四度目のデートで交際を申し込まれ、その夜、男女の関係になった。多忙でも連絡を欠かさない誠実さが原崎にはあった。

いずれ結婚すると漠然と思っていたし、問題は何もなかったが、先月の初めに原崎が婚約の話を始めた時、何かが麻衣子にストップをかけた。

返事を保留しているうちに、交渉人研修への参加を命じられ、新しい仕事に慣れていないと理由をつけて原崎のＬＩＮＥや電話に返事をしなかったが、どこかで区切りをつけなければならない。原崎の電話に出たのは、別れを告げるためだった。

「焦ってるわけじゃないんだ」スマホの中で原崎がおどけた表情を作った。「だけど年が明けて、何となくそれがきっかけに……わかるだろう?」

「はい」

別れたいのか、と原崎がため息をついた。

「顔を見ればわかるさ。他に男ができたのか?」

違います、と麻衣子は首を振った。

「うまく言えませんけど……何かが違う気がしたんです。わたしが優柔不断なだけで、原崎さんのせいでは――」

無理強いするような話じゃない、と原崎が言った。

「だけど、理由がわからないと納得できないよ。うちの部長も、そっちの広岡さんだって、どういうことだって言い出すのは目に見えてる」

「わかってます」

それは違うと思っている、と原崎がこめかみの辺りを指で掻いた。

「もうそういう時代じゃないからね。だが、上は昔の流儀で君に責任を押し付けるだろう。別れたいと言うなら、受け入れるしかないが、高校生の恋愛じゃないんだ。何となく嫌になってじゃ通らない」

わたしのわがままです、と麻衣子はスマホの角度を直した。

「自信がありません。ずるずる引きずれば、かえって原崎さんに迷惑がかかりますし……」

「会って話さないか?」

会わない方がいいと思います、と麻衣子は視線を逸らした。

しばらく無言でいた原崎が、わかったとだけ言って通話を切った。麻衣子はスマホを伏せ、目を閉じた。

ぼんやりした理由はあった。自分の意志で何かを能動的に決めたことがない、という悔いに似た想いが心のどこかにある。流されたくなかった。

両親が教師だったこともあり、学ぶ環境に恵まれていた。成績が良かったため、進学校への推薦を受け、高校に入学した。早生大学を受験したのも、担任の勧めだった。大学院へ進んだのは、教授に推《お》されたからだ。

国家公務員試験を受けたのは、両親に強く言われたためで、堅実な人生を歩んでほしいと願っていたのだろう。

警察庁に入庁したのは、殺された祖母のこともあるが、面接で強く誘われたという理由も大きかった。入ってから、男女のバランスを取るための採用だと気づいたが、働き始めるとそれどころではなくなった。

流されるままの人生だった、とまでは言わない。自分の意志もあった。

だが、どこかで言い訳を作っていた。誰かに従って生きていた方が楽だという想いがあった。

男性との交際もそうだ。付き合わないかと言われると、断れない弱さがあった。他人を不快にさせるのが怖かった。

原崎には好意を持っていたから、交際を申し込まれて嬉しかったが、何かが違うという想いを拭い切れずにいた。

婚約に躊躇《ちゅうちょ》したのは、結婚に直結しているからで、誰にとっても人生で最も重い決断だ。上司の勧めや原崎の将来性、安定した人生より重要なことがある。

原崎に不満はない。男性として好きだし、愛している。

それでも、結婚を決めるのは自分だという想いがあった。これだけは自分が考え、判断しなければならない。

ノートパソコンを開き、書きかけのファイルを開いた。最初の一行に〝犯人の信頼を得るために、交渉人は何をするべきか〟とあった。

5

金曜日の午後三時半、麻衣子は他の六人と共に会議室の席に座っていた。ブザーが鳴り、入ってきた石田が後ろ手でドアを閉めた。

「さっそくだが、一昨日の宿題について検討していこう」

石田がタブレットに触れると、同期されている全員のタブレットの画面が切り替わった。

交渉人を信じるために、指を一本切り落とせと犯人が要求してきたらどうするか、と石田が改めて言った。

「メールが届いた順に、回答を見ていく。まずは平河くんだ」

促された平河が座ったまま自分のメールを声に出して読んだ。

「警察官の使命は、市民の安全を守ることに尽きます。他に人質を救う手段がないのであれば、取り返しのつかない事態になる前に、指を切り落とすのもやむを得ません。あくまで仮定の回答ですが」

次、と石田が後ろの席に目を向けた。メールにも書きましたが、と会澤が立ち上がった。

「詳細不明なままでは、イエスもノーもありません。ただ、現実的に考えると、ぼくが了解しても指揮官が許可しないのでは？」

次、と石田がタブレットを指でスワイプした。他に方法はないか考えます、と麻衣子は画面に目をやった。

「人質の解放に繋がるとは思えませんから、要求は呑めません。ただ、拒否すれば犯人の信頼を失います。具体的に何をするべきかはわかりませんが、交渉を引き延ばし、時間を稼ぐことで状況の変化を待ちます」

次、と石田が目を左に向けた。犯人にノーと言わないのが交渉人の原則です、と蔵野が腕を組んだ。

「イエスと言うしかないでしょう。ただ、交渉は電話で行なっています。犯人には交渉人の姿が見えません。指を切断したとしても、確認はできないんです。指を切断したと伝えますが、実際にはしません。犯人の信頼を得るためには、要求に従うしかないじゃないですか」

次、と石田が晴の顔を覗き込んだ。そんな要求をするとは思えません、と晴が首を振った。

「相手は犯罪者で、人質を取って立て籠もるような凶悪犯です。警察のことを信じていないでしょうし、最初からお互いに不信感を持っています。指を切断しても意味はないと話します」

君はどうだ、と石田が江崎を見つめた。ある種のブラフだと考えます、と江崎が言った。

「こっちの出方を見てるんです。試されているだけですから、挑発に乗る必要はありません」

君は、と石田が机を指で叩いた。ノーと言わないことを前提に考えました、と紀美が口を開いた。

「まず、交渉人を務めているわたしが指を切り落とせば人質を解放するのか、その確認を取ります。ポイントになるのは、わたしと犯人の間に信頼関係を作ることで、会話自体がそのきっかけになるのでは？」

しばらく黙っていた石田が、かつては胆力が刑事に必要とされた、と低い声で言った。

「自分が替わりに人質になる、銃を持っていないことを示すためにシャツ一枚になる、要は気迫で犯人を制圧するという発想だ。自己犠牲の精神と言ってもいい。市民のためなら喜んで自分の命を捧げる、そういうことだ」

それが刑事の義務ですと言った平河に、安っぽいヒロイズムだ、と石田が小さく肩をすくめた。

「警察官の命はそんなに安くない。現場に一滴の血も流さないのが交渉人の矜持《きょうじ》だ。交渉人はヒーローじゃないし、ヒーローであってはならない。ぎりぎりまで解決の方策を探る」

だが、ノーと言ってはならないと教えた、と石田が笑みを浮かべた。

「それが交渉人の原則で、一度でもノーと言えば犯人は交渉人を信用しなくなる。そうなったら終わりだ。どんな無茶を言われても、検討すると答えるのが正解となる」

それで納得するでしょうか、と首を捻った会澤に、交渉は誰でもする、と石田が言った。

「オモチャを買ってと子供が泣くのもある種の交渉だし、企業に勤めるサラリーマンの仕事のほとんどは交渉と言っていい。今回の設問は、無茶な要求をする取引先と考えればわかりやすくなる。それまでの契約を突然打ち切り、都合のいい条件を押し付けて、了解しなければ取引を停止する、そんなことを言い出す会社は世の中にいくらでもある。君ならどうする？」

相手の立場が上なら、と蔵野が下唇を突き出した。

「条件を呑むしかないでしょう。でも、不利益が出るわけですから、それに備える必要があります。十人でやっていた仕事を五人に減らしたり、コストカットとか――」

それは違うんじゃないか、と江崎が体を蔵野に向けた。

「最低限の社会常識、商道徳があるはずだ。一方的に契約を解除して、自社に有利な条件を押し付けるような会社が許される時代じゃない。ただ黙って条件を吞むんじゃなくて、契約違反を盾に戦う姿勢を示した方が、メリットがあると思うな」

真面目やな、と蔵野が鼻に皺を寄せて笑った。

「そんなに世の中は甘くない。企業には企業の論理がある。お前の頭の中はお花畑か？　ノーと言ってはならない、それが交渉人の原則だ。会社員で言えば、一度持ち帰らせていただきますってやつだよ。この場合はそれが正しい答えで――」

指を切り落としたと犯人に言うのは、と紀美が蔵野の話を遮った。

「騙してるのと同じでしょ？　どんなに巧く装っても、いずれ犯人は嘘に気づく。その時、人質がどうなってもいいってこと？」

犯人を騙して何が悪い、と蔵野がテーブルを叩いた。音に驚いたのか、平河が手にしていたペットボトルを床に落とした。

床が水浸しになり、慌ててポケットからハンカチを取り出した平河に、いい判断だ、と石田がうなずいた。

「三人とも冷静になれ。平河くんがわざとペットボトルを落としたのがわからないのか？　君たちを落ち着かせるためには、言葉よりその方が効果的だと考えたんだ。簡単そうだが、意外と難しい」

たまたまです、と平河が座り直した。江崎くん、と石田が机を指で軽く叩いた。

「警察官として、君は正しい。だが、交渉人としては間違っている。所属している署に戻れ。報告は私がしておく」

なぜです、と江崎が表情を僅かに歪めた。

「設問に対し、現実を踏まえて回答しました。犯人に指を切断しろと言われたから、その通りにする？　そんなわけには――」

君は優秀な警察官だが、と石田が江崎を見つめた。

「交渉人には向いていない。適性だけで言えば、君が最も欠けている。本庁で働きたい意欲はわかるが、君なら必ずチャンスが巡ってくる。不向きなのは、自分でもわかってたんじゃないか？」

無言のまま、江崎が目を逸らした。交渉人はいわゆる警察官と違う、と石田が机を叩いていた指を止めた。

「君に交渉人の適性がないのは、優秀な警察官だからだ。矛盾した話だが、君なら理解できるだろう」

江崎が頭を下げ、会議室を出て行った。蔵野くん、と石田が顔を向けた。

「君も同じだ。江崎くんとは別の意味で交渉人に向いていない」

会議室にざわめきが広がった。麻衣子は石田と蔵野の顔を交互に見た。石田が本気なのは、声だけでわかった。

蔵野が不満げに口を歪めていたが、当然だろう。石田のフェイクを見破ったのは蔵野だけだ。

回答も論理的で、蔵野には交渉人の適性がある、と麻衣子は思っていた。なぜ不向きだと石田が言っているのか、麻衣子にはわからなかった。

ぼくは犯人の要求を呑むと答えてます、と蔵野が顎《あご》の先を掻いた。

「なぜ適性がないと？　納得できませんね。間違ってると言うなら、理由を教えてください」

ノーと言わないのは交渉人の原則だが、それだけではないと石田が言った。

「犯人に嘘をついてはならない。これも交渉人の原則だ。君は指を切断すると嘘をつくと言ったな？　一度嘘をつけば、それを隠すために嘘を重ねなければならない。すべての交渉は、犯人の信頼を得るためにある。事実の一部を伏せただけでも、犯人は不信感を抱く。嘘をつき通すのは誰にとっても難しい。犯人が気づけば、その後どうなるかは言うまでもないだろう」

適性はあるつもりです、と蔵野が声を高くした。それは認める、と石田がうなずいた。

「君は頭の回転が速く、交渉人の原則も理解している。犯人に対し、すべてのカードを見せる必要はないから、伏せておいてもいい。それを嘘というなら、交渉において嘘をつくことはある」

「そうでしょう？　安易な嘘が犯人に不信感を抱かせるのは、ぼくもわかってますよ。ですが、やむを得ない場合もあるはずです」

蔵野の声に苛立ちが混じっていた。君の嘘には心がない、と石田が首を振った。

「心がない？　どういう意味です？」

あらゆる局面で人間は嘘をつく、と石田が言った。

「だが、何もかもが嘘なら、すべてが破綻する。目に見えない境界線があるが、君はそれを破りかねない。そのために誰かが犠牲になっても仕方ない、と思っているね？　才能はあるが、交渉人には向いていない」

何も知らんくせに、と蔵野が吐き捨てた。

「研修が始まるまで、あなたと話したこともない。それなのに、ぼくのことがわかると？」

わかるわけがない、と石田が苦笑した。

「だが、心のない嘘をつく者は必ず責任から逃げる。適性というより、君には交渉人としての資質がない」

諦めたように、蔵野が会議室を後にした。沈黙が流れた。

一週間で三人がいなくなった、と石田が残った五人を順に見た。

「今回の研修に当たり、一名ないし二名を交渉人要員に選ぶ、と私は本庁内の各部署に伝えたが、ゼロということもあり得る。妥協するつもりはない」

ブザーが鳴った。今までは犯人の身元がわかっているという前提の講義だった、と石田がタブレットをオフにした。

「次回からは犯人の身元が不明な事件を扱う。難度が上がるぞ」

白い歯を見せて笑った石田が足早に去っていった。何が何だか、と平河がため息をついた。

「どんな事件のことを言ってるの?」

紀美の問いに、例えば誘拐です、と会澤が囁いた。立ち上がった晴に続いて、麻衣子は会議室のドアに向かった。

第四章　模擬訓練

1

「次回からは犯人の身元が不明な事件を扱う」

二週間前の二月五日、石田はそう話していたが、石田の講義は十日、十二日、十七日、十九日、いずれも中止になっていた。

麻衣子たちも、その理由はわかっていた。大規模な特殊詐欺グループに動きがあり、石田も捜査を担当することになったためだ。

十日の午後三時半、状況を伝えておく、と会議室に入ってきた河井が話し始めた。

「警視庁刑事部捜査一課特殊犯捜査係は二班制で、石田警視が班長を務める第一班は誘拐や立て籠もり、恐喝、脅迫事件、第二班はテロ及び産業災害その他業務過失、インターネット犯罪を主に扱う。特殊詐欺は本来刑事部捜査二課の担当だが、先週から開始された特殊詐欺グループ頂上作戦で、石田警視が一部の指揮を担っている。研修が始まったばかりで、君たちにとってタイミングが悪いのはわかっているが――」

頂上作戦とは何です、と平河が質問した。詳細は言えないが、と河井が声を潜めた。

「いわゆるオレオレ詐欺は知ってるな？　受け子、出し子の逮捕は毎日のようにあるが、奴らは使われているだけの下っ端に過ぎない。最近じゃ、高校生の出し子も珍しくないぐらいだ。特殊詐欺グループは組織化されていて、下の連中を何人逮捕してもダメージにならない。その辺は常識だろう」

特殊詐欺は警察庁内でも重大犯罪として認識されている。例えば昨年の被害額は約二百八十五億円、内訳で最多なのはいわゆるオレオレ詐欺で、約百二十三億円と半分近くを占めている。

法整備が実状に合っていないDVと並び、指定犯罪になっていた。トップを逮捕することで組織の弱体化を目的とする取締りの通称が頂上作戦だ。

特殊詐欺グループの組織化は早くから指摘されており、実行犯の受け子、出し子、掛け子、彼らをスカウトするリクルーター、架空名義の携帯電話、銀行口座を用意する道具屋、マンションなど部屋を借りる準備屋、大金を持つ高齢者のリストを売る名簿屋、その他複数が関係し、役割も細分化されている。

現場で命令を下す〝課長〟はともかく、その上にいる店長、役員、社長の正体はグループ内でもほとんど知られていない。そのため、実行犯の逮捕はできるが、そこで捜査がストップしてしまうというジレンマがあった。

二〇一五年には四十人のグループを一斉逮捕、二〇一二年には首謀者以下二十八人が逮捕されるなどの例はあるが、氷山の一角に過ぎない。近年では拠点を海外に移し、衛星電話、いくつものサーバーを経由したIP電話で実行犯を動かし、年間数十億円を詐取するグループも少なくない。国内ならともかく、海外となると簡単に逮捕できない。

例の件があったからな、と河井がため息をついた。十二月の終わり、調布市の住宅で九十歳の男性が強盗に殺されたが、犯人は特殊詐欺グループが雇った複数の闇バイトだった。実行犯の一人は逮捕されたが、警視庁も事件の全容を摑み切れていない。それは麻衣子も知っていた。

特殊詐欺グループの主犯格の一人がフィリピンから闇バイトに遠隔操作で強盗を命じたようだ、と警視庁内で先週末、噂になったがあくまでも噂だ。ただ、過去にも類似する事件が起きていたので、信憑性は高かった。

河井はそれ以上詳しい説明をしなかったが、石田が特別チームを率い、東南アジアに潜伏しているリーダーの逮捕に向かったのは、麻衣子も察していた。

石田を含め、SITは以前からリーダーの男をマークしていたのだろう。ただ、特殊詐欺グループは構成が複雑で、リーダーイコール主犯と言い切れない。

また、グループでのポジションが上になると、指示するだけで、特殊詐欺そのものに関与しない。そのため、手を出せなかったが、今回は九十歳の男性が暴行を受け、死亡している。

凶悪な犯行に、世論も非難の声を上げていた。リーダーの逮捕に向かったのは、これ以上被害者を出さないためだろう。

特殊詐欺にはさまざまな形態があるが、いわゆる〝オレオレ詐欺〟が主流だったのは十年ほど前だ。その後、金融機関等の規制が厳しくなったため、現在ではキャッシュカードのすり替え、あるいは高齢者を騙して架空口座に金を振り込ませる手口が増えている。だが、いずれも時間や手間がかかり、効率的とは言えない。そのため〝アポ電〟、つまり自宅に電話を入れ、高齢者が一人でいることを確認した上で押し入るという乱暴な手口を取るグループも多い。詐欺ですらなく、強盗としか言いようがない。

そのための実行部隊として、高額報酬を謳い文句にSNSを通じて闇バイトが集められている。お互い名前すら知らない複数名がその場限りのチームを組み、監視役の指示のもと、独居高齢者を襲う。

闇バイトに応募してくる者の多くは多重債務者で、その場しのぎのためにまとまった金を欲している。八割以上が二十代前半だが、四十代、五十代というケースもある。職業に関係なく、借金をする者はいる。その一部が返済に窮し、闇バイトを選ばざるを得なくなっている。それが現実だった。

闇バイトは使い捨ての駒で、逮捕要員と言ってもいい。実行犯でありながら、手にする金は奪った額の一割から二割ほどだ。

損な役回りとわかっていても抜けられないのは、最初にスマホで自分の免許証を撮影し、それを特殊詐欺グループに渡しているためだ。個人情報を握られている不安から、抜けられずにいる者も多い。

末端の闇バイトを逮捕したところで、特殊詐欺グループとしては痛くも痒くもない。新しい闇バイトを募集すれば、いくらでも集まってくる。

グループのリーダー、幹部クラス全員を逮捕しなければ根絶できないが、一方的に指示される闇バイトたちのほとんどが監視役を含めた幹部クラス、リーダーの顔すら知らない。

それが一斉逮捕の大きな壁になっていた。

石田不在の間は直帰して構わないと河井が言ったが、最年長の平河がまとめ役を買って出たこともあり、交渉術について話し合うようになった。

最初の一週間で、研修メンバーは八人から五人に減っている。石田の基準は予想より厳しく、誰もが心細さを感じていた。

麻衣子が研修への参加を命じられた時、男性と女性のバランスを取るため、そしてキャリアとノンキャリアの壁をなくすための要員と言われたが、麻衣子に本気で交渉人になるつもりはなかった。

だが、石田の意識の高さに気持ちの変化が生じた。どこまでできるか、試してみたくなったのだ。

交渉人という仕事への興味もあったし、警察庁でくすぶっているより、交渉人として捜査に加わった方がいいかもしれない、と思ったのも確かだ。

それは自信がないと話していた平河、そして推薦でやむを得ず来たと言っていた晴も同じで、紀美は最初から本庁勤務のチャンスと捉えていたし、本庁に上がったばかりの会澤も今後の参考になると考えたようだ。

話し合っているうちにわかったが、五人の性格ははっきりと違った。仮に全員が同じ年齢、同じ高校の同じクラスにいたとしても、友人にはならなかっただろう。性差でもジェネレーションでもなく、個性の違いによるものだ。

交渉人の条件のひとつは冷静さで、他の四人からは向いていると言われたが、違うのは麻衣子自身がわかっていた。クールに見えるかもしれないが、誰よりも感情的な性格だ。自分の感情を優先し、原崎に別れを告げた。交渉人としての適性があるとは思っていない。

知識という点で、誰よりも交渉人と交渉テクニックについて詳しいのは紀美だった。五年前からSITで働きたいと考えるようになり、私立大学に聴講生として通い、密かに勉強を重ねていたという。

心理学は数学に基づく学問で、人文学部卒の麻衣子は文系だから、どちらかと言えば苦手な分野だ。それは平河たちも同じだが、紀美は他の講義の理解度も高かった。

五人の中で最も警察官らしい性格で、気も強い。交渉は得意だろう。

平河は調整型の性格だった。五人で雑談している時も、もっぱら聞き役に回り、黙りがちな晴に意見を促すなど、視野も広い。自分が石田なら、平河を選ぶと麻衣子は思っていた。

晴はまだ二十四歳で、警察官としての経験は二年ほどしかない。誰かが話を振らないと、口をつぐんだままだ。その意味では適性に欠けるが、晴の声には独特な心地よさがあった。麻衣子を含めた四人の声には、どこか圧がある。職業柄身についたものだから、どうにもならない。

性格的なものかもしれないが、晴の声は圧を感じさせなかった。誰よりも交渉人に向いているのかもしれない。

わかるようでわからないのが会澤だった。バランスが取れた性格だし、会話のリズムも心地いい。意図して合わせているのではなく、天性の資質と言えるのではないか。

性格も積極的で、決断力もあるようだ。独特の軽さが言葉の端々に出ていたが、石田の評価はわからなかった。

『次回の講義では模擬訓練を行なう』

石田の名前で短いメールが届いたのは、二月二十三日火曜の夜だった。

2

二月二十四日水曜日、午後三時半。麻衣子はトイレから会議室に戻った。壇上で石田が自分のスマホに触れている。他の四人は席についていた。

遅れてすみませんと頭を下げて席に座ると、こっちこそ悪かった、とスマホを手にしたまま石田が少しだけ日焼けした顔に笑みを浮かべた。

「河井から説明があったと思うが、急を要する事態だったので、君たちのことが後回しになった。これでも係長代理だから、現場の調整役もしなければならなくてね」

特殊詐欺事件の犯人のことに石田は触れなかった。麻衣子たちに話す段階ではないのだろう。

日焼けしているのは、フィリピンに出張したためだ。石田や他の刑事の行動は極秘だが、空振りだった、と警視庁内で噂が流れていた。日本の警察官に捜査権及び逮捕権はないから、そこはやむを得ない。

模擬訓練について説明する、と石田がスマホを机に置いた。

「前回、次は犯人の身元が不明な事件を扱うと私は言った。覚えてるね？」

全員がうなずいた。二〇一〇年、港区で誘拐事件が起きたと石田が話を始めた。

「私が警察庁に入庁する前だから、捜査にはタッチしていない。ただし、記録はすべて残っている。今度はフェイクじゃない。実際に発生した事件だ」

石田がスマホをスワイプすると、全員のタブレットの画面が切り替わった。新聞記事、雑誌の記事、ニュース番組のアーカイブ、すべて誘拐事件を大きく扱っている。記事の三分の一ほどは黒く塗りつぶされていた。

プライバシーの問題があるので、人名、施設名その他を変更した、と石田が新聞記事を指で拡大した。

「簡単に事件の概要を話しておこう。二〇一〇年二月、高輪湊小学校五年生、十一歳の少女、鈴木花子が誘拐された」

名前は仮名だ、と石田が言った。

「下校中に誘拐されたと考えられるが、現場を目撃した者はいなかった。学校から自宅までは約一キロ。途中に公園や人通りの少ない道もあり、犯人はどこででも少女をさらえただろう。次に家族構成だが、父親の鈴木太郎は五十歳、青森の大学を卒業後、一部上場の商事会社に入社、事件当時は平取締役だった。妻は四十歳、同じ会社の別の部署で働いている。鈴木太郎の母親、そして鈴木家の三人は高輪の高層マンションに住んでいた。ここまではいいね？」

麻衣子はメモを取りながらうなずいた。ペンを走らせている者、タブレットに直接書き込んでいる者もいた。

「孫娘の帰りが遅いのを心配した祖母が鈴木、その妻に電話をしたが、二人とも会議中で出ることができなかった。この時点では祖母も誘拐と考えず、両親のどちらかと一緒にいると思い、その後電話をしていない。夜八時、帰宅した妻が異変に気づいて夫に連絡し、すぐに鈴木は会社を出て自宅マンションに向かった。八時半、犯人が娘のスマートフォンを使って妻のスマホに電話をかけ、娘をさらった、明日の夕方までに一億円の身代金を用意しろ、警察には言うなと一方的に言って通話を切った。声に歪みがあったが、ボイスチエンジャーを使用していたようだ、と後に妻は警察に話している。九時過ぎ、帰宅した鈴木が妻に犯人からの電話の内容を聞き、警察に通報した」

夜十時、所轄の南高輪署の捜査官が鈴木のマンションへ行き、詳しい事情を確認、誘拐事件と認知した、と石田が言った。

「典型的な身代金目当ての誘拐で、所轄の手に負えるはずもない。南高輪署に捜査本部が設置され、本庁刑事部捜査一課特殊犯捜査係長が指揮を執り、鈴木本人が犯人と話していなかったため、今後の交渉は鈴木を装った交渉人が務めることが決まった。こういう場合の常套手段で、感情的になってしまう肉親より、交渉人の方が冷静に話せる。遠野くん、誘拐事件発生時、最優先されるべきことは何か？」

犯人の逮捕ですと答えた麻衣子に、人質の救出だと石田が机を指で叩いた。

「従って、誘拐事件の発生自体を秘匿しなければならない。警察が動いているとわかれば、人質に危険が及ぶ可能性が高くなる。マスコミは報道協定で抑えが利くが、捜査は難しくなる。クラスメイトの家に電話をして、何か見ていないかと聞くわけにもいかない。そこから情報が漏れることもあり得るからね。人質の無事な救出は、警察にとってマストだ。並木くん、次に警察が考えるべきことは何だ？」

わかりません、と晴が首を振った。早期解決が責務となる、と石田がタブレットをスワイプした。

「人質の少女は十一歳だ。ＰＴＳＤを考慮すれば、早い段階で救出しなければならない。

そして、誘拐は現在進行形の犯罪で、タイムリミットがある。人質救出までの時間が長くなれば、その分殺害される確率が上がる。早期解決のためには、捜査の方向を一刻も早く決める必要がある」

誘拐事件の捜査本部には大勢の捜査官が動員される、と石田が写真を拡大した。高輪湊小学校生徒誘拐事件、と捜査報告書のタイトルが映し出された。

「最低でも百人、それ以上になってもおかしくない。大人数が動けば犯人も気づく。そこで重要になるのが、犯人像の推定だ。人質及び両親と犯人に関係があるのか、それともないのか、まずそれがポイントになる」

捜査対象の絞り込みが要求される、と石田がうなずいた。

「それによって、捜査方針を決定する。交渉人は犯人と話し、会話の中から犯人の個人情報を抜き出し、人質との関係を推察する。前にも言ったが、交渉人にはプロファイラーとしての能力も必須だ」

警視庁には専門のプロファイラーがいますと言った会澤に、彼らは特別捜査官だ、と石田が軽くタブレットに触れた。

「プロファイラーについても説明しておこう。統計に基づき、犯人像を推定するのがプロファイラーで、その手法がいわゆるプロファイリングだ。警視庁では二〇〇九年刑事部に置かれた捜査支援分析センター内の情報分析係に所属し、殺人、誘拐その他重大事件、あるいは未解決事件の情報を分析、捜査本部並びに継続捜査担当チームに意見を上げている。

平たく言えばアドバイスだな」

警察庁では全国の警察本部に設置されている捜査支援部門に所属するプロファイラーを集め、年に数回、研修を行なっている。警視庁、大阪府警、北海道警など、プロファイラー育成に力を入れている警察本部もあるが、プロファイラー一名という県もあるためだ。

ただし、プロファイラーは〝特定の分野における犯罪捜査に必要な専門的な知識及び能力を有する者〟いわゆる特別捜査官に当たる。特別捜査官は財務、科学、サイバー犯罪、国際犯罪の四つに種別される。

一九九四年の警察官任用規程改正による制度で、当初は警察内部の人材登用の狙いもあったが、多様化、国際化、専門化が進む各種犯罪に対しては優秀な民間人を警察組織に組み入れた方が有用とされ、現在では特別捜査官の八割以上が民間企業等の出身だ。

その事情はプロファイラーも同じで、心理学者、カウンセラーなどが特別捜査官として採用されていた。その時点で、階級は巡査部長となる。

特別捜査官は捜査会議に出席し、意見を言うが、捜査現場には出ない。あくまでもその立場はアドバイザーで、いわゆる刑事とは一線を画している。

交渉人と犯人の会話はプロファイラーも聞く、と石田が言った。

「その意見を我々も参考にするが、彼らに責任を負わせるわけにはいかない。最終的な判断を下すのは交渉人だ。ひとつ間違えば、人質が殺されるかもしれない。交渉人にプロファイラーとしての能力が要求されるのは、そのためもある」

プロファイリングには専門知識が必要です、と紀美が不満そうに言った。

「大学で心理学を専攻していた者、カウンセリングの臨床経験、他にもありますよね？　交渉術は以前から学んでいましたが、プロファイラーの能力と言われても……」

四角四面に解釈すればその通りだが、警察官は誰もがプロファイラーだ、と石田が微笑んだ。

「いわゆる〝刑事の勘〟は経験によって培われる。殺人現場に足を踏み入れ、状況を見ただけで、犯人像を直感的に推測できる刑事は少なくない。彼らの脳内にはデータベースがあり、殺人事件の情報がファイリングされている。潜在意識下でそれを検索して、類似する事例をピックアップし、犯人像に迫る。それはプロファイラーの作業と同じで、下手なＡＩより正確だ。君たちにもその力は備わっている」

そこまでの経験はありません、と会澤が首を振った。

「警察に勤務して丸五年です。殺人事件の捜査本部に加わったのは一回だけで、ぼくに刑事の勘が備わっていると思いますか？」

人間は誰もがプロファイラーだと言うべきかもしれない、と石田が言った。

「初めて会った者でも、友達になれるか、なれないか何となくわかる……そういう経験はあるだろう？　それは経験による認識力、つまりプロファイリングによって、さまざまな要素を五感で瞬時に判断した結果だ」

もちろん、すべてが正しいわけじゃない、と石田が苦笑を浮かべた。

「身長百八十センチ、体重百キロのがっちりした体格の男はケンカに強いと誰でも思うだろうが、実際には見かけ倒しということもある。ただ、それはプロファイラーも同じだ。統計によるデータは、事件の傾向を示す指針になり得るが、魔法の杖ってわけじゃない。君たちには年齢と同じだけの経験がある。それを使って犯人像をプロファイリングすればいい」

簡単ではない、と麻衣子は唇を嚙んだ。石田が示した誘拐事件でわかっているのは、犯人が娘のスマホを使って連絡を取っていることだけだ。

連絡があるまでは誘拐と思っていなかった可能性も高い。母親は犯人と話しているが、会話の内容を正確に記憶していたとは考えにくい。動揺し、パニックに陥っても不思議ではない。

しかも、犯人はボイスチェンジャーを使用している。性別、年齢も不明だ。検討材料がほとんどないから、プロファイリングはできない。

捜査本部が設置された日の深夜一時、警察は鈴木が住むマンション周辺に人員を配置した、と石田が言った。

「深夜二時、港区及び隣接する区で覆面パトカーが巡回を開始し、飲酒運転取締りを装って幹線道路に検問を張ったが、犯人の所在は不明だ。時間を考えると、港区周辺で車に乗っている可能性は低い。この段階では、犯人からの連絡を待つしかなかった」

電話があったのは翌日の午後四時だった、と石田が腕時計に目をやった。

「録音した交渉人と犯人の会話を再生する。交渉人として聞くように。まず考えるべきなのは、人質、その家族と犯人の関係性だ。私が指揮官役を務めるから、ここを捜査本部と思って意見を言うこと。では始めよう」

石田がタブレットに触れると、着信音が鳴り始めた。

3

〈鈴木〉だ、という男の声がした。父親を装って電話に出た交渉人だ、と石田が説明した。

『もしもし、〈花子〉か？』

人名だけは別の声になっている、と石田が付け加えた。

『娘を誘拐した』

聞こえてきた声は老人のようだった。ボイスチェンジャーを使用しているため、男性か女性か、それさえわからない。

声にエンジン音と街のノイズが重なり、聞き取りにくかった。犯人は車で移動、と麻衣子はタブレットにペンでメモした。

『昨日の夜、奥さんに一億円を用意しろと伝えた。準備はできたか？』

『待ってくれ、私は会社員なんだ。一億円の現金なんて用意できない』

『娘が死んでもいいのか？』

許してくれ、と交渉人が叫んだ。

『頼む、何でもする。身代金は払う。約束する。ただ、今すぐには無理だ。私と妻の預金は、二人合わせても三千万円ほどしかない。だが、実家や友人に相談すれば、金を貸してくれるはずだ。必ず用意するから、少し待ってくれ』

交渉人の声に、麻衣子は胸が苦しくなった。娘を誘拐された父親の悲しみが伝わってくるようだ。その声は悲鳴に近かった。

『頼む、〈花子〉の無事を確認させてほしい。声を聞くだけでいい。お願いします』

『金が先だ』

『妻が茨城の実家に戻っている。義理の両親が生命保険を解約すると、一時間ほど前に連絡があった。四千万円あるが、手続きに時間がかかる。保険会社に怪しまれたら、そっちも困るだろう？』

『七千万円か？』

クラクションの音が二度鳴った。渋滞か、他に理由があるのか、麻衣子にはわからなかった。

私の父は二年前に死んだ、と交渉人が言った。

『実家は青森で、祖父の弟が住んでいるが、余裕があるわけじゃない。七千万円で〈花子〉を返してくれ。頼む、頼みます』

風の音が鳴っている。それに被さるように電子音が流れた。何の音だろう、と麻衣子は額に指を押し当てた。

『三十分後、また電話する』

いきなり通話が切れた。交渉人の漏らすため息が聞こえた。

4

犯人が電話をかけてくるのはわかっていた、と石田がタブレットに触れ、音声を止めた。

「そのため、指揮官は逆探知の手配をしていた。君たちにとっては釈迦に説法だが、デジタル技術の進歩によって、固定電話、携帯電話、いずれも一瞬で発信番号がわかる。今回、犯人は娘の携帯を使っていたが、車で移動していても、中継する基地局との距離を計算すれば、発信場所が割り出せる。だが、携帯番号、発信場所が判明しても、移動によって基地局が次々に変わるため、場所は確定できない。転送機能を使ったり、海外サーバーを経由して国際電話を装うことも可能だ。二〇一〇年当時でも、犯罪者が技術を悪用するのはよくある話だった」

それを踏まえて犯人像を推定するように、と石田が言った。

「三十分後、犯人が連絡を取ってくる。それまでに犯人の情報を精査しなければならない。すべてを調べている時間はない。範囲を狭めることが重要だ。ジグソーパズルのピースがひとつでもあれば、全体像を想像できる。更に他のピースがあれば事件の輪郭が明確になり、細部まで見えてくるだろう。さて、犯人と人質、またはその家族との関係性を示す手掛かりは見つかったか？」

後二十八分、と石田がスマホの画面を見た。犯人は外にいました、と会澤が手を挙げた。

「エンジン音が聞こえたのは、車に乗っていたためと考えられます。移動を続けることで、現在地の特定を防ぐつもりだったのでは？」

「他には？」

犯人は十八歳以上です、と会澤が言った。

「無免許で運転はできません。二〇一〇年の道路交通法をざっと調べましたが、二〇〇四年六月の道交法改正により、運転中の携帯電話の使用に罰則規定が設けられています。犯人はスマホをブルートゥースで車のスピーカーに繋ぎ、話していたんでしょう。また、自分の車を使うのはリスキーですから、運転しているのは盗難車です。犯人は車の配線システムに侵入して解錠とエンジン始動を行なったんでしょう。専門知識が必要ですが、犯人には車両窃盗の前科があったのでは？」

カーマニアかも、と紀美が言った。

「わたしが気になったのは、脅すような声音だったことです。ボイスチェンジャーを使っていたこともそうですが、プロの犯罪者、具体的には反社組織の構成員と想定できます。会澤くんと同じで、前科があるとわたしも思います」

石田が左右に顔を向けた。犯人が車を走らせていたのはＪＲ山手線恵比寿駅付近、と麻衣子は手を挙げた。

「声に重なって、電子音のメロディーが聞こえました。映画〝第三の男〟のテーマ曲です。ビール会社のコマーシャルに使用されたため、工場があった恵比寿駅の発車メロディーになったと聞いたことがあります」

恵比寿駅近くに明治通りがあります、と晴がタブレットで地図を検索した。

「駅のロータリーを出て、明治通りに入った……そこから渋谷、もしくは目黒方面に向かったのではないでしょうか」

「根拠は？」

石田の問いに、被害者の自宅は高輪です、と晴が地図を目で追った。

「品川区、港区、いずれも自宅に近づくことになります。警察官が張り込んでいる可能性が高い場所から離れようとするのは、犯罪者に共通する心理だと思いますが」

君はどうだ、と石田が目だけを向けた。さっぱりです、と平河が肩をすくめた。

「細かいことに気づくものだと感心するだけで、何が何だか……ひとつだけ、犯人の年齢ですが、私より若い気がしました。勘ですが、三十歳前後でしょう」

そんなものか、と石田が机を軽く叩いた。

「犯人が車に乗っていたのは、誰でもわかる。君たちの意見は、当時の捜査本部で挙がったそれと変わらない。行動を追うのではなく、犯人の心に目を向けるべきだ。犯人からの電話まで、十分ほどある。もう一度交渉人と犯人の会話を聞いて、よく考えるんだ」

石田がタブレットで会話を再度流し始めた。全員が耳を澄ませたが、誰もが無言だった。

5

十分後、石田がタブレットに触れ、次の会話の再生を始めた。金はどうなってるという犯人の声に、三十分では何もできない、と交渉人が呻《うめ》き声を上げた。

『妻の両親が解約した四千万円を、ここへ持ってくる。私と妻の預金を確かめたが、三千二百万円あった。合わせて七千二百万円、すべて君に渡す。それが限界だ。頼む、娘を返してくれ。せめて声を聞かせてくれ！』

パパ、と小さな声がした。〈花子〉、と交渉人が叫んだ。

『パパだよ。大丈夫だ。怖いことは何もない。何か食べたかい？　好きなケーキを言ってごらん』

クラウンのショートケーキ、と女の子が囁いた。娘は無事だ、とボイスチェンジャーが言った。

『明日の昼、もう一度電話を入れる。七千二百万円をカバンに詰めておけ。後はまた指示する』

『言う通りにする。だから、娘を返してくれ。お願いです、食事と水を……あの子に乱暴なことはしないでください。無事に返してくれれば、お礼をします。助けてくださいお願いします助けて――』

唐突に通話が切れた。情報はここまでだ、と石田がタブレットを伏せた。

「警察は約二十時間の猶予を得た。翌日昼の連絡までに犯人を特定し、どう対処するか決定しなければならない。早い段階での人質の解放が望ましいが、無理をすれば命にかかわる。そのため、交渉人は犯人の身元を探ることに専念する。電話が三回あり、交渉人が話したのは二回だ。この間、両親と祖母は自宅の別室にいたが、一人娘が誘拐されて、動揺しない親はいない。犯人と直接話せば、何を言い出すかわからない。特に父親の混乱は酷く、憔悴しきっていた。犯人の声を聞かせ、心当たりはないかと尋ねても、何も考えられないと首を振るだけだった。さて、犯人像について、君たちはどう推定する？」

麻衣子は自分のタブレットに目を向けた。画面の端に16：41と数字がある。犯人が言った昼を正午とすれば、二十時間を切っていた。

犯人は何らかの理由で大金が必要になり、誘拐の計画を立てたと想定できます、と紀美が言った。

「高層マンションの住人なら金があると考え、住人を探っていくうちに、鈴木が一部上場企業の役員で、小学生の娘がいることがわかった。犯人にとって重要なのは、子供の親に身代金を支払う能力があることで、鈴木なら一億円を準備できると判断し、誘拐を実行に移した……それがわたしの犯人のイメージです」

悪くない、と石田が軽く手を叩いた。

「思いついたことを片っ端からメモして、時系列に並べるんだ。それが交渉人の手法で、村山くんの仮説は検討材料になり得る」

ただし欠落している部分もある、と石田が指摘した。

「多くの場合、誘拐犯は二十代から四十代だ。その年齢の人物が一億円を必要とする理由は何だ？　犯人がサラリーマンだとすれば、会社でのポジションはせいぜい課長クラスだ。一億円の欠損を出すような事態は考えにくい」

先物取引の失敗や詐欺による損金、と紀美が男のように肩をすくめた。

「それなら、数千万円規模《レベル》の欠損が出ることもあり得ます。一億円を要求しているのはある種のハッタリで、本当に必要なのは半分の五千万円ということも――」

君の犯人像と矛盾していないか、と石田がからかうように言った。

「犯人は下見をして、条件に合う人間を探していたんだろう？　そこまで計画的な人間が数千万、あるいは一億円の欠損を出すと思うか？」

もっと上かもしれません、と紀美が反論した。

「三十歳だとしても、一億円が必要な状況に追い込まれる者はいます。サラリーマンというのも、仮定に過ぎません」

研修の最初に言ったはずだ、と石田が紀美を見つめた。

「まず、自分自身を疑え。先入観や思い込みのために、未解決になった事件は数え切れない。柔軟に考えるんだ。自分の仮説に都合のいい情報だけをピックアップして論理を組み立てれば、捜査を誤った方向に導くことになるぞ」

紀美が口を閉じた。言っておくことがある、と石田が僅かに声を高くした。

「誘拐事件における最優先事項は、人質の救出と保護だ。それには安否確認が前提条件になる。交渉人はマニュアル通りに質問したが、気づいたか？」

何のことでしょう、と尋ねた紀美に、交渉人は娘の声を聞かせてほしいと懇願した、と石田が指摘した。

「犯人はそれに同意し、娘の声がすると、食べたいケーキは何かと聞いた。クラウンは鈴木一家がよく行くデパートの喫茶店で、ショートケーキが有名だ。本人確認と安否確認を同時に行ない、人質の無事を確認したことで、救出を最優先にする方針を決められた。交渉はチェスと同じで、すべての言葉に意味がある。重要なポイントだ」

なるほど、とうなずいた平河に、話を戻そう、と石田が言った。

「交渉人の任務は捜査対象の絞り込みだ。身代金目的の誘拐事件では、犯人の八割弱が顔見知りというデータがある。友人、親戚、同僚、仕事関係、近隣住人などだ。面識がない者にとって、保護者の身代金支払い能力は不明だ。それを踏まえて考えてはどうだ？」

「二度目の電話の発信場所は割り出せましたか？」

会澤の問いに、新宿の戸塚だったと石田が答えた。

「戸塚の児童公園が発信場所で、覆面パトカーが急行したが、着いた時には誰もいなかった。犯人は少女を車に乗せ、移動していたと考えられる。警察は付近の防犯カメラの映像を調べ、不審な車の特定に成功、ナンバーから盗難車と判明したが、犯人は新大久保の路上に車を乗り捨てていた」

やはり犯人は男ですね、と会澤が言った。

「さっきも言いましたが、車を盗むのは簡単じゃありません。ドアロックを開けるのさえ、素人には無理です。エンジンの構造にも詳しかったはずで、すべてが男性を指しています」

女性でもそれぐらいできると言った紀美に、犯人はブルートゥースに接続したスマホで鈴木の妻に電話をしているんです、と会澤が語気を強めた。

「二〇一〇年、ブルートゥース機能はほとんどのスマホに標準装備されていたと思いますが、盗んだ車のブルートゥースとの接続は、女性よりも男性の方が得意な傾向がある気がします」

仮説を立て、根拠を確認する、と石田が軽く机を叩いた。

「矛盾が生じれば、仮説そのものが間違っていることになるが、会澤くんの論理はある程度筋が通っている。その線でプロファイリングを進めてみよう。他に意見は？」

犯人はなぜその少女を誘拐したんでしょう、と平河が首を小刻みに揺らした。

「高輪の高層マンションに住んでいるから、両親に経済的な余裕があると考えた？　しかし、あの辺りは億ションが多く、分譲でも賃貸でも独身者が住むとは思えません。夫婦、家族で暮らしている者がほとんどで、小学生ぐらいの子供がいる家も多かったでしょう。

どうして鈴木花子を選んだのか、そこがわかりません」

事前に調べていたからです、と紀美が平河に顔を向けた。

「車を盗んだこと、少女の学校を知っていたこと、その後の動きを見ても、計画的な犯行です。高輪の高層マンションに住む者なら、高額な身代金でも支払えます。鈴木花子でなくても、誰でも良かったのでは？」

いくら少子化が進んでいるとはいえ、と平河が眉をひそめた。

「犯人の条件に合う子供は高輪周辺だけで百人以上いたと思いますよ。ですが、支払い能力があるのと、自由に動かせる金は違います。現金で動かせるのは四、五千万円ではありませんか？　それに、いきなり預金全額を下ろせば、銀行だって怪しみます。犯人が鈴木花子を選んだのは、両親の資産状況を知っていたからだと考えるべきでは？」

調べたのかもしれません、と会澤が低い声で言った。

「子供の服やバッグ、靴などがブランド品であれば、親が金を持っていると想像がつきます。車、少女が通っている小学校のランク、両親が勤めている会社からも、資産は推定できます。他の子供と比較して、両親が高額な身代金を支払えると考えたんでしょう」

なるほど、と平河が口をすぼめた。犯人は鈴木家に金があると知っていた、と紀美がテーブルを規則的に爪で叩いた。

「一部上場企業の人事情報は新聞に載ることもありますし、他にも調べる方法はあったはずです。計画的な誘拐で、証拠を残さないように動いているのは、常習的な犯罪者だからで、鈴木家と直接的な関係はなかったと考える方が犯人像に近いのでは？」

そんなに簡単に個人情報が漏れますかね、と平河が頭を掻いた。

「高層マンションに住んでいても、ブランド品を持っていても、高級外車に乗っていても、銀行預金の残高まではわからんでしょう。自分は同僚の給料を知っていますが、預金は見当もつきませんね。親の遺産が入ったとか、もともと金持ちだったとか、それぞれ事情があります。預金の残高なんて、親友にだって話しませんよ」

鈴木は一流企業の役員です、と会澤がタブレットを確認した。

「社内はもちろん、仕事上の関係者に前科者はいないでしょう。誘拐は重犯罪で、一般人にはできません。ぼくも村山さんの意見に賛成です。犯人は男性で、反社組織の構成員、そう考えていいと思いますが」

問題を複雑にしてはならない、と石田が首を振った。

「犯人は人質の両親を知っていた、もしくは生活実態を調べていた、そのいずれかだ。誤った判断を下すと、取り返しのつかない事態を招く。ここが分水嶺《ぶんすいれい》で、先入観や思い込みは交渉人の最大の敵となる」

会澤と平河が顔を見合わせた。五分休憩しよう、と石田が言った。

「冷静さを欠けば、正しい判断は下せない。五分後、改めて検討を始める」

会澤の肩を軽く叩いた平河が会議室を出て行き、紀美と晴がその後に続いた。麻衣子は会澤と顔を見合わせ、小さくため息をついた。

6

五分後、紀美と平河が戻ってきた。廊下で電話をしていた石田が席に着き、並木くんはどうした、と顔を左右に向けた。

「自信がないので、研修から外れたいと……」紀美が目を逸らした。「止めたんですが、出て行ってしまって……」

緊張に耐えられなかったのだろう。石田の研修には、それだけの厳しさがある。誤った判断を下せば少女が死ぬ、と麻衣子もわかっていた。

やむを得ない、と石田が肩をすくめた。

「性格的に不向きな者はいるからね……では、犯人の身元について再検討を始めよう。意見のある者は？」

考えれば考えるほどわからなくなって、と紀美が息を吐いた。

「犯人は反社組織の構成員だと思っていましたが、先入観なのかもしれません。犯人が大金を必要としていたのは確かですし、前科があるのも間違いないでしょう。常識的に考えれば、犯罪歴のない者に誘拐はできません。でも間違っていたらと思うと……」

それでも決断を迫られる、と石田が言った。

「交渉人とはそういう仕事だ。君はどうだ？」

違和感があります、と麻衣子は視線をタブレットに向けた。

「違和感とは？」

石田の問いに、麻衣子は小さく首を振った。何かあるのはわかっている。感じた、と言うべきかもしれない。

犯人と鈴木家の関係に、自分は気づいている。でも、絶対とは言い切れない。根拠もない。

だから、意見を言えない。性格的な弱さは、麻衣子自身が誰よりも知っていた。

自信が持てない。自分を信じることができない。結論を出せないのはそのためだ。

肩をすくめた平河が、何も思いつきませんと言った。意見があるようだな、と石田が体の向きを変えた。

改めて考えてみました、と会澤が口を開いた。

「犯人は会社の同僚、あるいは取引先の関係者ではない、それがぼくの結論です。鈴木家の資産状況を把握できるのは、同じ部署もしくは関係の深い取引先の社員だけです。しかし、その中に犯罪歴がある者がいるとは思えません。会社関係以外で考えれば、友人もしくは親戚となります」

「それで？」

犯人の声を聞き直しました、と会澤が耳に装着していたブルートゥースイヤホンに触れた。

「発音やイントネーションが標準語と少しだけ違っている気がしました。鈴木は青森の大学を卒業してますよね？　実家が青森県にあるとすれば、津軽訛りの発音では？」

続けて、と石田が促した。犯人は標準語と津軽弁のバイリンガルだと思います、と会澤が言った。

「身内や仲間とは津軽弁で話すが、外部の人間との会話では標準語を使う……電話で犯人は標準語を話してましたが、発音に津軽訛りが残ってたのは確かです」

会澤がタブレットに触れると、交渉人と犯人の会話が流れ出した。

『〈鈴木〉だ。もしもし、〈花子〉か？』

『娘を誘拐した。昨日の夜、奥さんに一億円を用意しろど伝えた』

会澤が音声をポーズにした。

「一億円を用意しろ〝ど〟伝えた、と犯人は言っています。標準語なら〝一億円を用意しろと〟になるはずです」

もう一度会澤がタブレットに触れると、娘を誘拐した、と犯人が言った。

『昨日の夜、奥さんに一億円を用意しろ〝ど〟伝えた』

本当だ、と平河が目を丸くした。ぼくは専門家ではありませんが、と会澤がタブレットをグーグルの検索画面に切り替えた。

「単語、あるいは会話内の語中、カ行、タ行が濁音になる、という特徴が津軽弁にあるようです。従って、犯人は青森県民あるいは青森県出身と考えられます。鈴木の友人なら五十歳前後でしょう。ですが、その年齢の誘拐犯はめったにいません」

　確かにそうだ、と石田がうなずいた。

「それを考えると、鈴木家の資産状況を知っている若い親戚、つまり鈴木の甥もしくは従兄弟ではありませんか？」

　いいだろう、と石田が白い歯を見せて笑った。

「この事件の解決に寄与したのは、交渉人でもプロファイラーでもなく、捜査本部にいた所轄の刑事だった。彼は青森県の出身で、犯人と交渉人の会話を聞いて青森県民だと直感し、それを指揮官に伝えた」

　石田がスマホに触れると、画面に表示された記事の黒塗り部分が外れた。〝誘拐事件の犯人を逮捕〟、〝父親の甥〟、という見出しがあった。

「指揮官は鈴木に犯人と交渉人の会話を聞かせ、落ち着いて考えるように言った。甥の名前が出たのはその時だ。ギャンブル依存で多額の借金があり、青森県から東京に逃げていたが、その時点で闇金から六千万円の返済を迫られていたのを、鈴木が思い出した」

　動機があったんだ、と石田が言った。

「甥の年齢は二十九歳、普段は標準語を使っているが、訛りやイントネーションはなかなか抜けないものだ。六年前、地元で車両窃盗の現行犯で逮捕されていたが、叔父の娘を誘拐したのは闇金業者に脅されたためで、他に返済手段がなかったこともあり、犯行に踏み切った」

そこまでわかれば後は早かった、と石田がうなずいた。

「犯人の親も、鈴木の資産状況を知っていた。犯人は親からそれを聞いて、一億円を支払う能力があると考えた。三時間後、アパートの自室に少女を軟禁していた甥が逮捕された。気の弱い男で、少女を傷つけるつもりはなかったと供述している。食事や水を与え、目隠し以外拘束はしていなかった。早期解決に至った理由は、所轄の刑事が津軽訛りに気づいたことだ」

模擬訓練は以上だ、と石田が時計に目をやった。

「犯人に繋がる情報は、交渉の中に必ず残っている。それを見逃してはならない。今回のケースでは、聞き逃してはならないと言うべきかな？　今日はそんなところだ」

ブザーが鳴り、石田が会議室を出て行った。たいしたものです、と平河が軽く手を叩いた。

麻衣子は何も言わなかった。違和感があったのに、という悔いが胸にあった。

第五章　思考実験

1

人数が減りましたね、と平河がハイボールのグラスを手にした。麻衣子、紀美、そして会澤が小さくうなずいた。

模擬訓練が終わったのは夕方五時だ。何をしたわけでもないが、お互いの顔を見れば疲れているのがわかった。

精神的な疲労ではなく、肉体的に消耗していた。脳をフル稼働させていたため、体内の酸素のほとんどが頭に集中した感覚があった。

お茶でも飲みませんか、と声をかけたのは麻衣子だった。誰かと話してストレスを吐き出さなければ、頭がオーバーヒートするだろう。

話す相手は模擬訓練に参加した者でなければならない。説明や前置き抜きで話せる誰かが必要だった。

それは四人とも同じで、警視庁本庁舎を出る頃には、誰が言ったわけでもないが、酒を飲みながら話すと決まった。

有楽町線で月島まで移動し、もんじゃ焼きの店に入り、それぞれがドリンクをオーダーした。麻衣子と紀美はビール、飲めない会澤はウーロン茶、そして平河はハイボールだった。

ひと月も経たないうちに半分になった、と紀美が中ジョッキを傾けた。

「晴が降りるとは思ってなかった。最初はともかく、前向きに取り組むようになってたのに……」

向き不向きはありますよ、と会澤が苦笑した。

「模擬訓練とわかっていても、プレッシャーはありました。交渉の現場では小さなミスが命取りになります。並木さんも耐えられなくなったんでしょう。無断で辞めるしかないぐらい、追い詰められていたんですよ」

麻衣子は無言で中ジョッキを見つめた。細かい泡が揺れている。

石田警視は心理的な圧をかけます、と平河が言った。

「態度や言葉ではなく、もっと深い部分で、我々の心を揺さぶってくる……意図があるのか、そこはわかりませんがね」

時間が早いため、店には他に二組の客しかいなかった。変わった人です、と平河がハイボールのお代わりを頼んだ。

「徹底的な能力主義者で、見ているのは我々の資質だけです。思っていたより、交渉人が対応する事件は多いようですね。人材確保が頭にあるんでしょう。ただ、警察庁のキャリアが自らそれを行なうのは、珍しいんじゃないですか？」

優秀なキャリアなのは確かです、と会澤が言った。表情に不満に似た色が浮かんでいた。

「しかし、キャリアの本来の仕事は全国都道府県警察本部の統括、つまり管理や人事ですよ。現場で捜査の指揮を執り、交渉人として犯人と対峙する立場じゃありません。能力の高い交渉人の育成を義務と考えているのは、理由があるんでしょうか？」

いずれは警察庁長官になるかもしれない人材だと上司が話してました、と麻衣子はうなずいた。

「わたしは年次も下ですし、石田警視のことは名前しか知りませんでしたが、研修への参加が決まると、噂が入ってきました。仕事ができて頭も切れるが、やり過ぎるところがある……どちらかと言えば、否定的なニュアンスが強かった気がします」

一般の会社でもそうだが、能力が高くても昇進が早いとは限らない。多くの場合、同僚、先輩後輩、上司や部下とのコミュニケーション能力に長けた者の方が組織内での評価は高くなる。

麻衣子は警察庁内での石田修平の評判をはっきり知らなかった。

警察庁は各省庁と人事交流を常に行なっている。全省庁の上に立つ内閣官房には、慣例として警察庁の出身者が必ず入る。

そこで求められるのは調整能力であり、事件解決の実績は関係ない。官僚としての立ち回りが巧い男なのか、何とも言えなかった。

一月の終わりに調布で強盗殺人が起きたでしょ、と紀美が言った。前に河井が触れていた話だ。

「去年の春頃から、アポ電強盗が十件以上あった。最初は京都、次は広島だった。手口から同一グループによる犯行だとわかり、京都府警が中心になって捜査を進めていたけど、その後、犯人グループは拠点を関東に移し、千葉、埼玉、神奈川、そして東京で犯行を重ねている。知ってるでしょ？」

もちろん、と会澤がうなずいた。

「一人暮らしの高齢者に電話をかけて在宅を確かめ、複数で窓ガラスを割って侵入し、暴力で脅し、金を奪って逃げる……調布で殺されたのは九十歳の男性でしたね。酷い話です」

一連の事件について、麻衣子も聞いていた。手口は粗暴で、プロの犯行ではない。背後には特殊詐欺グループがいて、SNSを通じ闇バイトを募集し、遠隔操作する形で指示している、と警視庁は考えていた。

石田警視の講義が半月なかったのは、と紀美が声を低くした。

「調布の実行犯のうち一人が逮捕され、その供述から、リーダーの戸口英二郎《とぐちえいじろう》と他三人がフィリピンにいるとわかり、石田警視を含め何人かがフィリピン政府に戸口の引き渡しを要請するために渡航したからだったそうよ。でも、日本が犯罪人引き渡し条約を結んでいるのはアメリカと韓国だけでしょ？　現地での捜査、そして逮捕はフィリピン警察にしかできない。しかも犯人の所在もわかっていなかったと聞いた。外務省マターだけど、警察庁としても誰かを同行させなければならなくて、選ばれたのが石田警視って話よ」

麻衣子は噂で聞いただけだが、紀美の情報は正確だった。

警視庁に出向しているキャリアですからね、と会澤が言った。

「特殊詐欺捜査はＳＩＴも担当しています。適材適所ってことじゃないですか？　戸口は三年間で八十億円を詐取した特殊詐欺グループ〝赤蛇《あかへび》〟を率いてましたが、指名手配される前からフィリピンに潜伏していたそうです。特殊詐欺からアポ電強盗に切り替えたのは、その方が手っ取り早く現金を奪えるからでしょう。精度の高い高齢者の名簿を持っていたはずで、高収入を餌に闇バイトを集めるのも、難しくなかったと思いますよ」

いわゆるオレオレ詐欺に代表される特殊詐欺は九〇年代からあったが、ネーミングとして定着したのは二〇〇三年前後だ。

当初は犯人が子供、孫を装っていたが、複数の掛け子が債権者、弁護士、警察官を演じる形に進化し、還付金詐欺、預貯金詐欺など手口が複雑になった。劇場型犯罪であり、警視庁はその総称を特殊詐欺とし、手口を十に分類している。

その後、マスコミを通じ、オレオレ詐欺が広く認知され、金融機関の注意喚起により、発生件数こそ減少しているが、被害額は増加していた。高齢者が自宅に置いているタンス預金を狙うケースも多く、その発展形がアポ電強盗だ。

アポ電強盗では、被害者となる高齢者の情報が不可欠となる。手当たり次第に一人暮らしの老人の家を襲っていたら、効率が悪くなるだけだ。

特殊詐欺グループがアポ電強盗グループに転じるのは、親和性が高いためだ。彼らは高齢者の名簿を持っている。そこには氏名、年齢、性別、住所、電話番号といった基礎情報に加え、家族構成や資産状況、キャッシュカードやクレジットカード情報も載っているから、一件で数千万円を奪うこともできた。

よくわからないんですが、と平河が片手を挙げた。

「リーダーの戸口が高齢者の名簿を持っていて、それを元にターゲットを選ぶわけですね？　ＳＮＳで闇バイトを集め、強盗に必要な道具を用意させ、手口を教える……そこまではいいんですが、被害者の自宅にどれだけの現金があるか、ある程度正確に知らないと、闇バイトの連中が一千万円を奪っても、百万円しかなかったと申告したら、フィリピンにいる戸口は確認できませんよね？　その辺りはどうしてるんです？」

監視役がいるそうです、と会澤がビールを飲んだ。

「強盗には加わらないが、携帯電話を通じて指示し、どれだけ金があったか報告させると聞きました。犯行時、闇バイトたちは常にブルートゥースイヤホンを装着し、監視役の命令に従うしかないようです」

「なぜ、連中は従うんです？」

「闇バイトたちは最初に自分の運転免許証を撮影して、スマホで送るんです。身元が確認できない者は雇いません。実家の住所、家族の情報も渡すようですね。闇バイトたちはお互いの名前も知りません。知らない者同士が集められ、即席のチームを作って強盗に入る……怖《お》じ気づく者もいるでしょうが、自分、そして家族の命が懸かってますから、裏切るわけにはいきません。親兄弟を人質に取られているのと同じですよ」

現場を仕切るのは監視役ってこと、と紀美がぽつりと言った。

「戸口がリーダーだけど、監視役は共犯以上で、実質的には主犯格……特殊詐欺事件は捜査が難しい。石田警視が交渉人育成に力を注いでいるのは、第二、第三の犠牲者が出た時に備えてるんじゃない？」

私には無理です、と平河がへらにもんじゃを載せた。

「交渉人としての資質がないのは、自分でもわかっていますよ。注意力に欠ける、と高校の教師によく言われたもんです……その点、会澤さんは違いますね。犯人の津軽訛りのイントネーションなんて、私は気づきませんでした」

平河さんも違和感はあったでしょう、と会澤が言った。

「村山さんも遠野さんも……一億円を用意しろ〝ど〟は、わかりやすい例として挙げただけで、もっと根本的なイントネーションの違いを聞き取っていたのでは？」

でも指摘できなかった、と紀美が別に頼んでいたウインナーを齧《かじ》った。

「何か変だ、どこかおかしい、とわたしも思っていた。最初に交渉人と犯人の会話を聞いた時からよ。だけど、何度も同じ音声を聞いていると、違和感が薄れていった。慣れたからかもしれない。あなたは？」

自信がなくて、と麻衣子は首を振った。

「誘拐された少女の命が懸かっていると思うと、判断ミスはできません。怖くて何も言えませんでした」

「会澤くんは交渉人になるつもりなの？」

紀美の問いに、微妙ですね、と会澤が答えた。

「興味はありますよ。ただ、ぼくは二カ月前に本庁勤務が決まったばかりで、経験が足りません。もっと現場を踏まないと、刑事として使い物にならないでしょう。警察官を志したのは市民の安全と治安を守るためで、ぼくにはもっとやるべき仕事があるんじゃないか、そう思っています」

ずいぶん真面目なご意見ですこと、と紀美が会澤の肩を叩いた。

「市民の安全と治安を守る？　刑事として経験を積みたい？　それなら研修から降りてよ」

麻衣子は紀美の肘を引いた。酔っているのは、少し前からわかっていた。

今夜は飲みましょう、と平河がグラスを掲げた。

「模擬訓練とはいえ、犯人は逮捕され、人質も無事保護されたんです。乾杯しませんか？」

かんぱーい、と紀美が大声を上げた。麻衣子に目をやった会澤の頬に、苦笑が浮かんでいた。

2

三月に入ると、講義の内容がより具体的になった。

それまでは基礎心理学と応用心理学、いずれも概論だったが、各論ごとに詳しい教え方になり、ただ講義を聞くだけではなく、意見を求められることも多かった。

講師も大学の教授、准教授に限らず、商社マン、スーパーマーケットのバイヤー、実演販売者、証券会社のセールスマンなど、多岐にわたった。職業、年齢、学歴、出身など何もかもが違うにもかかわらず、石田に対するリスペクトが感じられた。

石田も講師の一人として講義を行なっていたが、基本的には過去に交渉が失敗に終わった事件を取り上げ、その理由を考えるという教え方だった。

三月十二日、金曜の午後三時半、石田が壇上の机の前に座り、警視庁において交渉人の歴史はそれなりに長い、と口を開いた。

「半世紀以上だ。だから、我々にはマニュアルがある。だが、交渉が失敗に終わった事件は少なくない。なぜだと思う？」

石田の問いに、マニュアルだけでは対応できない事件が起きるからです、と会澤が答えた。

「交渉が必要とされる事件では、犯人の心理状態が不安定です。マニュアルの弱点はアクシデントで、犯人の動きは予測不能です。交渉が失敗することもあるでしょう」

マニュアルに沿って我々は交渉を行なう、と石田が言った。

「基本は重要で、守れない者に交渉はできない。だが、マニュアル頼みでは交渉に失敗する。マニュアルを参考にしながら、臨機応変に対応し、更に幸運や偶然が味方についた時、交渉は成功する。こんなことを言ったら身も蓋もないが、交渉の場において真っ先にやるべきなのは神頼みかもしれない」

今のは冗談だと苦笑を浮かべた石田が、失敗には必ず理由があると補足した。

「よく言うだろう？　勝ちに不思議の勝ちあり、負けに不思議の負けなしと……交渉の失敗はイコール警察の敗北だが、ほとんどの場合、その原因は犯人を感情的にさせたためと考えていい。わかりやすいのは怒りだな。犯人が怒り、いわゆるキレた状態になると、交渉不能になる。その後どうなるか、説明はいらないな？」

交渉人が犯人を怒らせるようなことをするでしょうか、と平河がゆっくりと首を傾げた。

「交渉人も警察官です。警察官には長年の経験があります。犯人の話を黙って聞き、要求に対してノーと言わない。その通りだと思いますが、犯人を刺激するような言葉を使う警察官はいませんよ。交渉人であれば、うまく説得できるのでは？」

交渉人は説得をしない、と石田が断言した。

「犯人と対等の立場で話す。人間同士がコミュニケーションを取るために重要なのは何だ？」

石田と目が合い、麻衣子は思わず立ち上がった。

「それは……会話です。正確に言えば、会話を試みることです」

座っていい、と石田が小さく笑った。

「会話を通じ、互いを人間として認め合う。相手は犯罪者だが、何らかの理由で窮地にいると考えた方がいい。助けてあげる、救ってやるというような、上からの発言をしてはならない。だからといって、下手に出る必要もない。お互いを問題解決のパートナーと考えるんだ。交渉人だけでも犯人だけでも、トラブルは解決できない。相互理解、協力関係が重要になる」

「そのためにはどうすればいいんですか？」

麻衣子の問いに、話のきっかけとして、と石田が言った。

「自分の情報を開示してもいい。自分の名前、年齢を伝え、二人でトラブルを解決したいと誠意を込めて話す。コミュニケーション不足が交渉を失敗に導くケースは多い。相互理解の前に解決策を提示すると、警戒心が先に立って犯人は交渉人を信じなくなる。覚えておいた方がいい」

時間的制約がある場合は、と紀美がこめかみを強く指で押した。

「どうすればいいんです？　強引にでも説得を試みるべきでは？」

交渉人は説得をしない、と石田が繰り返した。

「事件の当事者である犯人は、最初からまともな精神状態じゃない。興奮しているし、混乱もあるだろう。そんな相手に冷静さを求めても効果はない。理屈も論理も通用しない」

「では、どうしろと？」

沈黙だ、と石田が唇に指を当てた。

「叫び、怒鳴り、喚いている犯人がいたら、警察官は何らかの対応をせざるを得ない。落ち着け、冷静になれ、話し合おう、静かにしろ……黙れ、と居丈高に怒鳴りつける刑事がいたっておかしくない。だが、交渉人は沈黙を守る」

難しいです、と紀美が目を伏せた。沈黙とは、と石田が微笑を浮かべた。

「無言とも違う。犯人から問いかけがあれば、それには答える。使っていいのは〝はい〟〝いいえ〟その二つのワードだけだ。イエス、ノーではなく、確認のためのワードだな。時間の経過と共に、犯人の体力は落ちていくから、それを待て。時間的制約がある場合、と村山くんは言ったが、時間を稼ぐのが交渉人の仕事だ。一分で状況が変わることもある。それを待てない交渉人は、必ず失敗する」

どんな事件でも解決には時間がかかる、と石田が腕時計に目をやった。

「交渉人が臨場する事件も例外ではない……私はこの後、会議の予定が入っている。次回の講義について河井から説明がある」

石田が口を閉じるのと同時に、河井が入ってきた。後は頼む、と肩を叩いた石田が足早に出て行った。

十分ほどある、と河井がタブレットに目をやった。

「来週月曜、テストを行なう。研修が始まってひと月半、各自の適性を計るには十分な時間が経っただろう」

ここに四台のスマホがある、と河井が持っていた布の袋を開いた。

「月曜の朝八時、君たち四人にこれを渡す。どれを選ぶかは君たちに任せる。八時半になったら、登録してある番号に電話しろ」

「誰と繫がってるんです？」

会澤の問いに、アルバイトの大学生だと河井が答えた。

「以前、高遠大学の三石教授の講義があったのは覚えてるな？　三石ゼミの三年生から男女二人ずつを選んでもらった。全員二十歳で、警察ＯＢの名簿をデジタルデータにするアルバイトと伝えてある。念のために言っておくが、昭和四十年の名簿だから、機密情報ではない」

これがその名簿だ、と河井が薄い冊子を机に置いた。

「名前、生年月日、退職時の所属、階級、その他が載っている。単純な作業で、一人のデータを入力するのに一分もかからない。平均すれば一分で二、三人か？　この名簿には約二千人の名前があるが、できるだけ多く、と四人の大学生には伝えてある。午前九時スタート、正午から一時間の休憩を挟み、夕方五時に終了する。実働時間は七時間、一分で二人のデータを入力すれば、八百四十人前後になる」

それは単純計算ですよね、と紀美が尖った声で言った。

「時間が経てば、入力スピードは落ちます。実際にはもっと少ないのでは?」

他にも少なくなる理由がある、と河井がうなずいた。

「アルバイト代は日給一万円で、それは支払い済みだ。作業をするのは彼らの部屋。四人は一人暮らしで、作業を監視する者はいない。またOCRなどは使用禁止で手入力のみが条件だ。言い方は悪いが、誰でも手を抜くだろう。八百人以下になってもおかしくないが、我々は意図的にこの状況を作った」

君たちの交渉力でデータ入力の効率を上げろ、と河井が命じた。

「君たちは八時半に電話をかけ、五分間だけ話していい。何をどう話すかは、君たち次第だ。このテストでは、君たちの交渉力を試す。夕方五時、大学生たちは入力データをこちらへ送る。その数が最も少なかった大学生を担当した者は、今後研修に出席しなくていい」

失格ですかと尋ねた平河に、そうだ、と河井がうなずいた。

「何か質問は?」

何を言えばいいんです、と会澤が顔をしかめた。

「こちらの事情を説明して、限界まで努力しろ、そう言っても構わないんですか?」

構わん、と河井が言った。

「ただ、交渉人研修生としてのプライドがあるなら、そんなことは言わんだろうがな。五分間を有効に使い、大学生のモチベーションを高めろ。君たちの言葉で彼らを動かせ。なお、君たちが大学生と話す様子は、後の検討のために録画する。彼らが午前九時に作業を始めたら、その後の行動は自由だ。夕方五時までにここへ戻ること。その場で結果が出る。いいな？」

禁止事項はありますか、と麻衣子は左右に目をやった。特にない、と河井が答えるのと同時に、ブザーが鳴った。

月曜の朝八時だ、と最後に言った河井が会議室を後にした。意味がわからないと紀美がつぶやいたが、麻衣子もそれは同じだった。

3

三月十五日、月曜日。麻衣子は七時半に会議室に入った。石田も河井もいない。他の三人も来ていなかった。

金曜、河井が出て行くと、誰もが困惑した表情を浮かべていたが、互いに相談はしなかった。できなかった、と言うべきかもしれない。

河井の説明で、石田の意図はわかったつもりだ。アルバイトの大学生は犯罪者ではないが、コミュニケーションの取り方によってモチベーションが変わる。与えられた五分間という制限時間の中で、それぞれに何ができるのかを試すテストだ。

だが、高遠大学の三石ゼミの学生というだけで、名前はもちろん、性格もわからない。相手が男性なのか、女性なのかもだ。

初めて話す初対面の相手に何をどう言えばいいのか。

(じたばたしても始まらない)

開き直りに近い感覚が麻衣子の中にあった。とにかく、大学生は犯罪者ではない。ミスがあっても、誰が傷つくわけでもない。

席で待っていると、平河が入ってきた。すぐに河井が来て、まだか、というように会議室を見渡した。

七時五十五分、紀美と会澤が席に着いた。五分前行動は警察官の習慣だ。

河井が布の袋から四台のスマホを取り出し、机の上に並べた。

「どれが誰に繋がっているのか、自分も聞いていない。混乱を避けるため、一から四まで番号を振ってある。どれを選んでもいい。一台取って、席に戻れ」

何回かジャンケンを繰り返し、紀美、平河、会澤の順でスマホを取り、自分の席に戻った。麻衣子は最後だった。

手の中のスマホに、小さく切ったガムテープが貼ってある。そこに四と数字が記されていた。

一は会澤だな、と河井が顔を向けた。

「席を移動しろ。前列の左端だ。二は村山か？　君は前列の右から二番目へ……三の平河は後列の右端、四の遠野は後列の左から二番目だ」

指示に従って席を移ると、そこにブルートゥースイヤホンとタブレットが置かれていた。

スマホに同期の上、耳に装着、と河井が命じた。

「席を離したのは、大学生の声を聞きやすくするためだ。電話をかける前に、タブレットの録画ボタンを押せ。同期が完了したら、指示があるまで待機」

河井が会議室を出て行くと、参ったな、と会澤が頭を掻いた。紀美と平河は無言だ。

考える時間は十分にあった。電話の相手に何を言うか、全員が決めている。条件は同じで、有利も不利もない。

（でも、運はある）

麻衣子は同期を終えたスマホを見つめた。番号に触れれば電話が繋がり、男性か女性のどちらかが出る。

（女性であれば何とかなる）

研修が始まって、ひと月半が経っている。その間、交渉人について調べ、考え続けた。警察庁の窓際に座っているより、交渉人として働きたかった。

研修中、何度か広岡に呼び出され、途中経過の報告を命じられたが、高圧的な物言いに反感があった。警察組織における女性のポジションは常に低い。他の省庁と比較にならないほどだ。

この数年、社会的なコンプライアンスに配慮して、女性管理職を増やす動きがあるが、百年経ってもその割合は十パーセントを超えないだろう。警察はこの国の極端な縮図だ、という思いが常にあった。

麻衣子が交渉人研修に参加しているのは、男女のバランスを取るためだが、本気で交渉人を目指したらどうなるのか。

――これは名目上の異動だ。三カ月間の研修が終われば、君を警察庁へ戻す。石田警視も了解済みだ――

異動の辞令が出た時、広岡はそう言った。だが、ひと月半、石田を見てきた。感情に流されず、情にもほだされないが、能力を正当に評価する印象があった。

自分に交渉人としての適性があれば、石田は必ず残すだろう。誰であれ、必要と判断すれば石田は離さない。

石田が犯罪を憎んでいるのは確かだ。単に正義感が強いのではない。過去に何かあったのではないか、と麻衣子は思っていた。麻衣子自身もそうだった。

強盗に殺害された祖母の顔が頭から消えたことはない。あの時、自分には何もできなかった。子供だったから、というのは言い訳に過ぎない。大学を卒業し、警察庁に入庁してからも、何もできずにいるのは同じだった。

祖母の無念を晴らすために、犯罪者と戦うつもりだったが、捜査の最前線に立つとまでは考えていなかった。だが、交渉人の実態を知り、他に道はないと思うようになっていた。

電話の相手が女性であってほしいと願ったのは、その方が有利だからだ。個人差はあるが、今回のような単純作業のアルバイトであれば、男性より女性の方が仕事を確実にこなすだろう。

ドアが開き、河井が戻ってきた。しばらく腕時計を睨んでいたが、時間だ、と顔を上げた。

「電話をかけていい。五分以内に会話を終えろ」

麻衣子は登録されていた十一桁の番号にタッチした。呼び出し音が七回鳴ったところで、もしもし、という声がした。男だった。

「警視庁の遠野です。アルバイトの件で連絡しています」

『ああ、三石教授のあれですよね？　わかってます、ちゃんとやりますよ』

早口の返事に、麻衣子は目をつぶった。話し方で性格はわかる。ちゃんとやりますと言う男が、ちゃんとやった例《ためし》はない。

「教授から聞いてると思いますが――」

はいはい、と男が言った。言葉の軽さに目眩《めまい》がするほどだった。

『九時になったら始めればいいんですよね？　夕方の五時に終わったら入力したデータをそっちに送信する。それでいいんでしょう？』

「失礼ですが、名前を確認させてください」

『ぼくですか？　本橋です。本橋ノリミチ、三石ゼミの学生です』

本橋くん、と麻衣子は声のトーンを落とした。

「今、自分の部屋ね？　アパート、それともマンション住まい？」

何の話ですか、と本橋が戸惑ったような声を上げた。

『ワンルームマンションですけど、それが何か？』

高遠大学のキャンパスが市ケ谷にあるのは知ってる、と麻衣子は言った。

「大学からは近い？」

『曙橋《あけぼのばし》です。わざわざ不便なところを借りるわけないでしょ』

「三石教授の紹介で、このアルバイトをすることになった。そうよね？」

『はい』

「住所は？」

『住所ですか？　ええと、新宿区富久町《とみひさちょう》……』

麻衣子はタブレットに別窓を開け、ストリートビューを使って新宿区富久町を検索した。すぐに本橋が住んでいる曙橋エメラルドマンションの映像が出てきた。

「目立つデザインね。家賃が高いんじゃない？」

『そんなことないですよ。曙橋の駅から離れてますし、狭いワンルームで、普通じゃないですか？』

時計に目をやった。三分が過ぎている。

本橋くん、と麻衣子はブルートゥースイヤホンに中指を当ててゆっくりと話し、通話を切った。四分二十秒が経っていた。

平河、会澤も順に通話を終え、粘っていた紀美がブルートゥースイヤホンを外したのは四分五十九秒だった。

夕方五時までにここへ戻れ、と河井が言った。

「遅刻は厳禁だ。いいな？　では、スマホを席に置いて退出しろ」

指示に従い、麻衣子たちは廊下に出た。最後に出てきた平河が、まだ九時前です、と時計を見た。

「喫茶部でお茶でも飲みますか？」

うなずいた紀美が、あなたはどうするの、と目で聞いた。用事があるので、と麻衣子はコートの袖に腕を通した。

エレベーターで一階に降り、桜田門駅から有楽町線で市ケ谷駅に出た。靖国通りでタクシーを停めた時、往復一時間、とつぶやきが漏れた。

4

夕方四時五十分、麻衣子は会議室に戻った。会澤と平河が立ったまま話していた。

「村山さんは？」

「一時間ほどお茶を飲んで、一度自宅へ帰ると言ってましたよ」

遠野さんはどこにいたんです、と平河が顔を覗き込んだ。

「時間潰しに苦労しましたよ。自分は会澤さんと映画をハシゴしましたが、それでも時間が余って……警察官がパチンコってわけにもいきませんし、参りました」

ドアが開き、石田と河井が入ってきた。時間が空いたんでね、と石田が笑みを浮かべた。

「様子を見に来た。河井、どうなってる？」

まだ五時前です、と河井が苦笑した。

「あと六分あります。五時ジャストに作業終了、その後四人の大学生が入力したデータをこちらへ送ってきます。それまで待ってください」

石田が壇上の席に腰を下ろした。別の席で、河井がパソコンを立ち上げた。

戻ってきた紀美が石田に気づき、遅れてすいませんと言って自分の席に座った。ぎりぎりセーフだ、とパソコンに目をやりながら河井が言った。

「そのまま待て。すぐに結果が出る」

数分、沈黙が続いた。データが届きました、と河井が石田に顔を向けた。

「会澤は九百十一件、村山は八百六十件、平河が八百八十二件……遠野は千二十二件、以上です」

麻衣子は安堵の息を吐いた。紀美の表情が険しくなっている。

思っていたより差はつかなかったが、と石田が軽く机を叩いた。

「村山くんが一番少なかった。所属していた署に戻ってくれ。君の研修は今日で終わりだ」

納得できません、と紀美が石田を睨みつけた。

「四人の大学生の入力スピードは、能力によって違います。速い者も遅い者もいたはずで、わたしと平河さんの差は二十二件、誤差の範囲だと思います。こんなことで研修から外されるんですか？」

数字は嘘をつかない、と石田が言った。

「そして、君と他の三人の間には明確な違いがあった。このテストは君たちがアルバイトの大学生と作業を順調に進めるために何を話すか、そこがポイントだった。君たちと大学生の会話を映像で確認したが、村山くんはひとつ大きなミスをしていた」

「わたしがミスを？　何です？」

交渉に正解も間違いもない、と石田が首を振った。

「だが、交渉人にはルールがある。交渉人と交渉相手の立場は同じで、対等に接し、相互理解の下、交渉を進める。そのために必要なのは名前の確認だ」

名前、と紀美がつぶやいた。名前は人格でもある、と石田が言った。

「村山くんは名乗らず、相手の名前も聞かなかった。そうだね？」

その必要はないと考えたからです、と紀美がデスクを叩いた。

「大学生はわたしが警察官であることも、アルバイトの内容も知っていたし、警視庁の担当者から連絡があるのもわかっていた、そうですよね？　名前の確認より、作業に当たるモチベーションを上げる方が優先順位は高いはずです」

言い分はわかる、と石田がタブレットに触れた。流れてきたのは紀美の声だった。

『……これは警視庁の資料で、できるだけ速く、正確に作業を終わらせることが重要になる。絶対に五時まで手を止めてはならない』

ポーズボタンを押した石田が顔を上げた。

「四人の大学生がどこまでこの作業に本気で向き合っていたのか、それは私にもわからない。三石教授に伝えたのは、警視庁の名簿をデジタルデータに変換するアルバイトということだけだ。高遠大学の三石ゼミは人気があり、四人とも成績が優秀なのは言うまでもないね？　とはいえ、そこは大学生だ。監視する者がいなければ、適当というと語弊があるが、真面目にやらなくてもいいと考える者がいてもおかしくない」

要領がいい者ほどそうかもしれない、と石田が話を続けた。

「彼ら彼女らのモチベーションを上げるには、コミュニケーションが必須だ。村山くんは効率を重視して、人間関係の構築を怠った。最終的な数字の差は誤差じゃない。当然の帰結なんだ」

そうでしょうかと口を尖らせた紀美に、他の三人はまず自分の名前を言い、相手の名前を聞いている、と石田が机を指で叩いた。

「名前を呼ぶことでコミュニケーションを取るのが交渉の基本だ。実際の現場でも、交渉人は必ず名乗り、相手の名前を確認する。犯罪者が本名を言うことはないが、その時は呼び名を決める。君、お前、あなた、二人称代名詞ではなく、名前そのものに人格を持たせる。そこが理解できない者は交渉人に向いていない」

理解はしています、と紀美が言った。

「ですが、それとこれとは違うと……今回の場合、お互いの立場はわかってるわけですし……」

君の熱意は伝わっただろう、と石田が肩をすくめた。

「単なるアルバイトではなく、重要な仕事だということもね。だが、相手には君が誰なのか、なぜそんな指示を出すのか、バックボーンがわからなかった。それでは誰も頑張ろうとは思わない。相手を感情的にさせてはならないが、感情に訴えるのは重要だ。わかっていたはずなのに、なぜそれをしなかった？」

しばらく黙っていた紀美が口を開いた。

「本庁勤務を希望していました」

知っている、と石田がうなずいた。理由があります、と紀美が石田の目を見つめた。

「刑事は女性に向かない職業、と言われます。間違ってはいません。犯人逮捕には危険が伴います。抵抗されれば、逮捕術を学んでいても、女性の力ではかなわないこともあるでしょう。ですが、それを言っていたら、いつまで経っても警察は変わりません。本庁刑事部に勤務する女性捜査官が増えれば、後から続く者が働きやすくなる。だから、わたしが――」

警察に限った話じゃない、と石田が舌打ちをした。

「男性も女性も関係なく、それぞれが能力を発揮できる社会を目指すべきだが、現実は違う。特に警察組織は酷い。女性蔑視どころか、女性差別が横行している。だが、それと関係なく、君は交渉人に向いていない。女性だから落とすわけじゃない。適性に欠けるから落とした。君なら意味はわかるはずだ」

石田がドアを指さした。肩を落とした紀美が一礼して出て行った。

5

いいんですか、と平河が口を開いた。

「たった二十二件です。大きな差とは言えません。村山さんは誰よりも熱心で、交渉について学んでいました。判断は正しかったと思いますか？」

仮に君と村山くんの数字が逆だったとしても、と石田が言った。

「彼女を落とした。基本的なミスを犯したからだ。熱意はわかるが、必要としているのは優秀な資質を持つ者で、警察官としての能力と交渉人のそれは違う」

「そうかもしれませんが……」

君は基本に忠実だった、と石田がタブレットに触れた。私は警視庁の平河といいます、たいらの平にさんずいの河です、という平河の声が流れ出した。

『あなたは相原真由さんですね？　相談の相に、はらっぱの原、真実の真に理由の由。高遠大学の三石ゼミ生と聞いています』

『はい、そうです』

『警視庁のデータのデジタル化は、信頼できる方にしか頼めません。あなたは優秀で真面目な学生だと三石教授が話していました』

『そんなことありません。普通です』

『実は、今日中に二千件のデータ入力を終えないと、各部署のデータ作成がやり直しになります。あなたの手元にある名簿には、二千人分の情報が載っていますが、すべてをデジタルデータに変換してください』

『……二千人は無理です。ざっと見ましたけど、七時間でできる量とは思えません』

『では、手分けしましょう。私も同じ作業をします。相原さんは〝あ行〟から始めてください。私は〝わ行〟、名簿の最後のページから入力します。お互いに協力すれば、トータルで二千件になるのでは？』

『わかりました。それなら何とかなるかもしれません。やってみます』

譲歩的依頼法をうまく使っている、と石田が音声を止めた。

「誰の心の中にも、返報性の原理がある。わかりやすく言えば、貸し借りという意識だ。借りを作れば、返さなければならない。逆も同じだ。人種、宗教、文化を問わず、それはDNAレベルで脳に刷り込みがある。無意識の契約という表現をする心理学者もいるぐらいだ」

返報性の原理はさまざまなセールスの場面で用いられる、と石田が先を続けた。

「平河くんが使ったのは、ドア・イン・ザ・フェイス・テクニック、DIFTだ。状況を説明し、その上で過大な要求をする。七時間で二千人分のデータを入力するのは、どう考えても無理だ。当然、相手は断る。そこで、要求を半分にする。断るという行為は心理的な借りとなる。平河くんの譲歩を彼女は受け入れ、半分ならできるかもしれないと答えた」

不精髭《ぶしょうひげ》を撫でた平河に、しかも君は自分も入力作業をすると言った、と石田が微笑んだ。

「一種の心理的アリバイだが、それもまた貸しになる。借りの意識が彼女のモチベーションになった。千件には届かなかったが、それはどうでもいい。君はＤＩＦＴを使いこなした。そこが村山くんとの大きな差だ」

君も相手の名前を真っ先に聞いたね、と石田が会澤に顔を向けた。

「君の使った手法はアンカリング効果の応用だ」

確認してみよう、と石田がタブレットに触れた。桑山太一くん、という会澤の声が聞こえた。

『高遠大の三年生だね？　三石ゼミの学生ってことは、成績もいいんだろう。今回のアルバイトについて、詳しい事情は聞いているかい？』

単純作業ですよね、とやや甲高い声で男が言った。

『名簿をパソコンに入力して、デジタルデータに変換する、それだけの仕事だと聞いています』

君にとっては簡単だろう、と会澤が言った。

『退屈で欠伸《あくび》が出るんじゃないか？　どれぐらいのペースで進められる？』

『まだわかりませんが、一時間で百人は問題ないと――』

『君がかい？　そんなことはないだろう。百五十人でも可能なはずだ。ぼくもこの仕事をしたことがあるけど、問題はペース配分で、最初から飛ばすと後に響く。一分で三人の入力を目指せばいい。一定のペースを保つんだ。君ならできるさ』

『はあ』

『他に三人、同じゼミの学生がこのアルバイトをしている。三人とも、千件前後を入力するはずだ。君にできないはずがない』

『とりあえず、やってみますけど……』

タブレットの音声を止めた石田が、アンカリング効果とは何か、と三人の顔を順に見た。

「判断のための情報を提示されると、人間はそれを基準とし、合わせようとする。アンカリングとは錨《いかり》によって船を繋ぎ止めておくことだが、ここでは思考の固定化を意味する。会澤くんは最初に相手の能力を高く評価した。早い話、おだてたんだ。その上で、他の三人は千件前後を入力すると基準を示した。目標が明確になると、人間のパフォーマンスは向上する」

アンカリング効果の例として価格の二重表示が挙げられる、と石田が言った。

「家電量販店で、メーカー希望小売価格と、その店での販売価格を並べているのを見たことがあるだろう？　メーカーは十万円を希望しているが、うちの店では八万円で販売します、そんな感じだ。この場合、錨になっているのは十万円という価格で、購買者にとってはそれが基準となる。他では十万円、その店では八万円なら買った方がいい、と誰でも思う。会澤くんは千件という数字を錨にして、そこを目指せと示唆した。暗示と言ってもいい。できるはずがないと思ってやるのと、できるかもしれないと思ってやるのとでは、結果が違ってくる。アンカリング効果によって一定の結果を引き出せるのは、心理学者にとって常識でもある」

そこまで深く考えてはいません、と頭を掻いた会澤に、声のかけ方もいい、と石田がうなずいた。

「話し方、というべきかな？　年下の人間に対し、下手に丁寧に話せば侮《あなど》られる。だが、命令は反感を招く。君はフランクに話していたから、相手も気が楽だっただろう。単純作業の場合、リラックスして臨んだ方が効率は上がる」

問題は君だ、と石田が麻衣子に目を向けた。

「最後まで迷った。村山くんではなく、君を研修から外すべきだったかもしれない」

思いがけない言葉に、麻衣子は顔を強《こわ》ばらせた。

6

なぜです、と言ったのは平河だった。

「千件を超えたのは遠野さんだけです。外すのはおかしくありませんか？」

微妙なところでね、と石田が顔をしかめた。

「今回のデータ入力だが、単純計算で一時間百二十件、七時間で八百四十件前後がいいところだ。入力スピードには個人差があるから、九百件を超える者もいるだろう。だが、千二十二件は多すぎる。千件を超えるのは難しい」

なぜだと思うと問われた会澤が、わかりませんと首を振った。人間だからだ、と石田が言った。

「大学生は機械じゃない。同じ作業を続けていれば飽きてくるし、能率も下がる。おだてても脅しても、無理なものは無理だ。ただし、ひとつだけ手がある」

「何です？」

会澤の問いに、強制だ、と石田がタブレットに触れた。流れてきたのは麻衣子の声だった。

『三石教授があなたを推薦したのは、真面目で信頼できる学生だからで、わたしもそう思っている』

『そのつもりですけど』

『でも、わたしは担当者として、作業の進捗《しんちょく》状況を確認する義務がある。そのために、あなたの部屋へ行く。それがこのアルバイトの条件だと聞いてるわね？』

聞いてません、と本橋が焦ったように言った。

『立ち会うってことですか？　だって、ぼくの部屋ですよ？　汚いし、狭いし、三石教授はそんなこと言ってなかったと――』

『警視庁の資料を作るアルバイトよ？　個人情報だし、機密情報も含まれる。九時になったら、作業を始めて。今から、あなたのマンションへ行く。立ち会うだけだから、気にしなくていい。わかった？』

『はあ……あの……』

監視による強制だ、と石田がポーズボタンを押した。

「遠野くんはまず本橋くんの名前を聞き、次に彼の住所を尋ねた。アルバイトの発注元は警視庁だから、彼も答えるしかない。午前十時から午後四時半まで、遠野くんは彼の部屋で後ろから監視していたんだ。警視庁の女性捜査官が背後にいたら、手を抜くわけにはいかない。遠野くんは自らを強制力として、本橋くんの作業効率を上げたんだ」

目的のためなら交渉人は常識を逸脱しても構わない、と石田がうなずいた。

「常識を壊すのも仕事のうちだ。常識に縛られていては、柔軟な発想ができない。だが、遠野くんは交渉人のルールを破った。そこは見過ごせない」

石田がタブレットをスワイプすると、麻衣子の声が再度流れ出した。

『わたしは担当者として、作業の進捗状況を確認する義務がある。そのために、あなたの部屋へ行く。それがこのアルバイトの条件だと聞いてるわね？』

そんな条件はない、と石田が音声を止めた。

「つまり、君は本橋くんに嘘をついた。交渉人の嘘は最悪の結果を招きかねない。何度も言ったはずだ」

人間には他人の心理を推し量る能力がある、と石田が言った。

「子供にもその力は備わっている。緊迫した状況の中、その場しのぎの嘘をついてはならない。ひとつ嘘をつけば、それを隠すために次の嘘をつくことになる。犯人は必ずそれに気づく。裏切られた犯人は何をするかわからない。村山くんより君を外すべきだったかもしれない、と考えた理由はそれだ」

石田の声音がきつくなっていた。でも千件を超えています、と会澤が言った。

「専門のプロならともかく、大学生に千二十二件は厳しいですよ。プレッシャーをかけたんでしょうけど……」

後ろから見ていただけです、と麻衣子は首を振った。

「彼がどう感じたか、それはわかりません。確かに、わたしは虚偽の情報を本橋くんに与えました。でも、交渉人のルールは守ったつもりです」

眉だけを動かした石田に、麻衣子は言葉をぶつけた。

「犯人に対し、最初からすべてのカードを見せる必要はない。伏せておくこともある。それを嘘というなら、交渉において嘘をつくこともある……そう言ってましたよね？　確認のためと言って、彼の住所を聞き出しましたが、事実の一部を伏せただけで、嘘ではありません。彼の部屋に行くのが条件だと伝えたのは明確な嘘ですが、本橋くんがそれを信じるのはわかっていました。状況によって判断を変えるのが交渉人の原則で、わたしはそれに従っただけです」

肩をすくめた河井が背広のポケットに手を入れ、缶コーヒーを取り出した。悪いな、と微笑を浮かべた石田がプルトップを開けた。

「ちょっとした賭けをしていた。君は本橋くんの心理を読み、確信をもって嘘をついた。そうだな？　ＳＩＴではそれをフェアと呼ぶ。事件の全体像を把握している場合に限り、フェイクを使っていい」

ただし、と石田が缶コーヒーを机に置いた。

「これはある種の思考実験で、実際の事件とはまったく違う。現場で君の理屈は通じない。二度と嘘をつくな」

わかりました、と麻衣子はうなずいた。背中を冷たい汗が伝っていた。

第六章　特殊詐欺

1

三人になると厳しいですね、と会澤がアイスカフェオレをストローでかき回した。確かに、と平河がうなずいた。

三月二十九日月曜の夕方六時、研修終わりに麻衣子たちは桜田門のコーヒーチェーン店に寄った。紀美が去ってから二週間が経っていた。

その後も研修の内容はさほど変わっていない。電子システムなど情報系の講義、あるいは企業の販売促進部、営業マンが実践的な交渉術を教えることもあったが、どこまで役に立つかはわからなかった。

動きがあったのは先週の木曜だ。午後の研修が中止になり、帰宅を許可されたが、夜七時、本庁へ戻れと指示が出た。朝令暮改もいいところだが、上層部の混乱が伝わってくるようだった。

夜十一時過ぎまで待機が続いたが、指示はなかった。事件が発生し、捜査に加えるつもりで呼び戻したが、事情があってストップがかかったようだ。

金曜、研修が再開されたが、石田の講義は休講となり、説明もなかった。

土曜の夜、会澤からLINEが入った。研修メンバーによるLINEグループを作ったのは二月末で、提案した紀美は既に退室していた。

〈刑事部の同僚に聞きましたが、本庁が大規模な特殊詐欺グループの摘発を始めるようです〉

〈どういうことですか?〉

〈詳細は不明ですが、以前から二課とSITが内偵を進めていたみたいですね〉

そうなんですか、とLINEに平河が入ってきた。

〈警視庁の特殊詐欺対策本部長は副総監ですよね?〉

特殊詐欺の発生件数、被害額は年々増加しており、最近は凶悪化が目立っている。全国に先駆け、警視庁が対策本部を設置したのは二〇〇四年だ。

当初、捜査の主体は刑事部捜査二課第一から第六までの知能犯特別係だったが、それだけでは対応が難しいと判断され、二〇一〇年にはSITからも人員が派遣されるようになった。現在は二課とSITの二班体制になっている。

〈二課の八木《やぎ》警視の意見が通り、捜査中の詐欺グループへの頂上作戦が決定したらしいんですが、それ以上はわかりません〉

〈そりゃ大事《おおごと》ですね〉

〈捜査本部を設置すると聞きました。ぼくたちがそこに加わるのは決定事項のようです〉

〈石田警視の指示ですか？〉

麻衣子の問いに、他に考えられません、と会澤が答えた。

警察ほど上意下達が徹底されている組織はない。異動の辞令には従うしかない立場だ。尻つぼみするように、LINEが終わった。

正式に捜査本部入りを命じられたのは三月二十九日の朝だった。明日三十日付けで〝世田谷グループ特殊詐欺捜査本部〟に臨時異動、研修も兼ねると説明があった。

世田谷グループは二課の八木警視がつけた仮称だ、と夕方四時に会議室へ来た河井が話し始めた。

「去年の十月、世田谷区内で大規模な特殊詐欺が同時多発的に発生した。オレオレ詐欺、キャッシュカード詐欺、架空請求詐欺、還付金詐欺その他の複合型で、翌十一月に杉並区、十二月には大田区で同様の事件が起きている。それは知ってるな？」

被害総額二十億円とニュースでやってましたね、と会澤が言った。ここで言っても始まらないが、と河井が苦笑した。

「副総監が本部長を務める対策本部は情報共有その他問題が多く、うまく機能しているとは言えなかった。だが、今回は違う。今だから言えるが、二月に石田警視がしばらくいなかったのは、世田谷グループの主犯格四人がフィリピンに潜伏していること、連中の指示で調布のアポ電強盗殺人が起きたことが判明し、二課の八木警視と現地に飛んでいたためだ。特殊詐欺も問題だが、強盗殺人は重罪だ。連中の動きは過激になる一方で、逮捕はマストだったんだが、四人の行方はわからなかった」

どうするんですかと尋ねた平河に、専従捜査班を設置する、と河井が答えた。

「八木警視が総指揮官、二課とSIT、他部署からの応援も入れて、二十名の捜査員が招集された。班を二つに分け、八木警視と石田警視が率いることになるだろう。オブザーバーとして、金融庁、国税庁から課長クラスが来る」

大掛かりですね、と目を丸くした平河に、そうでもない、と河井が渋面を作った。

「捜査に直接タッチするのは二課とSITだけだ。我々以外の捜査員の内訳だが、生安《せいあん》のサイバー犯罪対策課、組対《そたい》の暴力団対策課、捜査支援分析センター、科捜研その他だ。彼らは捜査支援という立場で会議に参加し、情報の共有によってセトクを補佐する」

「セトク？」

捜査本部の略称だ、と河井が言った。

「世田谷特殊詐欺の頭の文字を取って、そう呼ばれている。明日午前七時、本庁十一階のA会議室に集合」

遅れるなとだけ言って、河井が会議室を出て行った。その後、三人でコーヒーチェーン店に入ったが、明日から特殊詐欺の捜査本部に移れと言われても、首を捻るしかなかった。

河井さんが難しい顔をしてましたね、と会澤がカフェオレをひと口飲んだ。

「世田谷区の特殊詐欺事件はよく覚えています。去年の十月末、確か二十六日だったと思いますが、午前中から約四十軒の家に犯人グループが電話で接触したと聞きました。警察官、弁護士、郵便局員、銀行員など社会的な信用度の高い者を装い、金を指定した口座に振り込ませたり、ATMで引き出した現金を受け子に渡すなど、手口はさまざまだったそうです。特殊詐欺に精通していなければ、そんなことはできません。慣れていた者の犯行だとは思ってましたが……」

一連の事件について、麻衣子もある程度詳しい情報を知っていた。別の特殊詐欺で逮捕された受け子数人の自供により、巨大グループの存在が明らかになっていたが、河井が言った世田谷グループのことだろう。

受け子たちはSNSを通じて集められた闇バイトで、秘匿性の高いアプリ、テレグラムを通じ、監視役に命じられるまま、アポ電強盗に加わっていた。

逮捕時にはほとんどのメッセージが消えていたが、受け子の一人が指示をスクリーンショットで撮影していたため、フィリピンに潜伏していたリーダーの一人、戸口の名前が判明した。石田と八木が追ったのは、その男だろう。

何をさせるつもりでしょう、と麻衣子は言った。

「わたしは特殊詐欺捜査の経験がありません。ピーク時の二〇一四年には被害総額五百六十億円、その後減少傾向にあるといっても、この数年で平均三百億円以上が騙し取られています。全国の警察本部に対策本部が設置され、警察庁も特殊詐欺を重大犯罪に指定していますが、犯人グループには反社組織、いわゆる半グレ、大学生やサラリーマン、公務員が加わっていた例もあります。経験のないわたしに何ができると？」

意図があるんだと思いますよ、と会澤が続けた。

「研修も兼ねるということですが、特殊詐欺は交渉によって解決する種類の事件ではありません。〝引っ掛かったふり作戦〟要員ってことかもしれませんね」

「引っ掛かったふり作戦？」

特殊詐欺の手口は認知度が高くなっています、と会澤が言った。

「オレオレ詐欺では、〝もしもし、オレオレ、オレだよ、大変なんだ、助けてくれ〟と一方的に連呼して高齢者をパニックに陥れ、会社の金を使い込んだ、株で大金を失った、交通事故の示談金、さまざまな名目で被害者を騙し、現金を用意させる……手口は多様化していますが、他の特殊詐欺も基本は同じです」

「はい」

「二〇一七年をピークに、一時期被害件数が減りましたが、それは高齢者側が奴らの手口を知ったためです。もちろん、金融機関の声掛けもありますが……何かおかしい、怪しい、そう思う高齢者が増えているんです。特殊詐欺のターゲットとなる高齢者に、犯人逮捕への協力を呼びかけている自治体もあります」

「知っています」

お金を用意するから一時間後に来てくれ、と引っ掛かったふりをするんですよ、と平河がアイスコーヒーに口をつけた。

「その間に警察に通報、のこのこ現れた受け子を現行犯逮捕する……引っ掛かったふり作戦というネーミングはともかく、それなりに効果的です。ただ、弊害もあります。犯人側がそれを逆用するパターンが増えているんです」

「逆用？」

「電話を入れた直後、警察官を装って高齢者の家へ行き、詐欺の電話がありましたね、犯人逮捕に協力してください、金を準備して犯人に手渡せば現行犯逮捕できます……そう言われたら、信じるしかありません。奴らもいろいろ考えていますよ。二課の捜査員と違い、我々は面が割れていません。受け子を尾行して、アジトを探れ、そんな命令が出るのでは？」

でも、と麻衣子は平河と会澤を交互に見た。

「わたしは尾行をしたことがありません。下手に動いて犯人に気づかれたら……」

今日はこれぐらいにしましょう、と平河が空になったグラスをトレイに載せた。

「明日になれば説明がありますよ。朝七時集合か……私は帰ります」

平河が腰を上げた。麻衣子はティーカップに残っていた冷めた紅茶をすすった。

2

おはよう、と正面の席で固太りの男が言った。警視庁刑事部捜査二課の八木警視だ。最近では珍しいが、スリーピースの背広を着ている。表情に独特な険があった。四十代後半だろう、と麻衣子は思った。

三月三十日火曜日、朝七時。長机が五列並び、そこに二十人の全捜査員が座っていた。最後列の男たちが、八木と隣の石田を交互に見ている。服装や雰囲気で、捜査支援要員だとわかった。

「セトクの指揮を執る八木だ」

ざっくりと説明する、と八木が大きな口を開いた。

「去年の十月二十六日午前中から午後二時半にかけて、世田谷区内で大規模な特殊詐欺事件が発生、被害件数四十五件、被害総額は約九億円。ファーストコンタクトはすべて電話だった。組織的な犯行で、並の特殊詐欺グループにはできない」

確かに、と麻衣子はうなずいた。被害に遭ったのは世田谷区内の高齢者、と八木が話を続けた。

「被害者の一人は自宅に保管していた六千万円を受け子に手渡している。事前にターゲットの資産を調べていたんだろう。複数の手口を組み合わせ、銀行、郵便局などの金融機関を利用したり、ネットバンキングの誤誘導、アポ電を入れた後、自宅に押し入る強盗も二件あった」

特殊詐欺グループは各々《おのおの》の手口を特化させる、と八木が首を振った。

「オレオレ詐欺ならシナリオを練り込み、巧妙な演技で高齢者を騙す。複数のグループが同じ日に犯行を決行したのかと最初は思ったほどだが、そんな偶然があるはずもない。高度に組織化されたグループで、数十人ないし百人以上が動いたはずだ」

舌打ちした八木が、ちょうどひと月後の十一月二十六日、と声を張った。

「隣の杉並区で約四十件の特殊詐欺が起き、七億円が奪われた。考えるまでもないが、同一グループによる犯行だ。十月末の時点で、我々は連中を世田谷グループと呼んでいたが、今後も呼称として用いる。犯行日を一日に限定していること、組織的に動いていることから、過去に例がない大規模な特殊詐欺グループと断定、組織横断型の捜査本部の設置を検討した。セトクの目的は世田谷グループの壊滅だ」

特殊詐欺グループは会社組織と似ている、と八木が左右に目をやった。

「受け子、出し子が一番下、その上に掛け子がいる。ここまでが実行犯で、言ってみれば平社員だ。実際にはほとんどが闇バイトだがな……その上に幹部クラスがいて、課長ってところか？　指示通り動いているか平社員を監視し、詐取した金を集める役目などもある。課長たちを統括する店長は部長もしくは取締役だ。店長は外部協力者の名簿屋、情報屋、道具屋その他と繋がっている。規模から考えると、世田谷グループには複数の店長がいてもおかしくない。店長に命令を下すのがリーダーで、要するに社長だ。奴らは組織化を徹底しているが、軍隊に近い指揮系統があるんだろう。今までの体制では太刀打ちできない。そこで情報共有と捜査効率を考慮し、セトクを設置した。経緯は以上だ」

セトクのメンバーはここにいる二十人、と八木が言った。

「ただし、捜査を担当するのは私と石田警視、捜査二課の三名、交渉人研修中の三名、トータル八名。他の十二名は捜査支援だ。二課からは大田原《おおたわら》警部、藤丸《ふじまる》警部補、久山《ひさやま》巡査部長、交渉人研修チームは平河、遠野、会澤。捜査協力の観点から、適宜バディを組み、私と石田警視がそれぞれ指揮を執る」

石田がカミソリだとすれば、八木は鉈《なた》だ。鋭さは石田の方が上だが、押し切る力は八木の方が強い、と麻衣子は思った。

八木と石田は同じ警視だが、年齢は八木の方が十歳ほど上だろう。セトクのトップは八木で、石田も了承しているのは、顔を見ればわかった。

このまま進めていいのか、と八木が苦笑を浮かべた。

「君が話した方がいいんじゃないか？　交渉人なら説明は慣れてるだろ？」

続けてください、と石田が首を振った。

「セトクの統括指揮官は八木警視です」

うなずいた八木が麻衣子たち六人を順に見た。

「去年の十月、十一月、十二月と連続して集中的な特殊詐欺事件が起きたが、別件で受け子が逮捕され、その一人が自分のスマホに世田谷グループのリーダーからのメッセージを保管していた。また、自供によってリーダーが四人いることがわかり、手口その他からフィリピンに潜伏中の戸口英二郎、その弟らだと判明した。外務省とフィリピン政府が協議し、フィリピン警察が捜査を進めたが、逃走中だ。一月は何も起きなかったが、二月二十二日、港区で同じ手口の特殊詐欺が発生した」

詳細は省くが、と八木がペットボトルのお茶を飲んだ。

「石田警視と私の調べでは、逃走中のリーダーはマニラからダバオに移った後、痕跡が消えている。現地の暴力組織に金を奪われ、殺されたのかもしれない。それなら、二月に起きた事件は誰が指示した？」

店長では、と会澤が手を挙げた。

「取締役なら、社長不在時に指揮を執る力があるはずです」

特殊詐欺担当になって長い、と八木が頭を掻いた。

「店長から社長になる者は数名しか知らん。理由は簡単で、リーダーは反社組織の構成員だ。資金を持ち、名簿屋など外部協力者にコネがあり、暴力で脅して闇バイトを使い、時には見せしめのために殺すこともある。そこまで腹が据わっている奴はめったにいない。リーダーの不在時に勝手なことをすれば、後が怖いのはわかるな？　店長ではなく、名簿屋が指示したんだろう。特殊詐欺で何よりも重要なのは名簿で、それさえあれば何でもできる。もともと裏社会の住人だ。反社組織とも繫がりは深い」

「一月に何も起きなかったのは、リーダーと連絡が取れなかったからですか？」

会澤の質問に、そうだろう、と八木がうなずいた。

「名簿屋が世田谷グループの社長になって、混乱を収めたと睨んでいる。ここまで巨大な特殊詐欺グループは過去に例がない。新社長になった名簿屋、そして店長、幹部クラスを逮捕すれば、バックにいる反社組織にメスを入れられるだろう。十二月末の時点で、我々は世田谷グループが必ず次の事件を起こすと予測していた」

百人以上の組織を維持するには金がいるからだ、と八木が言った。

「世田谷、杉並、大田の三区に共通するのは、比較的高齢者が多く、平たく言えば金持ちが住んでいることだ。だから今度は新宿区、渋谷区、豊島区、港区、千代田区を重点警戒地域に指定し、金融機関にも協力を仰いだ。年明けから各区の警察官、区役所の職員が狙われる可能性が高い高齢者の家を訪問し、協力を要請した」

乱暴過ぎませんか、と会澤に囁きかけた平河に、聞こえてるぞ、と八木が長机を太い指で何度か叩いた。

「そんなことは百も承知だ。強要はしていない。あくまでもお願いベースだ。協力を了承した各家に防犯カメラを設置、受け子の写真を撮影できるようにした」

大丈夫ですかね、と平河が首を傾げた。市民への協力要請は危険な状況を招きかねないので、平河の不安は麻衣子にも理解できた。

タブレットを開け、と八木が命じた。

「メールを送っている。添付ファイルに受け子の写真がある」

麻衣子はタブレットのメールを開いた。四人の若い男の写真が並んだ。

特殊詐欺犯は犯行に電話を用いる、と八木が言った。

「世田谷グループの特徴は、月末のある一日に集中して高齢者の自宅に電話を入れ、相手によってさまざまな手口を使い分けることだ。逮捕のリスクを回避するには、賢いやり方だな。詐欺はもちろん、強盗だって平気でやる。先ほどの五区で協力を了承した高齢者は約六百人、不審な電話があれば警察に通報し、指示に従うことになっていた。狙いは受け子の写真を撮ることで、ターゲットとなった高齢者は居留守を使うから安全だ」

いいですか、と石田が八木に目をやった。もちろん、とうなずいた八木が痰が絡むような咳をした。喉が嗄《か》れたのだろう。

世田谷グループは複数の名簿を使っている、と石田が説明を始めた。

「しかも精度が高い。住所、氏名、電話番号その他基礎情報はもちろん、職歴、家族構成、性格、友人知人など細かいデータが載っている。八木警視と私が名簿屋をマークすると決めたのは、それもある。ここまで詳細な名簿を持っているグループは聞いたことがない。だが、視点を変えると、狙われる高齢者の絞り込みが可能になる。二月末、世田谷グループは港区で特殊詐欺を実行したが、十四人が警察に協力していた。おかげで受け子の写真の撮影に成功した」

石田が自分のノートパソコンのキーボードを押すと、タブレットに動画が浮かび上がった。映っているのは写真のうちの一人。二十代半ばの男で、黒いダウンジャケットを着ている。動画の端にある時間で、リアルタイムの映像だとわかった。

渋谷の宮下公園付近だ、と大きな咳をした八木が口を開いた。

「四人の受け子の顔写真を捜査支援分析センターが解析し、都内に警視庁が設置した約九百台の防犯カメラに同期させた。該当する人物が映り込むと撮影が始まり、AIが自動で情報を送ってくる。だが、下っ端を逮捕するために、ここまでの大仕掛けは不要だ。繰り返すが、セトクの狙いは店長、幹部、そして新社長になったと考えられる名簿屋の逮捕だ」

セトクは組織横断型の捜査チームだ。刑事部以外の部署からも人員が派遣され、総務省その他関係省庁の協力もある。トカゲの尻尾ではなく、頭を潰すのが目的になるのは当然だろう。

百人と言ったが、と八木が咳払いをした。

「最低でもという意味で、二百人以上でもおかしくない。しかも、バックは反社組織だ。危険な事態が予想される。各員、気を引き締めろ」

特殊詐欺グループでは、リーダーと店長、受け子や掛け子、名簿屋をはじめ外部協力者同士の関係が分断されている。そのため、捜査が難しくなる。

店長は受け子や掛け子と直接会わず、テレグラムなどSNS、あるいは飛ばしの携帯電話で指示を出すだけだ。受け子同士、受け子と掛け子はお互いが誰か知らない。

会っても名乗ることはなく、雑談も禁止されている。連絡先の交換などあり得ない。

一人を逮捕しても、他は顔も名前もわからない。そこで捜査がストップしてしまう。

特殊詐欺では必ず監視役の課長がいる、と八木が言った。

「さっきも言ったが、課長は幹部クラスの正社員だ。店長とも面識がある。半グレが多いが、借金のあるサラリーマン、公務員も過去に例がある。一昨年起きたアポ電強盗殺人事件では、現役自衛官が実行犯の一人だった。身元がしっかりしていると、かえって脅しが利くからな……幹部クラスは簡単に代えが利かない。リクルーターを兼任することもあるから、受け子も顔を知っている。四人の受け子の顔は覚えたな？ 奴らを徹底的にマークし、幹部と会うか、アジトに行くのを待つ。今は交友関係を調べるために、防犯カメラで追跡中だ」

幹部、外部協力者に共通するが、彼らは店長と直接会い、情報を交換し、次のターゲットを決める。そのためにはアジトが必要で、道具屋と呼ばれる者がマンションを借り、飛ばしの携帯電話などを調達する。

受け子が誰と会っても、と八木が言った。

「それが幹部とは限らない。受け子だって友達はいるだろう。全員に職務質問するわけにもいかないし、下手に手を出せば藪蛇だ。こっちには証拠がない。アジトがわかれば、ガサ入れもできるんだが……」

世田谷グループには弱点がある、と石田がパソコンの筐体《きょうたい》を指で弾いた。

「彼らは精度の高い名簿をもとに、一日限定で犯行に及ぶ。リスク管理の意識が高いからだが、一気に大金を詐取するには、最低でも百人の闇バイトが必要だ。外部協力者との連絡も密にならざるを得ないし、四つの区で特殊詐欺に成功したから、油断や慢心もあるだろう。テレグラムだけではなく、通常の電話、ＬＩＮＥを使う者もいるはずだ」

アジトがあるのも確かだ、と八木が机を叩いた。

「特殊詐欺は電話に始まり、電話で終わる。掛け子が常駐する場所が必要で、そこは指揮本部の役割を持つ。人数が多いから、ワンルームマンションってわけにはいかない。百人いれば、ランニングコストだけでひと月一億円を超える。二月にヤマを踏んでから動かなかったが、それも限界だろう。近いうちに必ず動く。二十三区のどこかで高齢者を騙し、十億以上の金を奪う計画を立てていると考えていい」

だが、こっちにも備えがある、と八木が唸り声を上げた。

「四人の受け子を徹底的にマークし、幹部または外部協力者との繋がりを押さえる。その後、アジトを突き止め、一斉逮捕に持ち込む」

狙いはわかりますが、と会澤が手を挙げた。

「それは過去の特殊詐欺グループ摘発でもやっていたのでは？　リーダーはもちろん、店長クラスの逮捕に至った例は少ないと聞いています。うまくいくでしょうか？」

そのためのセトクだ、と八木が笑った。

「過去の特殊詐欺グループ捜査では、受け子、掛け子など、下から逮捕するしかなかった。それでは店長、そしてリーダーまで辿り着けない。運が良くても、逮捕できるのは課長クラス止まりだ。奴らは犯行を認め、すべて自分がやったと供述する。詐欺罪は罰金刑がなく、初犯なら二年がいいところだ。泥を被って出所すれば、莫大な褒賞金が出る。二年で五億なら、私だって刑務所に入るさ」

それは冗談だが、と八木が鋭い目を左右に向けた。

「今回は外堀から埋めていき、店長や幹部の逮捕とアジトのガサ入れを同時に行ない、電子情報、通話記録その他を消去する時間を与えない。サイバー犯罪対策課がその場でデータを復元する。そうだな?」

後ろのデスクに座っていた小柄な男がうなずいた。ここまで機能的なチームは他にない、と八木がネクタイを締め直した。

「ここからは第一班、第二班に分かれ、四人の受け子を調べる。第一班は大田原、藤丸、遠野、他の三人は第二班だ。十分休憩しよう。第二班は石田警視とB会議室に移ってくれ。いいな?」

十分後に集合、と八木が立ち上がった。全員がうなずいた。

3

八時十分、麻衣子はA会議室に戻った。机の配置が凹形に変わっていた。

どこでもいいから座れ、と奥の席で八木が言った。

「すぐ他の連中も来る」

麻衣子は八木の右側に腰を下ろした。入ってきた他の二人に、さっさと座れ、と八木が椅子を指した。

「まずはタブレットを開け」

八木の指示に、麻衣子は自分のタブレットに目をやった。白髪の目立つ老婦人が映っていた。

七十歳ぐらいだろう、と麻衣子は画面を見つめた。表情に品の良さが漂っていた。

「江原百合恵さん、七十二歳。港区麻布十番に住む一人暮らしの女性だ」

それだけ言って、八木が口を閉じた。同時に、若い男の細い声がスピーカーから流れ出した。

『ばあちゃん、ごめん。本当にごめん。だけど、百合恵ばあちゃんしか頼れる人がいなくて……』

マサルくん、と百合恵がコードレス電話の子機を強く握った。母さんには言えない、と男が言った。

『会社の金を先物取引で使い込んだなんて……うまくいくはずだったんだ。何でこんなことに……父さんが死んで、母さんには苦労ばかりかけてきた。迷惑はかけたくない。だけど、もうどうしようもない。ばあちゃんに頼るしかないんだ』

何があったの、と百合恵が声を潜めたところで、説明が必要だな、と八木がポーズボタンを押した。

「これは二月に港区で起きた特殊詐欺の映像だ。江原さんは警察の協力要請を了解し、録画、録音を許可している。八年前、彼女の夫がオレオレ詐欺に引っ掛かり、八百万円を騙し取られた。ショックを受けた影響もあったのか脳溢血で倒れ、去年亡くなるまで寝たきりだった」

酷い話ですね、と藤丸がつぶやいた。二十八歳の警部補だ。

一度引っ掛かった者は名簿に載る、と八木が言った。

「世田谷グループが江原さんに狙いをつけたのはそのためで、掛け子が名前で呼んでいるのは、名簿に記載があったんだろう。だが、奴らはミスを犯した」

「ミス？」

江原さんは自分が特殊詐欺のターゲットになり得ると知っていた、と八木が指を一本立てた。

「もうひとつ、防犯カメラの設置に気づいていなかった。電話がかかってきた際の対応はレクチャー済みだ。つまり、彼女はマサルが世田谷グループの掛け子だと知っているんだ。マサルは騙しているつもりだろうが、騙されているのは奴だ。状況はわかったな？」

八木がキーボードに触れると、静止していた画像が動き出した。

『いくら使ったの？　先物取引って、おばあちゃんにはよくわからないけど……』

言えない、と男が答えた。真に迫った声で、慣れているのが麻衣子にもわかった。

『困ってるなら、おばあちゃんが何とかする。お母さんには黙っておくから……いくら必要なの？』

五千万、と男がぽつりと言った。名演技だな、と八木が画像を止めた。リアルですね、と大田原がうなずいた。四十歳、階級は警部。

「五千万か……強気に出ましたね」

最初に吹っかけて様子を見る、と八木が言った。

「五千万払えるならそれでいいし、無理だとわかれば、いくらなら払えるか尋ねる。被害者は駆け引きに気づかない」

八木が再生ボタンを押すと、五千万、と百合恵がため息をついた。

『わかった。いつまでに用意すればいいの？』

『今日の四時。それなら、会社の経理部に送金できる。クビにはならない。ばあちゃん、頼む！　お願いします！』

『今、何時？　二時過ぎよ？　どうしてもっと早く言わなかったの！　二千万なら、おばあちゃんの口座にある。でも、後は定期預金だから、すぐには解約できない。明日じゃ駄目なの？』

二千万でもいい、と男が言った。

『他にも当てがあるんだ。全部ばあちゃんに何とかしてもらおうなんて、思ってない。二千万でも助かる。ごめんね、ばあちゃん。ありがとう』

『マサルくん、今どこにいるの？　家まで来てくれたら、一緒に銀行に行ってお金を下ろすし――』

駄目なんだ、と男が言った。

『今、会社の外にいる。取引先との商談があるから、戻らなきゃならない……ばあちゃん、友達のユージは覚えてる？』

『ユージくん？　あの坊主頭の子？』

今は伸ばしてる、と男が言った。

『ユージに行ってもらう。三時にはそっちに着くから、二千万を渡してくれ。そうしたら、ぼくはクビにならずに済む。もしクビになったら……母さんは自殺するかもしれない』

止めて、と百合恵が叫んだ。

『今から銀行に行って、二千万下ろすから、ユージくんに渡せばいいのね？　マサルくん、届いたら必ず電話して。わかった？』

ありがとう、と男が二回繰り返した。

『ごめんね、ばあちゃん。金は絶対返す。約束するよ。もう迷惑はかけない。また電話する。ユージにお金を渡してくれればいい。じゃあ、会社に戻るよ』

そのまま通話が切れた。コードレス電話の子機を摑んだまま、百合恵が壁に貼ってある紙に目をやり、番号をプッシュした。

典型的なシナリオだが、巧くできている、と八木が動画を止めた。

「前にも同じシナリオで演じたことがあるんだろう。背後に町のノイズが被っていたが、芸が細かい。引っ掛かる者がいても不思議じゃない」

「この後、どうなったんです？」

藤丸の問いに、彼女は１１０番通報した、と八木が答えた。

「突然の電話で最初は混乱していたが、注意喚起ポスターを見て、特殊詐欺の掛け子だと気づいたんだ。我々の指示で、彼女は銀行に向かった。監視役が家を見張っているかもしれないから、下手は打てない。麻布十番駅前の丸友銀行麻布支店で待機していた刑事と合流した」

「それで？」

「二十分ほど時間を潰し、刑事の尾行つきで自宅に戻った。金を下ろしてはいない。刑事によると、監視役はいなかったが、五分ほど経った頃、警察のドローンカメラが不審な男を撮影した」

こいつだ、と八木がパソコンに触れた。髪を肩まで伸ばした色白の若い男が歩いていた。

「ドローンカメラは五十メートル上にいるから、気づかれない。同時に、麻布南交番の警察官が江原さんの家へ反対方向から向かった。すれ違う直前、若い男のスマホに着信があり、奴はそのまま引き返した。近くに監視役がいて、おまわりが来たから中止しろと命じたんだろう。むろん、江原さんの家に、ユージという男は現われなかった」

男は麻布十番駅から南北線に乗った、と八木がパソコンを指さした。

「別の刑事が尾行し、後楽園駅で降りたのを確認している。深追いするつもりはない。あんなチンピラを捕まえても、何もわかりゃしないさ。だが、サイバー犯罪対策課がデータを入力したから、警視庁の防犯カメラに映れば、どこにいるかすぐわかる。他の三人も同じように撮影した。四人の身元、現在位置も把握している。奴の本名は野川昆《のがわこん》、二十歳のフリーターだ。高校卒業直後に暴力事件で逮捕されている。執行猶予がついたが、立派な前科持ちだよ。実家の住所は割れたが、去年の秋から戻っていない。監視を始めてわかったが、ビジネスホテルを転々としている。リーダーの指示だろう」

タブレット画面の右下に、赤いランプがついていた。これは何でしょうか、と尋ねた麻衣子に、専用のマップアプリを捜査支援分析センターが作った、と八木が答えた。

「防犯カメラに四人の誰かが映るとランプが光る。今、野川は渋谷の宮下公園にいるが、世田谷グループも馬鹿じゃない。防犯カメラに映らない道を使え、と指示しているだろう。脇道に逸れると、撮影できない。アジトを構えているのも、防犯カメラのない場所だ。藤丸、奴を尾行しろ」

「了解です。しかし、野川はアジトへ行くでしょうか？」

行かないだろう、と八木が肩をすくめた。

「狙いは接触してくる奴だ。状況によっては、尾行対象を接触者に換えろ。大田原と遠野は待機だ」

ここでですか、と頭を掻いた大田原に、こんな機会は二度とない、と八木が言った。

「組織横断型のセトクには反対意見も多い。桂本二課長もそうだ。統制が取れなくなる、と会議で嫌味を言われた。石田警視がうまく丸め込んだが、時間はない」

「時間？」

大田原の問いに、世田谷グループはひと月以内に必ず動く、と八木が人差し指を立てた。

「奴らが最も恐れているのは情報洩《も》れだ。見合った報酬がなければ、裏切り者が出る。過去の大規模逮捕のきっかけは、ほとんどが内部告発だ。グループを回していくには、特殊詐欺を続けるしかない。だから、上もセトクの設置を了承した。特殊詐欺には準備がいる。ぎりぎりまで泳がせるが、その間に世田谷グループの全容を把握、一斉逮捕に持ち込む」

文字通り頂上作戦だ、と八木が分厚い手のひらで顔を拭った。

「だが、他にも事件はある。捜査支援の連中も、かかりきりってわけにはいかない。タイムリミットは一カ月、それまでに片をつけないと、セトクは解散するしかない……これ以上、奴らの好きにさせてたまるか。各員、マップアプリをスマホにインストールして、ターゲットが動けば尾行しろ。絶対に気づかれるな。尾行対象者は毎日変える。ミスは許されない。わかったな？」

無言で藤丸がA会議室を出て行った。一カ月だ、と八木がつぶやいた。

4

午後六時、麻衣子は飯倉片町にいた。受け子の丹原宗佑《たんばらそうすけ》が防犯カメラに探知されたのは一時間前だった。現在は交差点近くのバルで、ビールを飲んでいる。

不安が胸にあった。警察学校で尾行の訓練を受けていたが、実戦での経験はない。警視庁を出る時、大丈夫だと肩を叩いた八木の顔が頭を過《よぎ》った。

「他の連中と違って、君は警察官の臭いがしない。彼らの体には臭いが染み付いている。ある意味、君がこの任務に最も適しているかもしれない」

そうだろうか、と麻衣子はテーブルの紙コップを見つめた。百メートルほど離れたファストフード店から、監視を続けている。スマホにインストールしたマップアプリに、赤いランプが光っていた。

通常の尾行とは違い、丹原が動いても慌てて追う必要はない。撮影範囲内にいれば、自動で防犯カメラが追尾し、マップアプリに位置情報を送る。

主に幹線道路の信号機に設置されている警視庁の防犯カメラは、二十四時間二百メートル四方を撮影している。国道、あるいは都道付近にいる限り、丹原を見失うことはない。

(でも、脇道に入ったら)

脇道、横道、路地、私道などは防犯カメラもカバーできない。ただ、進行方向がわかっていれば、AIによる目的地の予測も可能だ。都内の防犯カメラには丹原の顔情報が入力済みで、いずれは探知できる。

——万一、気づかれたらすぐ離脱しろ——

八木の声が頭に浮かんだ。

——受け子や出し子なんか、どうだっていい。狙いは接触してくる名簿屋や道具屋だ。いいか、奴らは世田谷グループの店長、幹部たちと連絡を取らざるを得ない。誰か一人でもアジトに行けば、刑事部捜査一課、二課、他部署も総動員して一斉逮捕に踏み切る――

奴らは用心深い、と八木が苦笑を浮かべた。

――少しでも怪しいと思ったら逃げ出すぞ。尾行に失敗しても構わない。次のチャンスがあるんだ――

麻衣子はスマホに目をやった。店長クラスを逮捕するには、証拠を摑まなければならない。特殊詐欺の証拠はアジトに残っているはずで、その発見がマストになる。

特殊詐欺グループが狙うのは、判断能力に衰えがある高齢者がほとんどだ。この数年、暴力性は増す一方で、家に押し入り、脅して銀行へ連れていき、自分で金を下ろしてこいと命じるケース、あるいはアポ電強盗の報告が相次いでいる。特殊詐欺グループというより、強盗団に近い。

だが、セトクの専従捜査員は八木と石田を含めても八名と少ない。尾行に気づかれたらと思うと、不安は消えなかった。

夜八時、スマホのランプが点滅を始めた。自動で画面が切り替わり、バルのエントランスが映し出された。店から出た丹原が歩道に立っていた。

手を上げた丹原がタクシーに乗り込んだ。ナンバープレートをメモしてから、麻衣子はファストフード店を出た。

捜査支援分析センターのＡＩがナンバーを読み込み、自動的に追尾する。スピード違反取締りのオービスと連動しているので、どこを走っているかは簡単に確認できた。

麻衣子もタクシーを停め、まっすぐ行ってくださいと運転手に言った。スマホの画面に、丹原のタクシーが映っている。六本木交差点を直進し、青山方面に向かっていた。

トートバッグの中で、着信音が鳴った。SIT班員用のスマホだ。

『遠野くんか？』石田の声が聞こえた。『調子はどうだ？』

のんびりした声音だった。尾行中です、と麻衣子はスマホを手で覆った。

「警視、今回の件ですが、交渉人研修も兼ねていると河井さんから説明がありました」

そうだ、と石田が答えた。世田谷グループの逮捕が急務なのはわかっています、と麻衣子は声を低くした。

「ですが、交渉人は特殊詐欺の捜査と関係ないと――」

交渉人は特殊詐欺捜査を担当しない、と石田が言った。

『私は兼務しているが、君たちは違う。そもそも、君たちはまだ研修中で、交渉人ではない。SIT班員ですらないんだ』

タクシーが信号で停まった。今回の件は担当外と思っているだろう、と石田がため息をついた。

『それは違う。交渉人はあらゆる事件を担当する。捜査はしなくても、関係はある』

わかっています、と麻衣子は言った。

「交渉はどんな事件でも使えるツールですし、交渉で事件を解決することも可能でしょう。

その意味で、すべての事件が管轄内です」

その通り、と石田が小さく笑った。

『この件は交渉人の資質を試すいい機会だ。だから、君たち三人をセトクに送り込んだ。特に、君は警察官としての経験がほとんどない。それが悪いと言ってるわけじゃないぞ。交渉人は警察組織の中で最も警察から離れた場所にいるべきだからね』

矛盾した言い方だが、と石田が空咳をした。

『俯瞰視点を持つ者こそ、交渉人に適している。とはいえ、最低限の経験は必要だろう。君は交渉人としてセトクにいる。それを忘れるな』

「なぜ、わたしに電話を？　頼りないからですか？」

違う、と石田が言った。

『五分前まで、平河くんと話していた。次は会澤くんだ。尾行中か？　問題は？』

「わかりません。わたしには何が問題なのか、それもわかっていないんです」

無理するな、と石田が深く息を吐いた。

『君は八木警視の指揮下にいる。私より九期上で、経験も長く、特殊詐欺について誰よりも詳しい。指示があったはずだが、気づかれたと思ったら、すぐ離脱しろ。いいな？』

「はい」

君がアジトを発見する可能性はほぼゼロだ、と石田が言った。

『君の任務は報告で、逮捕じゃない。世田谷グループのバックには、間違いなく反社組織がいる。警戒を忘れるな』
気をつけろ、と石田が通話を切った。数分の会話だが、それだけで気持ちが落ち着いた。
左折してください、と麻衣子は運転手に言った。青山三丁目の交差点に出ていた。

第七章　殺人

1

日本最大の警察本部である警視庁には捜査支援分析センター、略称ＳＳＢＣが置かれている。他道府県警察本部にはない特殊な部署だ。

二〇〇九年、警視庁刑事部に設置されたＳＳＢＣは捜査支援に特化した性格を持つ。そのため、分析官の多くは民間企業出身の特別捜査官だ。ほとんどが科学捜査もしくはサイバー犯罪捜査の経験を持っている。

ＳＳＢＣの最も重要な任務は、防犯カメラ画像の分析だ。警視庁が公式に認めている防犯カメラ設置数は約千台だが、実際にはその数倍ある。

警察が設置している防犯カメラ以外にも、東京であれば都、区、市町村による防犯カメラ、警備会社の防犯カメラ、企業による防犯カメラ、銀行その他金融機関による防犯カメラ、コンビニ等店舗型防犯カメラ、更に家庭用防犯カメラ、車載ドライブレコーダーなど、総数を把握する者がいないほど多くの防犯カメラが街に置かれている。

警視庁科学捜査研究所の実験では、一般的な社会人が朝電車で出勤し、外回り、昼食などで数時間外出し、帰宅するまで、一日に最低二十回防犯カメラに映ることが実証されていた。二十三区内での行動は、確実に防犯カメラに撮影されていると考えていい。

二〇一三年、約二十年間逃亡を続けていた地下鉄毒ガス事件実行犯の動画がテレビその他で公開された。ＳＳＢＣが開発した人物認証ソフトが犯人を特定したためだ。

事件が起きた一九九五年から二十年近く経ち、加齢による人相の変化、整形等も含め、防犯カメラに映っていても人物の特定は難しいが、ＳＳＢＣは指紋、虹彩、顔認証に加え、歩行認証機能を組み込んだ人物認証ソフトを開発していた。

共犯者の逮捕により、実行犯の行動範囲が判明したため、ＳＳＢＣは付近の防犯カメラ画像をすべて回収し、人物認証ソフトで実行犯を検索した。

画像補正ソフトを使うと、実行犯の顔を識別できたので、テレビ、ネットで動画を公開、情報提供を要請した。テレビでニュースが流れた翌朝、潜伏先のネットカフェ従業員から通報があり、実行犯は逮捕された。

もちろん、人物認証、画像補正が百パーセント確実とは言えない。トイレ等、防犯カメラが設置できない場所もある。

逃亡、潜伏中の犯人すべてを発見できるわけではないにしても、防犯カメラの設置数が増え、高性能化が進めば、現在とは比較にならないスピードで多くの事件が解決するだろう。

　セトクが追っている四人の受け子について、ＳＳＢＣは顔写真、動画、声などの情報を入手し、ＡＩが都内の全防犯カメラ画像を検索、居場所を検知していた。

　三月三十日にセトクへの編入命令が出てから、麻衣子たち八人の捜査員は毎日受け子を監視し、行動を追っていた。

　四月に入り、週明け五日の朝七時、警視庁本庁舎十一階のＡ会議室に集まった八人の顔に、脂が浮いていた。肉体的、精神的な疲労のためだった。

　全員の着席を待ってから、厳しいのはわかってる、と八木が口を開いた。

「ＳＳＢＣ、サイバー犯罪対策課の協力で、防犯カメラ画像をＡＩがチェックし、受け子の動きを逐一諸君に伝えている。だが、我々の狙いは受け子や出し子の逮捕じゃない」

　上層部や外部協力者の接触を待っている、と八木が話を続けた。

「今は辛抱するしかない。特に名簿屋だが、仮に社長になっていないとしても、世田谷グループにとって重要な役割を果たしているのは確かだ」

　名簿屋の顔がわかれば先に繋がる、と石田が発言した。

「情報交換のため、名簿屋、道具屋、リクルーター、外部協力者は顔を合わせざるを得ない。世田谷グループのアジトがわかれば、ガサ入れができる。ただし、そのためには確実な証拠がいる。連休が始まる前に、奴らは第五の大規模特殊詐欺を実行するだろう。長くても二十日以内に決着がつく」

一般的な特殊詐欺グループには地縁の繋がりもあります、と久山が言った。巡査部長だが、特殊詐欺の実態に詳しい、と麻衣子は聞いていた。

「同じ高校を出た、小学校からの友達、地元の仲間、家族ぐるみの付き合い、そういった関係です。だから、簡単には裏切りません。ですが、規模から考えると、世田谷グループは違います。受け子や出し子、下っ端連中はネットで集めた闇バイトで、個人情報をネタに店長に脅され、特殊詐欺を続けているんでしょう」

店長は親兄弟の情報も握っている。親を殺すと脅されれば、闇バイトも従うしかない。家族を人質に取られているのと同じだ。

特殊詐欺グループは、暴力による制裁で闇バイトを支配する。山に埋めると反社の構成員が言うのは、言葉のあやではない。

アポ電強盗では、闇バイトが耳に装着しているブルートゥースイヤホンを通じ、監視役が指示を出す。怖くなって逃げた者を待っているのは、容赦のない制裁だ。実行犯が高齢者を殺害するのは、制裁を恐れるあまり思考能力を失うためだ。

世田谷グループは金で繋がっているだけです、と久山が言った。

「そこが最大の弱点だと思いますね」

強みでもある、と八木が顔をしかめた。

「関係性が薄いから、リーダーや店長は平気で下っ端を使い捨てる。警察の尾行に気づけば、後腐れがないように殺すかもしれん。今は監視に留めざるを得ないが、近いうちに連中は集まるはずだ。特殊詐欺には準備が必要で――」

どうでしょうね、と麻衣子の隣に座っていた会澤が首を傾げた。

「特殊詐欺グループは秘匿性の高いテレグラムを使い、電話で連絡を取り合うことはないと聞いています。全員が集まれば、それがリスクになりますよ。ビデオ会議やチャットでも打ち合わせはできます」

犯罪者側も最新技術の導入に余念がない。法律の縛りがない分、有効活用しているかもしれなかった。

その辺の特殊詐欺グループならそうかもしれないが、と八木が肩をすくめた。

「世田谷グループは人数が多い。リクルーターが百人以上の闇バイトを集めるが、そいつらは素人だ。過去の大規模特殊詐欺の手口を見ると、レベルの高い訓練を受けていると考えられる。ビデオ会議で教えるのは難しい。警察はもちろん、マスコミの記者が潜入している可能性もある。一度は面接しないと、リスク排除も何もない。ビデオ会議やチャットじゃ顔色までは読めないからな。全員が一堂に会するわけじゃないだろうが、班単位で集まると考えていい」

私も同じ意見だ、と石田がうなずいた。

「名簿屋が重要な役割を担っていると八木警視は指摘したが、その通りだろう。過去の特殊詐欺捜査では、名簿屋を外部協力者と考え、重点を置かなかったが、フィリピンに潜伏していた四人のリーダーが殺されたとすれば、グループを掌握できるのは名簿屋だけだ。

店長を含め、幹部クラスは監視役に回っただろう。臨時雇いの闇バイトは信用できない。金を持ち逃げされる可能性があるからだ。状況を考えれば、最低でも一度は社長を含め幹部連中が集まる必要がある。尾行している受け子と幹部クラスが接触すれば、盗聴もできる」

奴らは準備にほとんどの時間を費やす、と八木が言った。

「我々が把握している四人だが、かなり慣れているようだ。バイトリーダー的なポジションで、闇バイトをまとめていると考えられる。幹部や外部協力者と接触する可能性は高い」

セトクは不利です、と大田原がため息をついた。

「四人がいつ動き、一味とどこで会うにしても、この人数で二十四時間の監視はできません」

「そのために防犯カメラとAIで四人を追っている」

首を振った八木に、しかし、と言いかけた大田原が口を閉じた。言っても始まらない、と思ったようだ。

でも、と麻衣子は会澤の耳元で囁いた。

「大田原警部の言う通りです。防犯カメラの位置がわかれば、避けて移動できますし、見失うこともあるのでは？」

落ち着け、と八木が片手を挙げた。

「言いたいことはわかる。人数不足、プレッシャー、君たちに負担がかかっているが、状況は変わりつつある」

どういう意味でしょうか、と質問した麻衣子のタブレットに、男の顔と地図が浮かんだ。

2

この一週間、と八木がタブレットをスワイプした。

「四人の受け子を徹底的にマークし、行動パターンを探った。奴らは偽名と捨てアドを使って都内のビジネスホテルを予約し、転々とホテルを変えている」

指示を待ってるんだろう、と八木が言った。

「支払いはすべて現金、予約にはネットカフェのパソコンを使う。携帯電話を使用した場合はその都度破棄するか、SIMカードを交換する、その辺は徹底してるよ」

ビジネスホテルのエントランスには防犯カメラが設置されています、と久山が言った。

「各客室フロアの廊下にも防犯カメラを置いてますから、ホテルに入れば受け子の所在は確実に把握できます」

だが、と大田原が舌打ちした。

「室内にカメラはない。中で何をしているかはわからん」

連絡を取っていても、と会澤が首を傾げた。

「テレグラムなら一定時間を過ぎると記録が消えます。証拠は残りません」

待て、と八木が手を軽く叩いた。

「受け子がそのホテルに泊まるのは一泊、長くても二泊だ。次にどのホテルに泊まるかは、予約するまでわからない。捨てアドだから、調べようがない」

だが、一人間抜けがいた、と八木が微笑を浮かべた。

「前に使った捨てアドで、今日のホテルを予約したんだ。面倒になったのか、油断しているのか、そんなところだろう」

こいつだ、と八木がタブレットを指した。岡元憲次《おかもとけんじ》、と名前が記されていた。

この男は岡元、岡江、岡田、岡井、その四つの偽名を順番で使っている、と八木が言った。

「本名は岡下で、間違いなくこいつが穴になる。以下、岡元と呼ぶが、この男を徹底的にマークする。必ず世田谷グループの関係者と接触する。ただ、野川の動きにも不審な点があり、放ってはおけない。今後は一班体制に切り替え、私と石田警視、君たち六人でローテーションを組み、岡元をメインに監視するが、並行して野川も見張る。まずは久山と遠野だ。すぐ新大久保へ行け」

「わたしですか?」

思わず声を上げた麻衣子に、男同士だと怪しまれる、と石田が言った。

「目付きの悪い二人組の男がホテルの近くにいたら、誰でもおかしいと思う。野川は大田原と平河に任せる」

岡元だが、と八木が太い指で長机を叩いた。

「奴は昨日から新大久保のサウスバウンドホテルに泊まっている。チェックアウトは明日の午前十時。ホテルの支配人に連絡したが、岡元はまだ部屋にいる。寝てるようだ」

羨ましい限りです、と平河がぼやいた。八木が指を動かすと、麻衣子のタブレットにホテルの廊下が映し出された。一番奥、801号室のドアノブに赤い札がかかっていた。

「サウスバウンドホテルには飲食施設がない。岡元は監視に気づいていないから、飯を食いに外へ出るだろう。その時は尾行しろ。ただし、遠野は残れ。奴の部屋にCCDカメラと盗聴器を仕掛ける。普通は空調からワイヤーでカメラを入れるが、サウスバウンドホテルは八階建で、801号室の上は屋上だ。カメラを操作するスペースがない」

これは捜索差し押さえ、もしくは身体検査事案だ、と石田が言った。

「いずれも令状が必要になる。桂本二課長に申し入れたが、裁判官が許可しないと差し戻された。検察に余計な口出しをされると厄介だ。私たちが責任を取るから、指示に従うように」

「装備課へ寄って、カメラと盗聴器を受領しろ」そっちの許可は取った、と八木がタブレットを掲げた。「難しい作業じゃない。支配人の協力も取り付けた。カードキーのコピーを受け取り、部屋に入ってカメラと盗聴器を仕掛けろ」

世田谷グループの関係者から連絡が入るかもしれない、と石田がうなずいた。

「ＣＣＤカメラは三六〇度撮影可能だから、スマホにテレグラムからの通知が入れば、一部でも映る可能性がある。映らなくても損はしない」

絶対に気づかれるな、と八木が鋭い視線を向けた。

「盗聴器は部屋の固定電話に仕掛ければいい。難しいのはＣＣＤで、ビジネスホテルだから、ろくな隠し場所がない。そこはうまくやってくれ」

出よう、と久山が腰を浮かせた。麻衣子はタブレットをトートバッグに押し込んだ。

3

午前九時半、新大久保駅に着いた。電車で移動している間にサウスバウンドホテルの場所を調べたが、駅から徒歩三分の路地沿いにあるのがわかった。

フロントは二階で、エレベーターの扉が開くと、いらっしゃいませ、と制服姿の中年男が頭を下げたが、すぐにフロントから出てきた。麻衣子と久山が刑事だと気づいたようだ。

緊張した表情のまま、中年男が先に立って非常階段の扉を開いた。鉄製の階段が一階から八階まで続いている。

警察手帳を提示せず、八木の指示で来ました、とだけ久山が言った。岡元が現れた時に備えての配慮だ。

聞いてます、と中年男が制服のネームプレートを指した。末次、と名前があった。

「客商売です。トラブルは避けたいんですよ」

訴えるように言った末次に、わかってます、と麻衣子はうなずいた。岡元を逮捕、事情聴取をするつもりはなかった。

岡元は世田谷グループに空いた小さな穴だ。気づかれたら、すぐ塞がれる。

奴は部屋ですかと囁いた久山に、そうだと思います、と小声で末次が答えた。

「身も蓋もない話ですが、うちのホテルは……つまり、そういう仕事をしている女性を呼べるんです。フロントを通らなくても、部屋に行けます。ただ、エレベーター内のカメラに映ってませんから、まだ部屋にいるはずです」

「昨日の夕方チェックインしたんですね？　その後、何をしていたかわかりますか？」

久山の問いに、見張ってるわけじゃないんで、と末次が非常階段の上に目を向けた。

「一階のエントランスと全フロアの廊下に防犯カメラがあります。モニターで確認しましたが、入室するとすぐにDon't Disturbの札をかけていました。夜八時過ぎに外へ出て、二時間ほど経った頃戻ってきたので、夕食を取っていたんでしょう。連れはいません。その三十分後、ドアを開けて出てきましたが――」

奴はどこへ、と目で尋ねた久山に、ペイチャンネルのカード自販機です、と末次が苦笑を浮かべた。

「各フロアの最奥部に置いています。801号室の正面で、そこだけ壁が凹んでいるのは、他の客から見えないための配慮ですよ」

アダルトビデオですかと頭を掻いた久山に、別にいいでしょう、と末次が口を尖らせた。

「この辺のホテルは、どこでもペイチャンネルがありますよ。８０１号室はこの真上です」

その後はと尋ねた久山に、部屋に戻りました、と末次が答えた。

「カードを買ったかどうかはわかりません。壁が凹んでるんで、カメラに映らないんです。八階の防犯カメラ映像をチェックしましたが、深夜零時まで誰も来てませんし、あのお客さんも部屋を出てません」

部屋から出てくれないと困りますね、と麻衣子は言った。岡元がいるとカメラや盗聴器を仕掛けられない。

我々は外で待ちます、と久山が言った。

「岡元が出てきたら、連絡してください」

責任持てません、と末次が強い調子で言った。

「私の勤務は正午までで、防犯カメラと睨めっこじゃ、仕事になりません。刑事さんがバックヤードでモニターを見ればどうです？　協力できるのはそこまでですよ」

どうする、と麻衣子に視線を向けた久山に、制服の予備は男性用しかありません、と末次がジャケットの襟を引っ張った。

「モニターチェック中、トイレに行くでしょう？　背広姿で出てきたら変ですよ」

仕方ない、と久山が麻衣子の肩を軽く叩いた。

「君は外で見張ってくれ。そろそろ岡元が起き出す時間だ。奴が外出したら、俺がカメラと盗聴器を仕掛ける。だが、急に戻って鉢合わせになったらまずい」

「はい」

こっちの動きを世田谷グループが知ったら、と久山が肩をすくめた。

「奴らは地下に潜り、捜査はできなくなる。岡元が戻る気配があれば、すぐ知らせてくれ。気づかれるぐらいなら、何もしない方がいい」

「わかりました」

ただ、外で見張ると言っても、都合のいい場所はない。サウスバウンドホテルは路地を入ったところにエントランスがあり、向かいは焼き鳥屋だ。道幅が狭いので、近くにいれば目立つだろう。

「ホテルの出入り口は正面エントランスだけですか？」

麻衣子の問いに、そうです、と末次がうなずいた。

「一階の非常口が裏の駐車場に繋がってますけど、お客さんは使いません」

「そこに防犯カメラは？」

「あります。非常階段には設置していませんが、降りるとエントランスに出るので、人の出入りはカメラに映ります。それが何か？」

漠然とした不安が胸の内にあったが、何でもありません、と麻衣子は目を伏せた。

4

サウスバウンドホテルから新大久保駅に向かって、飲食店が軒を連ねていたが、監視に使える店はなかった。

やむを得ず、麻衣子は百メートルほど離れた百円ショップに入った。開店したばかりで、客はほとんどいない。

店頭のワゴンから適当に商品を選び、カゴに入れては戻す、それを繰り返すしかない。条件は最悪だった。

三十分に一度、久山からＬＩＮＥが入ったが、動きはない、という文字が並ぶだけだ。

二時間ほど経ち、正午に岡元憲次の詳しいデータがセトクからメールで届いた。目黒区の普通高校を卒業後、定職に就かないまま短期のバイトを転々とし、その日暮らしを続けているフリーターだ。

学生時代、そしてフリーターになってからも反社組織との繋がりはない。ネットでバイトを探しているうちに、高収入というワードに釣られ、受け子になったのだろう。岡元が困窮しているのは、容易に想像がついた。

特殊詐欺の受け子はリクルーター、幹部クラスからレクチャーを受ける。その際、彼らは特殊詐欺は正義だと説く。

——世の中、不景気が続いている。オマエらに金がないのは、ジジイババアがオマエらの金を奪って、溜め込んでいるからだ。あいつらは自分が良ければそれでいいと思ってる。オマエらと違って高い年金をもらい、遊んで暮らしてる——

——犠牲になってるのはオマエらなんだ。ジジイババアの老後のために、何でオマエらが踏み台にされなきゃならない？　そんな馬鹿な話があるか？——

——オレたちがやってるのは世直しだ。ジジイババアに奪われた金を取り返しているだけだ。これは犯罪じゃない——

——経済活性化のためにも、やらなきゃならないんだ。オマエらがその金を使い、景気を良くすればいい——

誰であれ、罪を犯すことには抵抗がある。しかも、相手は社会的弱者の高齢者だ。罪悪感に苛《さいな》まれてもおかしくない。

だが、自分たちを正当化すれば、犯罪に加担しているという意識すらないまま、特殊詐欺を繰り返すことができる。アポ電強盗が増えているのは、ハードルが低くなったからだ。

岡元もその一人だ、と麻衣子はつぶやいた。闇バイトの報酬はリスクに比して低い。詐取した金額の一割がその相場だ。

五万円、十万円のために逮捕され、懲役刑に処される。強盗、殺人は更に罪が重くなる。

損得もわからないのか、と麻衣子はため息をついた。もっとも、計算ができる者なら、最初から特殊詐欺の闇バイトになるはずもない。

〈岡元は何を？〉

麻衣子は腕時計に目をやった。午後零時二十分。

末次の話では、チェックイン後、夕食を取るために外出した岡元は夜十時にホテルへ戻った。ペイチャンネルのカードを購入し、アダルトビデオを見たとしても、ベッドに入ったのは深夜零時前後だろう。

それから十二時間以上が経っている。なぜ、起きないのか。

今、岡元は指示を待っているだけだ。昨夜は外で食事をしていたから、外出を禁じられているわけではない。

警察のターゲットになっていると、岡元は気づいていない。昼食はどうするのか。ウーバーイーツの配達員も来ていない。

〈岡元に動きがないのはなぜです？〉

久山にLINEを送ると、俺もそう思ってた、と返事があった。

〈部屋でクスリでも決めてるのか？　奴が出てこないと、カメラや盗聴器を仕掛けられないぞ〉

〈わたしたちに気づいて出てこないのでは？〉

〈そうとは思えない。奴は何をしてる？〉

ドラッグの過剰摂取、という考えが頭を過った。特殊詐欺グループは覚醒剤で闇バイトを支配することがある。岡元は素人だから、限度がわからなかったのかもしれない。

〈嫌な感じがします〉

〈八木警視に報告して指示を仰ぐ。少し待て〉

麻衣子はカゴの商品をすべて棚に戻した。不安が胸に広がっていた。

5

〈現状を維持せよ〉

十分後、八木から指示があった。下手に動けば、取り返しがつかない事態を招く。現場の先走った判断で動くわけにはいかない。ただ、半日以上動きがないのは、どう考えてもおかしい。

待機を続けていると、一時十分、スマホに石田から着信があった。

『八木警視と話した。この電話は久山とも繋がっている。彼も不審だと言ってるし、突入許可の要請があった。焦りは禁物だが、そうも言っていられない。君はどう思う?』

室内の確認が必要です、と麻衣子は言った。待て、と八木の太い声が割り込んだ。スピーカーホンで話しているようだ。

『こっちにも映像が届いている。昨夜十時、岡元は廊下を歩いて部屋に戻った。まだ眠っているとは思えないが、強引に踏み込むわけにはいかない。監視役がいたらどうする?』

「ですが――」

石田と八木が話す声が、途切れ途切れに聞こえた。スマホを耳に押し当てると、ホテルの支配人と話した、と石田が言った。

『清掃を口実に８０１号室へ入れ。ただ、清掃員はほとんどが女性だ。久山が入れば刑事だと気づかれる』

「わたしが行きます」

やむを得ない、と石田が舌打ちをした。

『ホテルで清掃員の制服に着替え、ドアをノックしろ。返事があれば、失礼しましたと言って、その場を離れろ』

「返事がなかったら？」

支配人がカードキーのコピーを渡す、と石田が指示した。

『それを使って部屋に入れ。眠っていたら、そのまま部屋を出ればいい』

風呂に入ってるかもしれない、と八木が怒鳴った。

『その時はうまくごまかせ。返事がなければ、久山を呼んで踏み込め。三十分ほど前、藤丸と会澤を新大久保に向かわせた。二人がホテル周辺を確認する。岡元の監視役がいるかもしれない。君も注意しろ。いいな？』

「了解です。もし、岡元が意識を失っていたらどうしますか？」

支配人を呼べ、と八木が言った。

『彼が救急に通報する。警察は関与しない。様子がおかしいと思って部屋に入ったと説明させるから、そこは問題ない』

「わかりました」

『君が意識不明の岡元を見つけたとわかれば、世田谷グループは警戒する。最悪の場合、店長その他は逃げ出すぞ。受け子の逮捕のために、セトクを設置したわけじゃない』

ブルートゥースイヤホンを装着しておけ、と石田が命じた。

『ホテル周囲の確認を終えたら、会澤が連絡を入れる。君は801号室に入り、室内の状況を報告するように』

石田が通話をオフにした。入れ替わるように着信音が鳴り、会澤の番号が画面に浮かんだ。

6

一時四十分、麻衣子はサウスバウンドホテルで末次からカードキーを受け取り、更衣室で清掃員の制服に着替えた。

バックヤードで待機していた久山が、君はエレベーターを使えと言った。

「俺は非常階段で八階に上がる」

耳に装着していたブルートゥースイヤホンから、石田の声が聞こえた。

『すぐに801号室へ向かえ』

了解です、と麻衣子は短く答えた。非常階段の扉を開けた久山が駆け上がる靴音が聞こえた。

八階まで、麻衣子はエレベーターで上がった。廊下に出て801号室へ向かい、ドアを軽くノックした。返事はなかった。

入ります、とブルートゥースイヤホンに囁いて、麻衣子はカードキーでロックを解除した。小さな緑のライトが灯った。

ドアノブを押し下げ、部屋に入った。末次に借りたタオルセットを摑む手が、かすかに震えた。

「お客様、いらっしゃいますか？」

清掃の時間です、と言いかけたが、口を閉じた。狭いシングルルームのベッドで岡元が寝ていた。

「失礼致しました」

頭を下げた時、半開きになっていた右側のドアから浴室が見えた。赤いタオルが落ちていた。浴室には誰もいない。

麻衣子はベッドに近づき、石田さん、とブルートゥースイヤホンに手をやった。

「岡元が部屋にいました。ですが……」

『どうした？』

岡元の死亡を確認、と麻衣子は囁いた。

「下腹部を刺されています。失血死と思われます」

待て、と八木の声が耳を打った。

『何を言ってる？　岡元が殺されたってことか？』

確認します、と麻衣子は室内を見回した。ベッド、冷蔵庫、小さなデスク。あるのはそれだけだ。クローゼットに隠れている者もいない。

「久山さん、来てください」

六階だ、と返事があった。ブルートゥースイヤホンに触れ、麻衣子は報告を始めた。

「801号室には誰もいません。岡元は殺されています」

『なぜ他殺とわかる？』

「凶器がありません」

『何だと？』

八木の声が大きくなった。狭いシングルルームです、と麻衣子は報告を続けた。

「凶器があれば、すぐわかります。犯人は岡元を刺殺、凶器を持って逃げたようです。バスルームの床に、血を拭ったタオルが落ちていました」

何も触れるな、と石田が鋭い声で言った。ドアが開き、入ってきた久山が岡元の写真を撮り、セトクに送ってから、岡元の死亡を確認、とスマホを耳に当てた。

「Tシャツの裂け目から下腹部の傷が見えます。かなり深いですね。血は乾いてます。死後十数時間でしょう」

通信指令センターに連絡した、と石田が言った。

『君たちはそこに残り、機捜に事情を説明しろ。一課にはこちらから伝える』

久山、と八木が割り込んだ。

『写真を見たが、岡元の顔が真っ白だ。失血死だな。奴は昨夜十時半、ペイチャンネルの自販機でカードを買った後、部屋に戻っている。その後、誰も入っていない。どうなってる？　いつ刺された？　犯人はどこだ？』

麻衣子は部屋のドアを開いた。ペイチャンネルの自販機のすぐ横に、非常階段の扉があった。

犯人は非常階段で八階に上がったようです、と麻衣子は言った。

「部屋を出たのは、世田谷グループの関係者から連絡があったためで、非常階段のドアを開ける岡元を待ち構え、刺したと思われます。カメラに映っていないのは、死角になっているためです」

後ろから肩を叩かれ、顔を向けると、スマホを耳に当てた久山が床を指さした。かすれた血痕がそこに残っていた。

刺された岡元は部屋に逃げ込んだんでしょう、と久山が報告した。

「部屋で奴の携帯電話を探します。電話もしくはメールの着信履歴がわかるはずです」

岡元はバスルームで止血を試みています、と久山が報告を続けた。

「出血が激しく、意識が朦朧《もうろう》としたままベッドに倒れ込み、そのまま死んだようです。世田谷グループ内に犯人がいるのでは？」

何のために殺した、と八木が怒鳴った。その時、麻衣子のスマホに石田からＬＩＮＥの通知があった。

〈非常階段に出て、私の携帯に電話しろ〉

麻衣子は非常階段の扉を開け、スマホの画面に触れた。タイミングがおかしい、と石田の声がした。

『セトクが岡元の監視に集中すると決めた直後に殺された。偶然とは思えない』

情報が漏れてる、と石田が声を低くした。

『セトクの指揮官は八木警視だが、編成上のトップは桂本二課長だ。他部署から加わっている連中も、岡元のことを知っている。だが……どうもおかしい。本庁内に内通者がいるのかもしれない。八木警視と話す』

待ってください、と麻衣子は非常階段の踊り場に降りた。

「八木警視を信じていいんでしょうか？　長年特殊詐欺を捜査していましたが、それは癒着に繋がりかねません。何らかの理由で脅されたり、金で釣られたとか……二課からセトクに加わっている三人の誰かの可能性もあります」

今は言うな、と石田が囁いた。

『知らん顔をしていろ。会澤や平河にもだ。君は私が守る』

気を付けてください、と麻衣子はドアを見上げた。

「わたしではなく、石田さんが狙われるかもしれません」

心配するなとだけ言って、石田が通話を切った。扉が開き、久山が顔を覗かせた。

「救急が来る。一課には八木警視が状況を説明した。現場保存の必要があるから、ここで一課の捜査員を待つ」

麻衣子は非常階段を上がった。遠くでパトカーのサイレンが鳴っていた。

第八章　内通者

1

参ったよ、と苦笑を浮かべた八木がA会議室の椅子に腰を下ろした。

「一課長に大目玉を食らった。お前たちは何をしていたんだってな……監視対象者が殺害されたのは大失態だ。もっとも、集中監視に入る前だから、やむを得ないとなったがね」

一夜明けた四月六日午前八時、石田を除く七人のセトク捜査員が警視庁十一階のA会議室に集まっていた。

石田警視はと尋ねた会澤に、まだ絞られてる、と八木が頭を掻いた。

「SITは一課の部署だから、一課長としても当たりが厳しくなるだろう。彼には申し訳ないが、矢面に立ってもらった。岡元殺しの捜査は一課強行犯五係が担当する。セトクはタッチしないが、君たちも状況を知っておくべきだろう」

全員がうなずいた。現場で岡元のスマホが見つかった、と八木が口を開いた。

「一昨日の夜七時五十分に着信履歴があった。番号は残っていたが、飛ばしの携帯だった。十時半に非常階段で会おう、と世田谷グループから指示があったんだろう」

仲間が岡元を殺したってことですか、と手を挙げた久山に、その可能性が高い、と八木がうなずいた。

「だが、女絡み、金銭トラブル、他に理由があって恨まれていたのかもしれない。以下、時系列で犯行の流れを説明する」

午後十時過ぎ、犯人は非常階段で八階へ上がった、と八木が先を続けた。

「十時半には着いていたはずだ」

ですが、と久山がタブレットに触れた。

「ホテルの構造上、一階のエントランスを通らないと、非常階段は上がれません」

一課強行犯五係から連絡があった、と八木が言った。

「一階と二階の間の踊り場から、ホテル裏にある駐車場に飛び降りることができるそうだ。三メートルほどの塀があるが、下から飛び移るのも難しくない。塀の足跡を鑑識が見つけたが、幅十センチほどしかないので、一部しか残っていなかった。靴の種類、メーカーも不明。サイズは二五から二六」

「犯人は岡元を刺殺しています。靴のサイズから考えると男ですね」

駐車場は裏の私道に繋がっている、と八木が続けた。

「駐車場の地面に、縦三十センチ、横四十センチの長方形の跡が残っていた。何かの箱を台にしてコンクリート塀に上がり、非常階段に飛び移って八階へ上がったんだろう。身の軽い奴だ」

犯人はサウスバウンドホテルを利用したことがあったんでしょう、と会澤が言った。

「エントランスを通らずに、非常階段で八階へ上がるルートを知っていたのは、そのためでは？」

そこは調べようがない、と八木が肩をすくめた。

「犯人はネットで予約したはずだ。宿泊客はフロントで名前と住所を書くが、身分証明書の提示を求められるわけじゃない。偽名、偽の住所を書けばそれで済む。ビジネスホテルは防犯カメラの映像を一週間から半月ほどで消去する。指紋が残っているはずもない。どうやって捜せと？」

犯人がサウスバウンドホテルの構造を知っていたのは確かです、と会澤が渋い顔になった。

「非常階段のすぐ横にペイチャンネルのカード自販機があること、そこだけ壁が凹んでいて、死角になるのも知っていたと思いますね。受け子がホテルに泊まる時は、逃げやすいよう、非常階段近くの部屋を取る指示もあったんでしょう。万が一の時は、こうして始末もしやすくなります」

犯人は岡元を呼び寄せた、と会澤が顎に指を掛けた。

「岡元を刺しても、ドアの陰になって、防犯カメラに映りません。岡元を殺して、非常階段を戻るつもりだったんでしょう。犯人にとって幸運だったのは、岡元が部屋に逃げ込んだことです」

犯人からの電話を受け、岡元はドアを開けています、と麻衣子は言った。

「顔も名前も知っていたのでは？」

冷静な奴だ、と大田原がうなずいた。

「深追いせず、そのまま逃げている。自分は現場へ行ったが、駐車場の裏の私道は狭く、近くに脇道はなかった。人を殺せば、誰でも焦る。何かしら痕跡を残すものだが、足跡と台の痕跡以外何も見つからないのは、慣れていたからだ。人を殺したことがあるのかもな」

殺人の前科持ちですか、と目を丸くした平河に、逮捕されたとは限らない、と大田原が首を振った。

「見せしめのために仲間を殺し、山に埋めれば、死体が見つからなくても不思議じゃない。死体が出なければ、殺人事件にはならない……八木警視、どう思いますか？」

私は警視庁入庁後、二課が長いと八木が言った。

「殺人事件の捜査経験はほとんどない。どう思うかと言われてもな……」

ただ、と八木が首を捻った。

「岡元を殺したのは世田谷グループのメンバーだろうが、なぜ殺したのか、それがわからない。セトクの監視に気づいて、口を封じたのか？」

そうだと思います、と藤丸が渋い顔になった。

「マークが集中した岡元を殺し、地下に潜ったのでは？　ほとぼりが冷めるまでは動かないでしょう。まずいですね。セトクにはタイムリミットがあります。四月中に世田谷グループが特殊詐欺を決行しないと、解散を命じられますよ」

何もなければそれでいいとはなりません、と久山が言った。

「いずれ、世田谷グループは復活します。数カ月後には、また大規模な特殊詐欺を始めるでしょう。未然に防ぐには、世田谷グループの店長や幹部、外部協力者を逮捕するしかありません」

奴らは国内最大規模の特殊詐欺グループと言っていい、と八木が長い息を吐いた。

「世田谷グループの手口がロールモデルになれば、全国で模倣犯が生まれるだろう。そうなったら、警察の存在意義が問われる……話を戻すが、どうして奴らはセトクの存在に気づいた？」

麻衣子を含む全員が口を閉じ、お互いを見やった。情報が漏れているのは明らかだ。この中に内通者がいるのかもしれない。

セトクは特殊犯捜査係と捜査二課の混成チームだ。石田は捜査一課、八木は二課と所属も違う。

当初、ランダムに二つの班に分けたのは、互いの意思疎通を図る意図があった。だが、ＳＩＴと二課の間には温度差があり、信頼関係が結ばれているわけではない。

考えていることはわかる、と八木が抑えた声で言った。

「セトクから情報が漏れている……そうだな？　あり得ないとは言い切れない。ただ、私は二課長に、石田警視は一課長に捜査の進捗状況を報告している。捜査支援部署にも、双方から毎日レポートを提出しているから、内通者はそっちにいるのかもしれない」

「本庁内に世田谷グループのSがいるんですか？」

信じられません、と会澤が言った。Sとは警察の隠語で情報屋を指す。

SはSPY、スパイの頭文字だ。エス、とカタカナで表記することもある。

セトクは秘密の部署ってわけじゃない、と八木が言った。

「特殊詐欺捜査に特化したチームだと、誰でも知っている。本庁内の全捜査員、全職員と世田谷グループの関係を調べることはできない。それより、今後の対策を考えるべきだろう。まず、どこから情報漏れがあったのか、それを調べて――」

ドアが開き、疲れた顔の石田が入ってきた。

「どうだった？」

八木の問いに、ひきつった笑みを浮かべた石田が腰を下ろした。どれだけ厳しい叱責を浴びたのか、それだけで麻衣子にも想像がついた。

2

殺人事件の捜査は一課の担当で、セトクは関与しないが、麻衣子は死体の第一発見者だ。そのため、強行犯五係の刑事から詳しい事情を聞かれた。

だが、岡元が殺されたのは、麻衣子と久山がサウスバウンドホテルの監視を始める前だ。何もわからない、と答えるしかなかった。

一週間が過ぎたが、捜査に進展はない。四月十五日、朝の会議で八木の報告が終わるのを待って、石田が口を開いた。

「五係長に受け子のリストの提示を要請されたが、桂本二課長は情報提供を断った。世田谷グループにセトクの動向を悟らせないためと理由をつけているが、一課に手を貸したくないんだろう。セクト主義は警察の病癖だ」

協力するべきだと言ったんだが、と八木が顔をしかめた。

「もちろん、各部がすべての情報を共有するわけにはいかない。関係者のプライバシーだってあるし、それぞれの思惑もある。だが、殺人だからな……それを踏まえ、課長に意見を言ったが、許可が下りない。どうしたもんかな？」

その後、八木が伝達事項を告げ、会議が終わった。話があります、と麻衣子は石田に囁いた。

他のセトクメンバーがA会議室を出ると、八木警視のことだな、と石田が言った。

「彼が世田谷グループと繋がっている、そう考えているんだろう？」

不審な点があるのは確かです、と麻衣子は声を低くした。

「世田谷グループを除くと、あの時点で岡元の居場所を知っていたのはセトクの八人だけです。世田谷グループも、岡元がサウスバウンドホテルに泊まると把握していなかったと思います。でも、内通者がいるなら、説明がつきます」

「それで？」

警察のセクト主義はわかっています、と麻衣子は言った。

「ですが、殺人事件が起きているのに、情報提供を拒否するとは思えません。桂本二課長と話しているのは八木警視だけですよね？　何か別の理由をつけて、リストを出すなと二課長に言ってるのでは？」

警察は正義の使徒じゃない、と石田が長い指を振った。

「きれいごとでは済まない仕事だ。八木警視と二課長が何を話したのかはわからないが、一課と二課の関係が悪いのは、警視庁の伝統だよ。情報提供を断ったのは、それもあったんだろう」

「ですが……」

待て、と石田が手で麻衣子を制した。

「情報漏れが起きているのは確かだ。君が八木警視を疑うのも、わからなくはない。世田谷グループの実態に最も詳しいのは彼で、ミイラ取りはミイラになりやすい。だが、桂本二課長も特殊詐欺の情報に精通している。それは二課の三人も同じだ」

「はい」

今は何の証拠もない、と石田が顔を近づけた。

「下手に動けば、証拠を消される恐れもある。交渉人研修生のセトクへの異動を命じた私には、君たちを守る責任がある。しばらくは様子を見よう」

大丈夫だ、と麻衣子の肩を叩いた石田がA会議室を出て行った。

3

岡元が殺されてから、セトクは体制を再編し、残った野川たち三人の受け子の監視を続けていた。

今まで以上の慎重さが求められている。第二の殺人が起きれば、世田谷グループの捜査を中止せざるを得ない。

二人一組で受け子の監視に当たるが、監視対象者は日によって替わる。毎日同じだと、刑事と気づかれる可能性が高くなるためだ。

四月十六日金曜、朝九時半、麻衣子は大田原とJR立川駅近くのビジネスホテル、立川インを見張っていた。

受け子の加納友和《かのうともかず》がチェックインしたのは昨日の夕方五時、その後夜八時にホテルを出て、徒歩三分ほどの居酒屋に入り、刺し身をつまみにビール二本を飲み、十時過ぎに部屋へ戻ったのを八木と平河が確認していた。一時間ほど前に、監視を交代したばかりだ。

立川インは駅から五百メートルほど離れている。エントランス正面に古いカフェがあり、監視は難しくなかった。

窓際の席からホテルのエントランスに目を向けていた麻衣子に、受け子が散らばっている、と大田原がタブレットを指した。

「加納、野川、丹原、いずれも都心から離れている。埼玉の和光市、神奈川の川崎市……監視に気づいたのか？」

埼玉県朝霞市は練馬区、神奈川県川崎市は大田区その他に隣接している。道路を一本越えれば埼玉、神奈川県警の管轄で、迂闊《うかつ》には動けない。

世田谷グループは管轄の違いを知っているんでしょう、と麻衣子は言った。

「警視庁と他県の県警本部は別組織で、お互いに縄張り意識があります。警視庁の捜査員が断りなしに入れれば、県警本部もルール違反と考えます」

立川も似たようなもんだ、と大田原がうなずいた。

「警視庁は二十三区内と多摩地区で明確に分かれている。二十三区からの110番通報を受けるのは千代田区、多摩地区は立川だ。十ある方面本部の第一から第七まで、そして第十の八つは二十三区内、多摩地区は第八と第九の二つだけだ。面積で言えば多摩地区の方が広いが、配備されている警察官の数は少ない。警察の目をかいくぐるのが容易なのは、立川市も他県と同じだよ」

「大田原さんは情報漏れがあると思いますか？」

麻衣子の問いに、俺たちを疑ってるんだろ、と大田原が苦笑を浮かべた。

「答えなくていい。独り言だと思って聞け……八木警視や俺たちは、長年特殊詐欺犯を追っている。例えば組織犯罪対策部には、情報を得るため反社組織と馴れ合う刑事がいる。二課も事情は同じだ。開き直るようだが、やむを得ないところもある」

「わかりますが……」

俺たちの潔白は証明できない、と大田原が肩をすくめた。

「過去五年で受け子や出し子を百人以上逮捕し、大型特殊詐欺グループも摘発している。だが、連中が取り調べに素直に応じるはずもない。こっちもプライベートな話をしたり、腹を割った付き合いをしなけりゃならん」

「はい」

俺もSを二人囲っている、と大田原が小さく笑った。

「八木警視には報告しているが、他の刑事とは話していない。俺のSだとわかったら、捜査に手心を加えざるを得ない。かえってマイナスになるから、お互いのSについて話さない」

「そうですか」

「二人囲っている、と俺は言ったな？　だが、本当は三人、四人かもしれない。刑事には情報源を守る義務がある。石田警視や君が疑っても、沈黙するしかない」

君は警察庁キャリアだから俺も本音で話す、と大田原が言った。

「こっちは現場の叩き上げだ。この先、キャリアと仕事をすることはない……結論から言えば、八木警視も俺たち三人も、世田谷グループに情報を漏らしてはいない。アポ電強盗、殺人までやる連中にそんなことをすると思うか？　馬鹿馬鹿しくて話にならない。だが、何を言っても君は信じないだろう？」

何とも言えません、と目を逸らした麻衣子に、疑うのは当然だ、と大田原が言った。

「情報を流すどころか、積極的に犯罪に加担する刑事がいるのは、君も知ってるな？　所轄署では、部署ごと真っ黒になっていた事例もある。ただ、本庁だと所帯が大き過ぎて、そんなことはできない」

なぜかわかるか、と大田原が麻衣子を見つめた。

「セトクは臨時のチームで、いずれは解散する。世田谷グループを逮捕できなかったら、二課の別班が捜査を引き継ぐ」

「そうなるでしょう」

「その段階でセトクの関与が疑われたら、警務部の監察官が出てくる。いわゆる〝警察内警察〟だ。怪しいと思ったら、身内でもガサ入れする。電話、メール、ＬＩＮＥ、全データを復元して、洗いざらい調べる。本庁勤務の刑事なら、警務部のやり方を知ってる。危ない橋を渡るほど間抜けじゃないつもりだ」

八木、そして大田原たち二課の刑事にとって、リスクの方が遥かに高い。だが、リスクを上回るリターンがあるのかもしれない。

大田原の話には説得力があったが、八木、藤丸、久山、あるいは二課の他の刑事が世田谷グループと繋がっていたら、という疑いは消えなかった。

大田原のスマホが一度鳴り、すぐに切れた。番号に目をやった大田原が、出てくるぞ、と囁いた。ホテルからの連絡だった。

すぐにエントランスを出てきた加納が立川駅に向かって歩きだした。麻衣子は大田原と目配せを交わし、カフェのドアを開けた。

4

三日後、月曜の夜八時、麻衣子は会澤や平河と警視庁本庁舎を出て、桜田門駅近くの居酒屋に入った。

世田谷グループが次の特殊詐欺を実行するのは連休直前しかない。それはセトク全員の共通認識だった。

銀行、郵便局、その他金融機関はカレンダー通りに営業する。連休中でもATMは使えるが、出金制限があるため、一人から詐取できる上限は五十万円だ。

金融機関の注意喚起もあり、最近は還付金詐欺に代表される小口詐欺が主流だが、世田谷グループは違う。あらゆる手段で高齢者を騙し、状況によっては強盗に転じる。

連休直前に被害が発生しても、金融機関は気づかない。アポ電強盗では、家に押し入り、高齢者を暴行、手足を拘束する。数日放置されれば、死亡してもおかしくない。

ここまで引っ張ったのだから、狙いは連休直前だ。刑事なら、そこは予想がつく。

野川、加納、そして丹原、三人の受け子を石田と八木を含め、八人の刑事がローテーションで監視している。防犯カメラとＡＩの併用により、効率的な監視が可能になっていた。

たまにはいいでしょう、と声をかけたのは平河で、麻衣子と会澤もそれに応じた。緊張が続いていたが、息抜きも必要だろう。

疲れましたね、とカウンターに座った平河が生ビールのジョッキに口をつけた。捜査本部詰めと変わりません、と会澤が言った。

「自宅へ戻るのは着替えを取りに行くぐらいです。覚悟はしていましたが」

防犯カメラが撮影した映像を、ＡＩが解析している。受け子の現在位置は把握できたが、突発事態に備え、待機する時間が長かった。

今のところ、三人の受け子に接触した者はいない。気は抜けなかった。

人数が少な過ぎますよ、と平河が愚痴をこぼした。

「セトクは臨時チームで、大人数が割けないのはわかりますがね。本社も人手不足です。やむを得ないんでしょうが……」

警察では勤務する警察署を会社、警察本部を本社と呼ぶ。城西署所属の平河にとって、本社は警視庁だ。

平河の口調には、どこかとぼけた味があった。安心感を与える声だと石田が話していたのは、それを指しているのだろう。

「野川たち四人に絞り込んだのは八木警視ですが、岡元が殺されてから、これまでノーマークだった受け子の立浪《たつなみ》が不審な動きをしています。あの男も監視下に置くべきだと思うんですが……」

そうですね、と麻衣子はうなずいた。立浪に頻繁に電話が入っている、と捜査支援部署が報告を上げていた。

おそらく、世田谷グループからの連絡だろう。ただ、立浪は大学を中退したフリーターで、二十歳とまだ若いから、世田谷グループの内情に詳しいとは思えない、と八木がマークを外していた。

情報漏れの件ですが、と平河が割り箸で冷や奴を半分に切った。

「何か聞いてますか？」

いいえ、と会澤が首を振った。麻衣子も同じだ。内通者がいるのは確実だが、特定はできていない。

八木さんですが、とカウンターの真ん中に座っていた会澤が左右に目を向けた。

「警視庁入庁後、二課で知能犯を担当しています。詐欺グループと関係が深くなってもおかしくありません。セトクのトップで、すべての情報を握っています。世田谷グループに情報を漏らしている可能性は否定できません」

八木警視は特殊詐欺に詳しいですからね、と平河がうなずいた。

「高額の情報料を渡されたら、魔が差すこともあるでしょう。ただ、セトクの三人を含め、二課の刑事たち、桂本二課長も同じです。警務部も全員を調べるわけにはいきません。私たちだって――」

ぼくたちと世田谷グループに繋がりはありません、と会澤がビールをグラスに注いだ。

「交渉人研修の一環として、セトク編入を命じられただけです。ぼくは所轄から上がってきたばかりで、所属は地域係でした。特殊詐欺なんて、扱ったこともありません。遠野さんもそうでしょう?」

わたしは警察庁でデスクワークをしていました、と麻衣子は言った。

「臨場したのは二度だけです。特殊詐欺グループと関係があると思いますか?」

ないとは言い切れません、と平河が冷や奴に一味唐辛子を振りかけた。

「辛い物が好きでしてね……特殊詐欺グループは地縁で繋がっている場合も多いと聞きます。昔の仲間、地元の友達、そういう連中に誘われて犯行に加わる、そんな感じでしょう。人間なんて、どこでどう繋がっているかわかりません。刑事になったと友人に話したことはありませんか? それがきっかけで、情報提供を強要されたら? 友人なら、あなたの家族について知っているはずです。親を殺すと脅されたらどうします?」

「そんな友人はいませんし、脅しに屈したりもしません」

冗談ですよ、と平河が笑った。

「警察庁キャリアと特殊詐欺の犯人が友達なんて、そんな馬鹿な話はないでしょう。特殊詐欺事件が起きても、所轄の刑事は初動捜査に加わるだけですから、私も会澤さんも無関係です。世田谷グループについて詳しく知ったのは、セトクに編入されてからで、情報を漏らす相手はいません」

その通りです、と会澤がビールを飲んだ。岡元殺しですが、と麻衣子は言った。

「なぜ、彼の集中監視をセトクが決めたと世田谷グループは気づいたんでしょう？　わたしと久山さんが岡元の監視を命じられたのは四月五日の朝です。いきなり言われて、驚いたのを覚えています」

岡元をターゲットにすると決めたのは八木警視と石田警視です、と平河が二杯目のビールに口をつけた。

「二人で話したんでしょう。もっとも、岡元が穴になるのはわかっていました。マークするならあの男だろう、と私も思ってましたがね」

ですが、殺されたのは前日の夜十時半頃です、と麻衣子は言った。

「同じ捨てアドでホテルの予約を取るなど、岡元が油断していたのは確かです。口封じのために世田谷グループがあの男を殺したのは、存在そのものが危険だと考えたからでしょう。でも、受け子は何十人もいますよね？　セトクはその中から不審な動きが目立つ四人を選びましたが、岡元を重点監視するとまではわからなかったはずです。情報を漏らしたのは……」

石田警視か八木警視の二択なら、と会澤が微笑んだ。

「ぼくも八木警視を選びます。ですが、他の三人より岡元の方が崩しやすい、とぼくも考えていました。他の刑事も同じでしょう。明らかに脇が甘かったですからね」

警察庁キャリアの麻衣子は警察官僚で、捜査官ではない。同じ警察官だが、微妙な差があった。

誤解しないでください、と慌てたように会澤が手を振った。

「深い意味はありません。職分が違うだけの話で——」

わかっています、と麻衣子はうなずいた。これまでの経緯を考えれば、疑わしいのは八木だ。その考えは変わっていない。

八木は特殊詐欺専門の捜査官だ。そして、世田谷グループの主要メンバーは過去に特殊詐欺の経験がある。

彼らが世田谷グループに属する前、他の特殊詐欺事件で八木と接触していた可能性は高い。あるいは名簿屋、道具屋など外部協力者かもしれない。

どの部署でもそうだが、経験が長い刑事ほど、犯罪者と馴れ合いの関係に陥りやすい。情報交換を捜査手法のひとつと考える刑事もいる。

そこはグレーゾーンで、ほとんどの刑事はバランスを取っている。だが、一歩でも踏み外せば、底なしの沼に嵌《は》まる。

八木と断定する根拠はない。セトク、二課、捜査支援部署の誰か、とも考えられる。

もうひとつ、と麻衣子は二人を交互に見た。

「去年起きた三件の特殊詐欺事件で岡元が受け子を務めていたのは確かで、ある程度、世田谷グループの内情を知っていた節もあります。でも、あのホテルで岡元を殺すのはリスクが高すぎませんか？　犯人は焦っていたんでしょうか？」

そうかもしれませんね、と平河が声を低くした。

「セトクが岡元に監視を集中することになって、情報を渡していた刑事は慌てたでしょう。場合によっては、岡元の身柄は拘束されたはずで、刑事の名前を自供したらまずい事態になります。マークが厳しくなる前に殺すしかなかった……そういうことですかね？」

平河は口にしなかったが、八木を名指ししているのと同じだった。麻衣子も世田谷グループに情報を流していたのは八木だと考えている。ただ、それは消去法に近い。

逆に考えるべきだろう。犯人には岡元を殺さなければならない理由があった。それが何かわかれば、内通者が浮かび上がってくるはずだ。

麻衣子は会澤に目を向けた。

「捜査は進んでいるんですか？」

会澤は本庁捜査一課強行犯の所属だ。五係の刑事に詳しい事情を聞いているのはわかっていた。

「慣れた者の犯行だ、と話してました」

会澤がビール瓶についていた水滴でカウンターに図を描いた。

「犯人は外から非常階段のドアを叩き、岡元が開けたところを刺しています。事前に連絡があったためで、顔見知りだったんでしょう。殺されるとは思っていなかったから、警戒せずに扉を開け、待っていた犯人に腹部を刺された……ただ、非常階段の踊り場のスペースは狭かったんですよね？」

「約一メートル四方でした」

壁や手摺りが邪魔になったでしょう、と会澤がうなずいた。

「ナイフで刺すと言っても、簡単じゃありません。同じ手口の犯人を探して、五係が前科者リストを調べています」

凶器のナイフですが、と平河が図を指した。

「特定されているなら、その線から犯人を辿れるのでは？」

刃渡り十五センチ前後の刃物です、と会澤が両手を少し開いた。

「例外規定はありますが、銃刀法では刃渡り六センチ以上の刃物の携行を禁じています。犯人に殺意があったのは、そこだけ取っても確かです」

「そうでしょうね」

ハンティング用のナイフのようです、と会澤が言った。

「腹部の傷にノコギリ状の刃物による刻みが残っていましたが、一般的な包丁だと、そうはなりません。ただ、ハンティングナイフには星の数ほど種類がありますから、特定は困難でしょう。そこから犯人を追うのは厳しいんじゃないですか？」

「犯人はどこを刺したんです？」

平河の問いに、下腹部です、と会澤が答えた。

「正面から岡元の左腎臓辺りを刺していますから、犯人は右利きでしょう。傷の深さは約七センチ、非常階段のドアから岡元の部屋まで、血痕が残っていました」

「それで？」

「岡元の手に抵抗痕がなかったのは、すぐに部屋へ逃げ込んだからです。浴室で止血をしてるうちに、大量出血で意識を失いかけ、ベッドに倒れ込むのとほぼ同時に失血死したようです」

犯人は非常階段で一階と二階の間の踊り場まで降りています、と会澤が先を続けた。

「そこから裏の駐車場に飛び降り、裏の私道を抜けて逃げたんでしょう。目撃者はいません」

あの辺は夜でも人が多いんですが、と平河が首を捻った。

「もっとも、夜十時半なら、辺りは暗かったでしょう。闇に紛れて逃げたってことですか」

犯人はかなりの返り血を浴びたはずです、と麻衣子は二人を交互に見た。

「拭って取れるはずもありません。夜十時半でも新大久保ですから、通行人がいなかったとは思えません」

犯人は最初から岡元を殺すつもりだったんです、と会澤が言った。

「そのための準備をしていたでしょう。コートを着ていれば、返り血を浴びても、脱いでカバンに突っ込めば済みます。帽子やマスクもつけていたはずで、それなら顔や髪に血が飛んでもどうにかなります。目撃者がいないというより、見ても不審に思わなかったから、名乗り出ていないだけでは？」

声が大きいですよ、と平河が手で制した。

「殺した、殺された、返り血だ、そんなことを大声で言うのはどうでしょう。少し落ち着きませんか？」

すみません、と麻衣子はグラスの水を飲んだ。ぬるくなった水に、かすかな苦みが混じっていた。

5

翌日朝七時、麻衣子がA会議室の扉を開けると、石田、八木、そしてもう一人、大柄な男が同時に顔を向けた。桂本二課長だ、と八木が大柄な男を指した。

「予想される世田谷グループの動きを説明していた。少し待て」

予想というが、と桂本が腕を組んだ。二課長は警察庁キャリアがそのポジションに就くと慣例で決まっているが、叩き上げの刑事のように鋭い目付きの男だった。

「今となっては無理だろう。岡元殺しは世田谷グループの犯行と断定していい。つまり、奴らはセトクの存在に気づいている。次の特殊詐欺を決行するとは思えん。とっくに逃げたんじゃないか？」

そうは思いません、と八木が口元を曲げた。

「フィリピンで潜伏していたリーダーの四人ですが、その後の調査で反社組織の構成員だと判明しています。彼らは店長を雇い、責任者にしていますが、高額の報酬と暴力や脅迫、飴と鞭を使い分けて操っていたと考えていいでしょう。リーダーがいなくても、世田谷グループは組織として残っています。今はリーダー代理が仕切っているはずですが、特殊詐欺は打ち出の小槌です。簡単には逃げませんよ」

特殊詐欺で重要なのは名簿屋です、と横から石田が言った。

「八木警視は名簿屋がリーダー代理を務めていると考えていますが、私も同意見です。名簿があれば、特殊詐欺を続行できるんです。ここで捜査をストップすれば、次の特殊詐欺事件が起きた時、何もできません」

麻衣子の背後で扉が開き、会澤と久山が入ってきた。座れ、と命じた八木が桂本に顔を向けた。

「課長の立場はわかりますが、セトクの存続は決定事項だったはずです」

岡元が殺されて事情が変わった、と桂本が苦い表情を浮かべた。

「一課長からも厳重抗議があった。監視対象者が殺されるなんて、前代未聞の不祥事だと――」

それは違います、と石田が首を振った。

「あの時点で、岡元の集中監視は始まっていませんでした。我々が奴をマークすると決めた時には、既に殺されていたんです。責任逃れをするつもりはありませんが、八木警視は何度も増員を要請しています。それを却下したのは桂本課長で、あと数人いれば岡元殺しは防げたでしょう」

二課には通常任務がある、と桂本が吐き捨てた。

「知能犯の捜査に時間や手間がかかるのは、君も知ってるな？　余剰人員はいない。セトクの設置も無理を通して人数を割いている。交渉人研修生の参加を認めたのは、そのためもあったんだ」

入ってきた平河が足を止めた。その後ろで、大田原と藤丸がＡ会議室を覗き込んでいた。

私も一課長から強く叱責されました、と石田がうなずいた。

「しかし、世田谷グループの一斉摘発に失敗すれば、今後手口を模倣するグループが次々に現れるでしょう。狙われるのは高齢者や社会的な弱者で、世田谷グループを潰さなければ、責任を問われるのはあなたです」

交渉人は口が達者だな、と桂本が腕を組んだ。

「いいだろう、徹底的にやれ。上から下まで、全員逮捕するんだ。フィリピンで潜伏している一人のスマホが見つかり、ＳＳＢＣがテレグラムのデータの一部復旧に成功した。アポ電強盗を指示したのも奴らだ。殺人犯の逮捕に一課も二課もない。わかったな？」

もちろんです、と八木が答えた。体制を整えて再捜査に当たれ、と桂本が命じた。

「岡元殺しも進展があった。一課が数人の目撃者を押さえたんだ。すぐ詳報が入る。そちらからアプローチする手もある。いいか、次の大規模詐欺で被害が出れば我々の負けだ。全員の逮捕ができないと言うなら、今すぐ解散しろ」

必ず、と石田が微笑んだ、責任を取るのは私だ、と桂本がため息をついた。

「ここで決着をつけろ。正直なところ、今ギブアップしてくれた方が、私としては楽なんだが」

そんなつもりはありません、と首を振った八木を睨んだ桂本が乱暴に扉を開け、A会議室を出て行った。

時間がない、と八木が口を開いた。

「このままだと世田谷グループが特殊詐欺を決行するぞ。野川たち三人の動きは？」

ビジネスホテルを転々としています、と藤丸が報告を始めた。

「監視を警戒しているのか、慎重になっています。移動の際は防犯カメラを避けていますし、チェックインするまで、どこのホテルに泊まるのかわかりません。電車にも乗らず、バスで動いているのは、位置を知られたくないからでしょう」

電車だと駅の防犯カメラに必ず録画されます、と藤丸が空咳をした。

「バスだとそうもいきません。ほとんどのバス車内には防犯カメラが設置されていますが、小型なので死角だらけです。神奈川、埼玉、千葉県警の協力もあり、三人を追跡していますが、気を抜けばどうなるかわかりません」

「他はどうだ？」

横浜のホテルに受け子の丹原が泊まっています、と大田原が言った。

「チェックインすれば、監視は楽になります。ホテル内の防犯カメラで動きを確認できますし、ほとんどのホテル周辺の道路には防犯カメラがあるので、現在位置、進行方向も見当がつきます」

三人を徹底的に監視しろ、と八木が言った。

「今日は四月二十日、連休の始まりは二十九日の昭和の日で、奴らが動くのが前日の二十八日だとすれば、残りは八日間だ。準備のために世田谷グループの関係者と会うはずだ。アジトに集まってもおかしくない」

刑事たちがうなずいたが、このままではどうにもならない、と麻衣子はタブレットを見つめた。

三人の受け子が連絡を取る保証はない。何か手を打つべきだと思ったが、具体的な案は浮かばなかった。

第九章　追跡

1

四月二十一日、午後二時。麻衣子は藤丸と京浜東北線で大宮駅へ向かった。

川崎市のビジネスホテルをチェックアウトした受け子の丹原が防犯カメラの死角をついて逃げた、とＳＳＢＣから報告があったためだ。セトクの人員不足を防犯カメラがカバーしていたが、それにも限界がある。

午後一時過ぎ、ＪＲ川崎駅の改札に入っていく丹原が見つかった。自動券売機で切符を買っている姿を、防犯カメラが鮮明に捉えていた。

Ｓｕｉｃａを使わないのは、世田谷グループの指示だろう。Ｓｕｉｃａの利用履歴があれば降車駅を割り出せるから、リスク回避の狙いがあったのではないか。

ただ、切符であっても乗車している電車、進行方向、購入金額がわかれば、行き先は限定できる。丹原が買った切符は八百二十円、向かったホームから降車駅はさいたま新都心駅か大宮駅のどちらかと考えられた。

ここまで野川をはじめ、三人の受け子は防犯カメラを避けていたが、行動を秘匿していなかった。不審な動きと判断した八木の指示で、麻衣子と藤丸が先回りして大宮駅へ向かい、丹原を待ち伏せることになった。さいたま新都心駅には石田と久山が急行している。

丹原より十分ほど早く着く、と藤丸がスマホの画面に目をやった。

「もっとも、大宮駅は地下一階、地上三階、駅ビルもついている。改札口は二階に四カ所あって、どこから出るかはわからない。中央改札北側もしくは南側だろうが、二手に分かれよう。万一見逃しても、駅の防犯カメラに映れば、現在位置をＳＳＢＣが送ってくる」

会澤さんのＬＩＮＥです、と麻衣子はスマホの画面を藤丸に向けた。横風のために、車体が大きく揺らいだ。

「川崎駅近くの公衆トイレ付近で、スマホを見ている映像が確認されたそうです。死角を通って移動していますが、これだけ慎重なのは、電話の相手が世田谷グループだからでは？」

八木警視からもメールが来ている、と藤丸が小声になった。

「これまでセトクは丹原を闇バイトの一人としていたが、今後はレベルを一段階上げる……丹原が連絡を取ったのは、世田谷グループのリーダーだろう。丹原は幹部クラスかもしれない。奴らは連絡にテレグラムを使う。どんなやり取りがあったのか、わかればいいんだが……」

詳しい経歴です、と麻衣子はメールを読み上げた。

「丹原は二十九歳、渋谷政治経済大学卒、マトヤ海上火災保険に入社、資産運用事業部に配属、主にインターネット保険を担当……高学歴のエリートですが、どうして特殊詐欺にかかわったんでしょう？」

続きがある、と藤丸が自分のスマホを指さした。

「顧客の資産を不正に運用して、入社四年目に懲戒免職……三年ほど前だ。金に困って、闇バイトに応募したのか？」

電車がさいたま新都心駅で停まった。次は大宮駅だ。

犯罪者は人が大勢いる場所を好む、と藤丸が言った。

「丹原は大宮駅で降りる可能性が高い。君は中央改札北側を頼む。俺は南側だ。見つけたら尾行するが、応援を要請した方がいいかもしれんな」

丹原は駅周辺のビジネスホテルを予約しているはずです、と麻衣子は言った。

「チェックインは五時前後で、まだ二時間以上あります。その間に世田谷グループと連絡を取るつもりでしょう」

大宮駅の一日の利用者数は約五十万人、埼玉県内で最も多い。人込みに紛れてしまえば、丹原を見逃してもおかしくない。

世田谷グループと連絡を取り合うにしても、テレグラムなら電車内からでも可能だ。それでは証拠を押さえられない。

大丈夫だ、と藤丸が肩を叩いた。

「駅の防犯カメラをSSBCがチェックしている。人間の目はごまかせても、AIが丹原を見つける。奴がホームに降りれば、必ず連絡が入る」

簡単ではない、と麻衣子は目を逸らした。駅のように人が密集している場所では、防犯カメラでも丹原の特定は困難だ。

だが、それを言っても始まらない。今はAIを信じるしかなかった。

2

麻衣子と藤丸は大宮駅中央改札北側と南側に分かれ、乗降客を見張ったが、十五分が経っても丹原は現れなかった。

さいたま新都心、もしくはその前の駅で下車したのかもしれない。指示を待て、と藤丸からLINEが入った二分後、さいたま新都心駅で降りた丹原がタクシーを拾い、大宮方面へ向かったとSSBCから連絡があった。

すぐにスマホの着信音が鳴った。丹原は大宮駅へ行くぞ、と八木の唸り声がした。

『さいたま新都心駅で降りたのはフェイクだ。タクシーに乗ったのは、現在位置を把握されないためだろう。石田警視たちは間に合わなかった。幸い、駅の防犯カメラに映っていたので、タクシーのナンバーはわかっている。SSBCが追っているが、どこかで別のタクシーかバスに乗り換えるつもりだろう』

「なぜ、大宮駅に向かうと?」

冷静に考えればすぐわかる、と八木が言った。

『警視庁、そしてセトクが追っているんだぞ? 管轄下の都内に足を踏み入れるはずがない。刑事を撒くには、人が大勢いる場所で群衆に紛れるのが手っ取り早い。奴は大宮駅周辺へ行くしかないんだ。新幹線も停まる駅だぞ? その辺じゃどこよりも人は多い』

「はい」

世田谷グループは連休直前に大規模な特殊詐欺を決行する、と八木が言った。

『丹原の動きを見ていれば、それぐらいわかる。加納は捨てて、そっちに応援をやる。野川はダミーだろう。わざと目立つ動きをして、こっちを攪乱《かくらん》しているんだ』

「セトクの全員で丹原を監視するんですか?」

それも考えてる、と八木が舌打ちした。

『思ったより、丹原のポジションは高いようだ。グループ内で重要な役割を担っているのかもしれない』

「丹原は店長ですか?」

それはない、と八木が小さく咳をした。

『この段階で動き回る店長なんて、聞いたことがない。だが、幹部クラスで、受け子のまとめ役、監視や指示を出すこともあるんだろう。セトクの狙いは世田谷グループ全員の一斉逮捕だ。丹原がリーダーや店長と接触するのを待つ。必ず見つけろ』

二人では無理です、と麻衣子は首を振った。

「すぐに応援を寄越してください。少なくとも、あと四人は必要です」

『了解した。大宮駅周辺の宿泊施設には協力を要請済みだ。こっちには丹原の写真がある。チェックインすれば連絡が来るが、その前に所在を摑んでおきたい』

八木が電話を切ると、すぐに石田から着信があった。

『岡元殺しを担当している五係の荻野から連絡が入った。奴がホテルの部屋を出る直前、外から電話があったが、飛ばしの携帯電話からで、発信者は不明だった。だが、基地局に発信履歴が残っていた。荻野によると、千代田区霞ケ関の基地局だ』

「霞ケ関？」

情報漏れの経緯を考えると、と石田が声を潜めた。

『本庁内に内通者がいると考えていい。こっちの動きに気づいたが、時間がなく、やむを得ず警視庁本庁舎内から岡元に連絡したんだ』

「はい」

『内通者がサウスバウンドホテルに向かい、岡元を刺殺した可能性が高い。情報を流すレベルならともかく、殺人までするのは、よほど世田谷グループとの関係が深いんだろう』

ここからは独り言だ、と石田が言った。

『世田谷グループの大規模特殊詐欺は去年の十月に始まったが、当初は二課が担当していた。その後、百人を超えるグループとわかって、ＳＩＴも加わるべきだ、と上層部が判断した。被害金額が大きく、アポ電強盗殺人が起きたことで、専従捜査班のセトクが設置された』

警察は縦社会だからね、と石田が小さく笑った。

『他部署と連携しているが、捜査の状況を正確に把握しているのはセトクだけで、岡元の情報にも詳しい。セトク内に内通者がいると疑う根拠はそれだ』

「はい」

なぜ内通者は岡元を殺したのか、と石田が深く息を吐いた。

『もうひとつ、内通者からの情報でセトクの設置を知っていたのに、世田谷グループが大規模詐欺を中止しない理由がわからない。丹原はグループ内でも重要なポジションにいるようだ。八木警視は丹原を突破口に、アジトを発見、そしてグループ全員を逮捕するつもりでいる』

「世田谷グループを壊滅に追い込むには、それしかありません」

私が内通者なら、と石田が言った。

『リーダー、店長、幹部に捜査情報を伝え、グループの解散か、一時的な計画の中止を勧める。延期でもいい。セトクにはタイムリミットがあり、四月末には解散するしかないんだ。確かに、世田谷グループも切羽詰まっているだろう。四月末まで待てない理由があるのか？　百人以上の大所帯を維持するには金がかかる。だから、強引でも次の大規模詐欺を実行しなければならないのか……』

何かがおかしい、と石田がぼそりと言った。肩をすくめている姿が目に浮かぶようだった。

『会澤と平河がそっちへ向かった。他の応援もある。協力して――』

石田さん、と麻衣子はスマホを手で覆った。

「セトク全員で丹原を監視する、と八木警視は言っていました。ですが、その指示に疑問があります」

『どういう意味だ？』

別の意図があるのかもしれません、と麻衣子は言った。

「加納を捨て、応援を出すと話していました。八木警視が内通者だと言っているわけではありませんが、裏があるのでは？　その指示を出すように八木警視が誘導されている……考え過ぎでしょうか」

『八木警視が加納の監視を外すと言ったのか？』

「そうです」

聞いてない、と石田がつぶやいた。

『また連絡する。電話ではなく、LINEになるだろう。チェックを忘れるな』

通話が切れ、麻衣子は辺りを見回した。夕方四時半、大宮駅は人で溢れていた。

3

丹原が大宮駅から一キロほど離れた大宮西急ホテルにチェックインしたのは、午後六時だった。

午後六時半、大田原、会澤、そして平河が大宮西急ホテルに集結し、その二十分後、八木がホテルの地下駐車場に大型ワゴン車で入った。

麻衣子と藤丸を含め、セトクの六人で丹原監視のローテーションを組み、石田は警視庁本庁舎へ戻り久山と待機、野川は捜査一課の刑事たちが見張ることになった。

加納のマークは外した、と八木がワゴン車に乗り込んだ麻衣子たちに言った。

「桂本二課長に状況を伝え、増員を要請したから、二十四時間以内に二課から二十人がこっちへ来る。一課長も応援を確約しているが、まだ丹原には手を出すな。奴が他のメンバーと接触するか、アジトへ行くのを待つ」

大型とはいえ、ワゴン車に六人が乗ると息苦しかった。今後は二人体制で丹原を監視する、と八木が言った。

「藤丸と遠野が第一班。第二班は大田原、会澤、三班は私と平河だ。四時間で交替しよう。埼玉県警の協力で警察車両が出るから、監視担当以外は車内で待機。ここまで質問は？」

全員が首を振った。ＳＳＢＣからも人員が来る、と八木が説明を続けた。

「丹原が取った部屋は四階の401号室、ネットで予約した時、非常階段に近い部屋と指定があった。岡元も同じだったが、何かあった時に逃げやすいからだ。隣室が空いていたので、SSBCが集音指向性マイクを準備したから、室内での会話は聞き取れる。深夜零時までに、換気口から小型カメラを入れて様子を探る予定だ」

役に立ちますかね、と大田原が首を捻った。

「丹原の連絡手段はスマホでしょう。直接話すとしても、聞こえるのが丹原の声だけでは、意味もわからないのでは？　テレグラムでメッセージを送るだけなら、集音マイクは役に立ちません。カメラにしても、奴のスマホ画面が映るでしょうか？」

フロントに確認しました、と藤丸が手を挙げた。

「丹原は明日の午前十時にチェックアウト予定。別のホテルに移るんでしょう。今日は二十一日ですから、連休直前の二十八日まで一週間あります。この形で監視を続けていたら、丹原も気づくのでは？」

奴は必ず世田谷グループの関係者とコンタクトを取る、と八木が言った。

「大人数が動いている。実行犯の受け子、出し子、掛け子、それぞれをまとめるのは簡単じゃない。丹原は受け子のまとめ役のようだ。一斉メールで済むと思うか？」

「難しいでしょうね」

コンタクトと言っても、連絡を取り合って終わりじゃない、と八木が左右に目をやった。

「丹原が受け子のまとめ役だとすれば、掛け子、出し子にもそれぞれ担当がいるだろう。

世田谷グループは状況に応じてさまざまな手口を使い分ける。タンス預金をしている高齢者なら、強盗に入った方が早い。それには現場の指示役が必要だ。混乱したら収拾がつかないから、事前に打ち合わせをしなきゃならん」

「はい」

「二十八日が決行日だとすると、この二、三日がヤマと考えていい。各担当同士のミーティングやシミュレーションがあってもおかしくない」

「そうですね」

世田谷グループの狙いは二十三区のいずれかだ、と八木が都心の地図を開いた。

「だが、世田谷、杉並、大田、港区は名簿の名前を使い切っただろう。新宿、渋谷、豊島、千代田の四区は厳重警戒中だ。二十三区から八つの区を引いた十五区のどれかだ」

勘では決められません、と大田原が言った。わかってる、と八木が手を振った。

「いずれにせよ、特殊詐欺グループは犯行区域の近くにアジトを置く。奪った金の回収、保管、安全を考えればそうするしかない」

丹原はいずれアジトへ行く、と八木が言った。

「絶対に奴から目を離すな。今日は動かないだろうが、明日以降、いつ都内に戻ってもおかしくない。アジトの場所さえわかれば、一網打尽にできる」

世田谷グループは単なる特殊詐欺集団じゃありません、と会澤が意見を言った。

「アポ電強盗では、高齢者を殺しています。凶悪犯罪グループと考えるべきでしょう」

何があるかわからん、と八木が会澤の肩を叩いた。

「気をつけろ。拳銃の携行許可は下りていない。一課が来るのは早くても明日の夜だろう。だが、二課の応援もある。孤立無援ってわけじゃない」

会澤が小さくうなずいた。まずは監視だ、と八木が命じた。

「ホテルの出入り口は正面エントランスと非常口の二カ所。それぞれを見張り、異常があれば連絡のこと」

藤丸がワゴン車を降り、麻衣子はそれに続いた。外から雨の音が聞こえていた。

俺がエントランスへ行く、と藤丸が指示した。

「君は非常口だ。無線はオープンにしておけ。丹原が部屋を出れば、フロントから連絡が入る」

麻衣子は地下駐車場のエレベーターに速足で向かった。背中を冷たい汗が伝っていた。

4

朝八時に部屋を出た丹原が二階のコーヒーショップでモーニングを食べ、そのまま戻った、と大田原から全員に連絡があった。

『フロントのホテルマンが防犯カメラの映像を全員のスマホに転送している。丹原だが、監視に気づいていないのか、不審な動きはない』

麻衣子はスマホを見つめた。内通者がいるのは確実だ。丹原に警察の動きを伝えていないとは思えなかった。

ただ、SSBCの担当者によれば、換気口から室内を撮影しているカメラに映っている丹原に、緊張した様子はないという。

セトクの八人は二人ずつ組み、行動を共にしている。そのため、内通者も丹原に連絡できずにいるのかもしれない。

丹原のスマホに電話、メール、LINEが入ると、送信者の位置がわかる。警察官だからこそ、動きが取れなくなっているのか。

二時間後、チェックアウトした丹原がホテルを出た。駅とは反対側に歩き、百メートルほど離れた大通りでタクシーを拾い、川越方面へ向かった。

八木と大田原、藤丸がワゴン車で尾行を始め、麻衣子と会澤、そして平河は埼玉県警の警察車両でその後に続いた。

どこへ行くつもりでしょう、と助手席の平河が顔を向けた。

「川越方面といっても、道はどこへでも繫がっていますからね……このままアジトへ行ってくれると助かるんですが」

疲れましたよ、と平河が腰の辺りを叩いた。三人とも警察車両で仮眠を取っただけだ。麻衣子も体の節々が痛かった。

丹原も警戒しているはずです、と会澤が言った。

「タクシーやバスを使うと、防犯カメラでは追い切れません。見失うと面倒ですね」

運転していた埼玉県警の沢里《さわさと》刑事がスピードを落とし、赤信号で停まった。丹原のタクシーを尾行しているワゴン車とは距離を置いている。

ワゴン車が黄信号で右折したので、麻衣子たちの車は間に合わなかった。交通量が多いので、無理に突っ込むわけにもいかない。

着信音が鳴り、三人は同時にPフォンに耳を当てた。Pフォンは警視庁専用の携帯電話で、一度に六人が会話できる。張り込み中ではないので、声に出して応答が可能だ。

『八木だ。赤松中学前交差点で停車した。会澤、こっちの車は見えるか?』

見えません、と会澤が答えた。

「信号待ちです。今、どこですか?」

『三百メートルほど先に北蔵神社がある。丹原を乗せたタクシーがそこへ入った』

「神社?」

『路肩にワゴン車を停めたが、すぐにタクシーが出てきた。運転手に事情を聞いたところ、神社の駐車場で降りた丹原は奥へ向かった。大田原を行かせたが、まだ連絡はない』

「はい」

『駐車場から本殿の裏に抜ける細い道があるそうだ。ワゴン車を停めている県道と、国道を繋ぐ抜け道だと運転手が言ってる。一キロ半先で国道と合流するが、神社の反対側に出るには、そこから左折して戻る形になる。抜け道は二百メートルほどで、走れば一、二分で国道だ』

信号が青になり、沢里がアクセルを踏んだ。対向車が多く、なかなか右折できない。

車の列が途切れ、沢里が素早くハンドルを右に切ると、前方にワゴン車が見えた。外に出た八木が、Ｐフォンを耳に当てていた。

『今、大田原から連絡があった。神社内に丹原はいない。抜け道を出ると、バス停がある。バスに乗ったか、タクシーを拾ったか、それとも道具屋が車を手配したか……』

沢里がスピードを落とし、ワゴン車の後ろで停まった。どうしますかと尋ねた会澤に、念のため神社内を捜索する、と八木が言った。

『隠れる場所はいくらでもある。君たちはそのまま神社の駐車場に入れ。いずれ防犯カメラが丹原を見つけるが、その間に世田谷グループと接触するとまずい』

「はい」

『桂本二課長に連絡して、二課から先発隊の十人が来ることになった。一時間ほどで着くだろう。ＳＳＢＣも丹原の行方を追っている』

「国道に防犯カメラはないんですか？」

窓を開けた会澤に、奥へ行け、と八木が指さした。

「この辺りの国道に防犯カメラはない。丹原はそれを知っていたんだろう。駐車場に大田原がいる。指示に従え」

腹が立つ、と八木が地面を蹴った。沢里がワゴン車を追い越す形で左折し、神社内に入った。

『うまく撒かれたもんだ』八木の自嘲めいた声がPフォンから響いた。『最初から計画していたのか……。県道と国道はほぼ平行に走っているから、車だとかえって時間がかかる。抜け道を使えば、走った方が早い』

ここまでやる以上、と八木の声が続いた。

『今日明日にでも世田谷グループの誰かと会うか、アジトへ行くつもりだろう。埼玉県警の管轄だから、こっちも大人数を展開できない。それも計算済みか？』

「そうかもしれません」

だが丹原の写真がある、と八木が吐き捨てた。

『県内のタクシー会社、バス会社に照会をかけて、目撃者を探す。まだ昼前だ。白昼堂々、アジトへ行くわけがない。どこに隠れた？』

タクシーやバスではなく、と麻衣子は言った。

「最初から計画していたなら、道具屋が車で待っていたのでは？　そうなると発見は困難です」

『どうやってピックアップの時間を決めた？　丹原は夜中までテレビを見ていたが、その間奴のスマホがSSBCの小型カメラに映っていた。誰とも連絡は取っていない』

「トイレでテレグラムを使えば、カメラには映りません」

最初から決めていたんでしょう、と会澤が言った。

「丹原を集中監視するまで、我々は本線を野川だと考えていました。丹原の行動を完全に追えてはいなかったんです。公衆電話を使って連絡を取ったのかもしれません」

君たちは神社内を調べろ、と八木が命じた。

『我々は国道に戻って、丹原を見た者を探す。二課の応援はそっちへ回す。たった今、石田警視から連絡があったが、一課強行犯五係からも応援が来る。SSBCも防犯カメラをチェックしている。今は丹原の所在特定が優先だ』

沢里が車を駐車場に停めた。苛立った様子の大田原が立っていた。

5

それから二時間ほど北蔵神社周辺で聞き込みを続けるうちに、二課と一課の応援が加わった。

大きな神社なので、周辺住人の散歩コースになっている。午前中でも人が多く、丹原を目撃した者がいてもおかしくなかった。

国道は交通量が多く、トラックや自家用車が行き交っている。百メートル先の信号機に設置されていた防犯カメラをSSBCが解析し、割り出したナンバーで所有者リストを作った。

丹原が車で逃げたのは間違いない。時間も限定されているが、約十分の間に国道を通った車は約二百台、そのため特定はできずにいた。

午後三時、指揮本部のワゴン車から無線連絡があった。該当時間に国道を通ったバスは二台、タクシーは十三台、と八木の声がした。

『全車を確認したが、丹原はバス、タクシー、どちらにも乗っていなかった。待機していた仲間の車で逃走したんだろう。二百台からの絞り込みには時間がかかる。車を乗り換えていたら、追跡不能だ。後はSSBCの防犯カメラに頼るしかない』

午後三時を回りました、と大田原の声がした。

『日が暮れるまで、奴は動かないでしょう。犯罪者なら人目を避けます。夜になれば、防犯カメラの解像度が落ちますから、それも計算済みでは？　絞り込みはSSBCに任せて、都内に戻った方がいいと思います』

まだ早い、と八木が話を遮った。

『丹原にとっては、今の形の方が有利だ。埼玉県内に留まっていれば、警視庁も手を出しにくい。私が丹原なら、夜まで川口市か戸田市周辺に潜伏する。首都高に乗れば、新宿まで三十分もかからない。都内どこにアジトがあっても、一時間で着く』

『このまま丹原を探しますか？』

地域を限定しよう、と八木が言った。

『本庁で待機している石田警視と話すが、SSBCに協力を――』

丹原を発見、と緊張した声が割り込んだ。

『ＳＳＢＣ画像分析班志村。セトク及び応援各員に連絡。全員のタブレットに画像を転送中』

麻衣子はタブレットを開いた。歩いている丹原が映っていた。

『現在位置、埼玉県川越市脇田町。川越駅方向に進んでいる。駅までの距離、約四百メートル。画像分析の結果、二分前にタクシーからの降車を確認』

麻衣子は時計に目をやった。午後三時十五分。

『そのタクシーはどこから来た？』

八木の問いに、新座市方面、と志村が答えた。

『詳細は追って伝える。警視庁桂本二課長から、埼玉県警に協力要請が出た。現在、丹原は徒歩で移動中』

画面の中で、丹原が左右に目をやっている。何かを探しているようだ。

待て、と志村が鋭い声で言った。

『丹原が止まった。スマホに触れている。メール、もしくはＬＩＮＥか？　相手は不明。内容も不明……喫茶店に入った。店名、ラホール。防犯カメラの撮影は不可』

そこで誰かと会うつもりか、と八木が言った。

『了解した。セトクは今から川越へ向かう。三十分ほどで着くだろう。川越の所轄署に応援を要請。丹原を包囲、監視せよ。急げ』

麻衣子は神社内の駐車場へ走った。こっちです、と平河が手を振っている。逆方向から会澤が戻ってきた。

乗ってください、と運転席の沢里が叫んだ。麻衣子は会澤と後部座席に飛び込んだ。

沢里が方向転換して、県道に出た。サイレンの音が鳴り響いた。

「川越に現れる前、丹原はどこにいたんですか?」

麻衣子の問いに、北蔵神社からの足取りを調べています、と沢里が答えた。

「丹原を乗せたタクシーの運転手が見つかりました。新座駅近くのスーパーマーケット前で降ろした、と話しています。その後、別のタクシーに乗り換えて川越へ向かったようですね」

丹原は川越駅近くにいるんですよね、と平河がスマホで地図を開いた。

「電車で移動するつもりでしょうか? 川越駅には東武鉄道東上線とJR川越線が乗り入れています。東上線は池袋から寄居《よりい》まで、川越線は大宮駅と高麗川《こまがわ》駅を繋いでますが、乗り換えたら行き先は予想できません」

東上線の東武練馬で下車すれば練馬区です、と会澤が地図を覗き込んだ。

「和光市駅で東京メトロ副都心線に乗り換えると、簡単に渋谷へ出られます。JR、私鉄、地下鉄の相互乗り入れが進んでいるので、都内のどこへでも一本で行けますよ。参りましたね」

「なぜ丹原は姿を現したんでしょう?」

麻衣子のつぶやきに、さあ、と平河が肩をすくめた。

「しかし、いずれは網にかかったはずです。夜になるまでアジトに行かないでしょうから、我々も手出しできないと考えたのかもしれません。どこかで我々を撒いて、アジトに移動するつもりでは？」

十分ほど走っていると、ラホールの包囲完了、と無線から声がした。

『川越署、刑事係の亀山です。ラホールは席数約二十、道路に面した出入り口、裏に従業員通用口がありますが、どちらも押さえました』

店内の様子がガラス窓越しに見えます、と緊張した亀山の声が続いた。

『丹原は奥の席で、動きはありません。八木警視の要請で、客を装った川越署の私服刑事二名が店内に入りました。周辺道路にも警察官を配備済み。いつでも身柄を確保できます』

手は出すな、と八木が怒鳴った。

『包囲と監視を頼む。十五分以内に着くが、丹原が店を出たら尾行のこと』

了解です、と亀山が無線を切った。我々も詳細は聞いてませんが、と沢里が言った。

「東京で大規模な特殊詐欺グループが犯行を重ねているのは知ってます。丹原を押さえれば、摘発できるんですか？」

何とも言えません、と会澤が首を振った。詳しい事情を話せないと察したのか、沢里が口を閉じた。

更に十分ほど走ったところで、サイレンを切った沢里が、五分で到着しますと言った。

同時に、Pフォンから石田の声がした。

『至急連絡。野川を監視していた一課の刑事二名が正体不明の男たちに襲われた。乗っていた車に、横からトラックが衝突、一人は意識不明で救急搬送、もう一人も重傷を負った。野川の所在は不明』

どういうことだと怒鳴った八木に、陽動作戦です、と石田が答えた。

『セトクは丹原の監視に集中していました。加納を捨て、野川のマークは事情に疎い一課の二人だけです。逃げた丹原を追って、セトクと二課の応援部隊が埼玉に向かいましたが、世田谷グループの狙いはそれでしょう』

『何だと？』

『丹原が現れたため、全員が川越に向かいましたが、すべては罠だったんです。丹原が受け子のまとめ役ではなく、その役目は野川が担っていたんでしょう』

手薄になったところを狙われたのか、と八木がため息をついた。まずいですね、と石田が暗い声になった。

『岡元殺しもそうですが、刑事を襲うのは無茶が過ぎます。丹原を確保し、情報をすべて吐かせる手もありますが、何も出てこないでしょう』

『そうだろうな』

『野川の確保を手配しましたが、人員が不足しています。SSBCも配置変更に対応できていません。大至急、全員を都内に戻してください。一課長と二課長には、私から状況を説明します。交渉人研修生の三人は別行動ですか？』

『埼玉県警の車で川越に向かっている』

三人とも聞け、と石田が言った。

『最寄りの駅に行き、東池袋駅へ向かえ。トラックとは別の逃走用車両が野川をピックアップしたが、刑事の一人がナンバーを覚えていた。車は東池袋駅近くのコインパーキングで見つかった。野川は付近に隠れているだろう。捜査の人員が足りない。急いで来てくれ。場所はメールで送る』

無線が切れた。和光市駅に向かいます、と沢里がハンドルを切った。

「東池袋駅までは二十分ほどです」

八木警視の読みが外れましたね、と会澤がつぶやいた。

「丹原ではなく、やはり野川が本線だったのか……」

何か妙です、と平河が小声で言った。

「丹原に監視を集中しろと指示したのは八木警視で、受け子のまとめ役というガセネタがあったのかもしれませんが、ネタ元について何も話してないのが気になります」

「どういう意味ですか？」

集中監視対象を野川から丹原に変更したのは八木警視です、と平河が更に声を低くした。

「刑事ならSを飼ってますし、ネタ元は聞かないのが常識です。我々も指示に従うしかありません。ですが、大田原さんも藤丸さんも八木警視のSを知らないようです」

「八木警視がわざと罠にはまったと？　セトクのトップですよ？　考えられません」

会澤の視線に、そうでしょうか、とだけ平河が言った。車内が静かになった。

沢里が前を指さした。和光市駅二キロ、と道路に表示があった。

6

石田から送られた地図に従い、麻衣子たちは東池袋駅で電車を降りてから、タクシーでコインパーキングに向かった。

駅から一キロほど離れた住宅街の隙間にある小さなコインパーキングだ。周辺に戸建ての家、マンション、アパートが立ち並んでいる。

捜査一課の刑事が停まっていたセダンを調べていた。早かったな、と石田が三人の前に立った。

「トラックが猛スピードで監視車にぶつかってきたそうだ。一人は運転席にいたので、鎖骨と足首の骨折、重傷だが意識はある」

もう一人は、と尋ねた会澤に、かなり悪い、と石田が顔をしかめた。

「ＩＣＵで治療中だ。まだ連絡はない」

「そうですか……」

トラックには二人の男が乗っていた、と石田が言った。

「監視車にトラックをぶつけた後、青のセダンが停まり、野川をピックアップした。トラックは道に放置されたままで、逃走車両はこれだ」

石田が背後に目をやった。青のセダンの運転席で、鑑識員が指紋の採取を始めていた。

「襲撃犯は二人の刑事が死んだと思っただろう。現場写真があるが、監視車は大破していた。だが、確認を怠ったのは奴らのミスだ。この車のナンバーを刑事の一人が見ていたから、発見は容易だった」

防犯カメラがある、と石田がコインパーキングの出入り口を指した。

「野川と三人の若い男が映っていた。コインパーキングを出て、徒歩で東池袋駅方面に向かったのが確認できた」

君たちが入ってきた道だ、と石田が指さした。

「特殊詐欺グループのアジトは、駅から離れた場所に置かれる。その方が目立たないし、人目を避けるのは、犯罪者に共通する心理だ」

うなずいた会澤に、この辺りは住宅街だ、と石田が左右に目を向けた。

「世田谷グループは百人を超える大所帯で、さまざまな手口を使うが、何であれ電話から始める。掛け子は三十人以上いるだろう。高齢者を騙す際、数人の掛け子がかかわるが、別の掛け子と声が重なると怪しまれる。それを避けるには、複数の部屋を借りるしかない。アパートだと隣に声が漏れるから、マンションに絞って調べればいい」

了解です、と会澤と平河がうなずいた。不動産会社に照会中だが、と石田が言った。

「六時を過ぎ、営業を終了した会社も多い。それでも、マンションには他の住人がいる。ひと月ないし二カ月前に複数の部屋を借りた入居者を覚えていても不思議じゃない」

どうでしょう、と平河が首を傾げた。

「池袋ですよ？　隣に誰が越してきても、いちいち覚えているとは思えません」

他人名義で道具屋が借りているはずです、と麻衣子は言った。

「調べると言っても、簡単にわかるでしょうか？」

だから探すんだ、と石田が笑みを浮かべた。

「野川たちは東池袋駅方面に向かったが、警察が張っているから、アジトに逃げ込むしかない。平河くん、君ならどの辺りだと思う？」

勘ですが、と平河が振り返った。

「脇道に入ったのでは？　十字路の左側に細い道がありますが、奥にマンションがいくつも並んでいます。そこにアジトがあるのかもしれません」

逆だ、と石田が言った。

「確かに、アジトにするには格好のマンションだが、世田谷グループは悪賢い。常識の裏をついてくる。アジトを構えているのは右側だ」

そういうものですか、と平河が十字路に目をやった。内心では違うと思っているのか、不満げな顔になっていた。

一課の刑事が聞き込みを始めている、と石田が周囲を見た。

「君たちも加わってくれ。だが、彼らはセオリー通り、左側から調べている。ＳＳＢＣの追跡も難しそうだが、付近のコンビニもだ。野川の目撃者探しも含め、近くにアジトがあるなら、大量の弁当などを買い込んだ客を店員が覚えているかもしれない。我々は右だ。周辺には五十以上マンションがある。二手に分かれよう」

私のバディは彼だ、と石田が会澤の肩を叩いた。

「平河くんは遠野くんと組んでくれ。右の道を進むと、両サイドにいくつかマンションがある。どれを選ぶ？」

麻衣子は平河と目配せを交わし、右側のマンションを、と言った。

奴らは単なる詐欺グループじゃない、と石田が長い息を吐いた。

「岡元を殺し、そして刑事を襲撃しています」

うなずいた会澤に、手荒なことでも平気でする凶悪犯だ、と石田が険しい顔をした。

「不審者、あるいはアジトを発見しても踏み込むな。その場を離れて、連絡すること。すぐに応援が行く。慎重に動け」

麻衣子はタブレットの住宅地図を見つめた。五百メートルほど離れた場所に、ウラベ第一マンションと第二マンションが並んでいた。

「部屋数はわかりますか？」

平河が地図を覗き込んだ。記載はありませんが、と麻衣子はマンションの幅を指で測った。

「縮尺で大体はわかります。どちらも同じ造りで、ワンフロアに五室前後では？　四階建と書いてありますね」

任せる、と言った石田が会澤とコインパーキングを出た。どうなんでしょう、と平河が疲れた声を漏らした。

「アジトに野川が潜んでいても、居留守を使われたらそれまでです。刑事を襲うような連中ですから、下手に突っ込んで探すと危険では？」

そう思いますが、と麻衣子はため息をついた。

「命令ですから……危険だと思ったら、すぐ応援を呼びましょう」

八木警視は信用できません、と平河が肩をすくめた。

「二課の刑事たちもです。ここまで、すべて裏を掻かれています。夜になるまで世田谷グループは動かない、と言ったのも八木警視ですよ。わざと混乱させているとしか思えません」

だから二人で調べるんです、と麻衣子は住宅地図をスワイプした。仕方ありませんね、と平河が肩をすくめた。

第十章　アジト

1

麻衣子は右耳にブルートゥースイヤホンを装着した。連絡が入れば、指一本で操作できる。便利になったものです、と平河も右耳にイヤホンを差し込んだ。

目の前にウラベ第一マンションが建っていた。四階建で、一階の中央にエントランスホールがあり、吹き抜けになっていた。

それを挟んで、右側に三室、左側に三室という造りだ。部屋数は二十四室、全体に古い感じがしたが、昔流行ったデザイナーズマンションだろう、と麻衣子は思った。

路地を一本挟んだ向かい側に、ウラベ第二マンションが見える。外観はまったく同じだ。

入れますかね、と平河がエントランスに目を向けた。オートロックではありません、と麻衣子は言った。

外壁は薄い茶色だ。コンクリートの罅《ひび》の入り方で、築年数がわかる。三十年ほどではないか。

　エントランスに足を踏み入れると、集合ポストがあった。アジトを探すといっても、外から見ただけではわからない。インターフォンを押し、中を確認する必要がある。

　話すだけならともかく、部屋に入りたいと言えば、拒否する者もいるだろう。警察といえども、強引に立ち入る権利はない。そこはケースバイケースで、怪しい点があれば部屋番号を石田に伝えればいい。

　ウラベマンション内に世田谷グループのアジトがあり、店長、あるいは野川たちが潜んでいるとしても、彼らはインターフォンやノックを無視するだろう。明かりを消し、居留守を使うのはわかっていた。

　ただ、不在の部屋は再捜索対象となり、応援の警察官がマンションを包囲するのを待ち、改めて訪問する。麻衣子と平河の任務は確認で、犯人逮捕ではない。

　麻衣子は一階の外廊下に目をやった。直感だが各部屋は２ＬＤＫ、一人住まい、あるいは夫婦二人暮らしが多いのではないか。

　ウラベマンションは賃貸で、家賃、立地から考えると、居住者は若いだろう。夫婦であれば、共働きの可能性が高い。

　午後六時過ぎ、会社員はまだ帰宅していない時間だ。半分以上の部屋が不在でもおかしくなかった。

　おそらくは無駄足に終わるだろう。だが、警察官の仕事は確認で、やってみなければ始まらない。

手分けしましょう、と平河が外廊下の天井を指さした。所轄署勤務だから、聞き込みには慣れているようだ。

「あなたは一階と三階、私は二階と四階、それでいいですか？　インターフォンを通じて話すだけでも、様子がおかしければわかるものです。ドアを開ける住人はシロですよ。すぐにインターフォンを切ったり、応答がない部屋は後で石田警視に報告しましょう」

聞き込みに不向きな時間です、と平河が鼻をこすった。

「食事中とか、面倒臭いと言って、出てこない人もいると思いますが、覗き穴越しに警察手帳を提示すれば、普通はドアを開けます」

「はい」

後は相手次第です、と平河が言った。

「最近引っ越してきた者を見たか、隣や上下の部屋で大人数が出入りしていないか、いくつか質問すれば、大体のことはわかります。この一カ月、と限定してもいいのでは？」

「そうですね」

石田警視にも言いましたが、と平河がため息をついた。

「土地柄を考えると、住人同士の交流はほとんどないと思いますね。外廊下ですれ違えば、頭ぐらいは下げるでしょうが、親しくなることはありません」

わたしもマンション住まいです、と麻衣子はうなずいた。

「隣の部屋に住んでいるのが男性なのか女性なのか、何となくしかわかっていません」

誰でもそうですよ、と平河が苦笑した。

「聞き込みをしたところで、何もわからないでしょうが、砂浜でダイヤモンドを探すのが警察の仕事ですからね……世田谷グループのアジトですが、窓を遮光カーテンで覆い、明かりが漏れないようにしているはずです。室内に人がいるのか、それさえわからないでしょうね。こちらにとっては不利な条件ばかりですが、弁当や飲み物の買い出し、外の空気が吸いたくなるとか、そんなこともあるかもしれません」

どうでしょう、と首を傾げた麻衣子に、私たちの任務は確認です、と平河が頭を搔いた。

「アジトを見つけたら突入して逮捕、石田警視はそんな命令を出していません。不審な部屋を報告するだけです。奴らは監視していた一課の刑事を襲ってます。私たちの手に負える相手じゃありません」

空振りに終わるのは仕方ありません、と平河が麻衣子の肩を軽く叩いた。

「それも警察の仕事ですよ。ここは二十四部屋、第二マンションも同じでしょう。他にも捜索対象のマンションがあります。長い時間をかけるわけにはいきません」

「はい」

「一階と三階の確認が済んだら、エントランスに降りてください。何もなければ、第二マンションを調べて、その後は指示を待ちましょう」

石田警視は部下を危険に曝《さら》すような人じゃありません、と平河が笑った。

「野川たちが潜伏している可能性が低いから、私たちをウラベマンションの担当にしたんです。あの人らしい配慮ですよ。そこまで考えてくれるキャリアはめったにいません。あいう上司なら、現場のモチベーションも上がるんですが」

「わたしも信頼しています」

羨ましいですよ、と平河が囁いた。

「美人の奥さんと娘さんがいるそうです。いずれは警察庁長官と目されている、ともっぱらの噂です。もっとも、キャリアにはキャリアの苦労がありますからね……始めますか」

平河が非常階段で二階へ上がった。麻衣子はエントランスに近い104号室のインターフォンを押した。

2

平日の夜六時過ぎ、帰宅していない者が多いのは想定していたが、インターフォンに返事があったのは一階の二部屋、三階のひと部屋だけだった。

十二室回って、三部屋だ。在室率は二割五分、予想より低い。

世田谷グループのアジトなら、明かりが漏れない工夫をしているだろうが、人が潜んでいれば気配でわかるものだ。各部屋の様子を窺ったが、何もなかった。

三つの部屋の住人がドアを開けたが、どの部屋も2LDKだった。全室同じ間取りのようだ。

両隣、上下、あるいは他の部屋に最近引っ越してきた者はいないか、様子のおかしい者が出入りする部屋に心当たりはないかと尋ねたが、三人とも首を振るだけだった。

四十分ほどかけて一階と三階の十二室を調べ終え、麻衣子はエレベーターで一階に降りた。集合ポストの前に平河が立っていた。

「どうでしたか？」

麻衣子の問いに、何もありません、と平河が両の手のひらを開いた。

「帰宅していたのは四階の四人だけです。この時間だと、そんなものでしょう。不審な連中を見た者はいません。関心がないんでしょう。隣は何をする人ぞ、ですよ。遠野さんの方はどうです？」

住人三人に話を聞きました、と麻衣子は言った。

「何もわからないのは同じです。隣室の住人とは挨拶を交わすぐらいで、会話はなかったと話していました」

何しろ東池袋です、と平河がエントランスを出た。

「せめて都下なら、知らない顔は目立つんですが……」

Pフォンが鳴り、麻衣子は耳に手を当てた。石田だ、という声が聞こえた。

『そろそろウラベ第一マンションの調べが終わった頃だと思ってね……何かわかったか？』

いえ、と平河が答えた。

「たった今、遠野さんも降りてきました。第二マンションへ向かいますが、期待はできないでしょうね」

『手分けして調べたんだな？』

「部屋数が二十四室と多いので、フロアを分担してアジトを捜しました。ほとんどの住人が帰宅していませんでしたよ」

そうか、と石田がうなずく気配がした。

『他のマンションで捜索に当たっている担当者からも、不在の部屋がほとんどだと連絡が入っている。もうすぐ七時だ。八時を目安に、担当フロアを替えて、もう一度訪問するように』

「担当を替えるんですか？　手間がかかりますが……」

各マンションの担当者はそれぞれ部屋のインターフォンを押して在室を確認している、と石田が言った。

『同じ刑事を行かせると、顔を覚えられる。相手は犯罪者だ。リスクは避けたい』

「混乱しませんか？　八時というのも早い気がします……遠野さん、どう思いますか？」

わたしも同じ意見です、と麻衣子は言った。

「ウラベマンションは若い住人がほとんどで、外食後に帰るとすれば、九時でも早いかもしれません」

了解した、と石田が答えた。

『時間は後で指示する。まずはウラベ第二マンションを調べてくれ。一時間ほどか？　後で連絡を頼む』

通話が切れた。キャリアは慎重ですね、と平河が言った。

「しかし、捜索対象のマンションは五十以上あります。交替すれば余計な手間が増えて、時間がかかるだけですよ」

「石田さんとしては、慎重にならざるを得ないでしょう」

現場捜査に関して言えば、私の方が経験は長いんです、と平河が路地に足を向けた。

「はっきり言えば、ウラベマンションに世田谷グループのアジトはありませんよ。部屋が狭過ぎます。2LDKでは、掛け子が高齢者に電話する際、声が重なりますからね」

路地を渡ると、ウラベ第二マンションのエントランスが見えた。全室調べましょう、と平河が言った。

「要領はさっきと同じです」

麻衣子は左右に目をやった。闇が濃くなっていた。

3

ウラベ第二マンションのエントランスに入った平河が非常階段で二階に上がった。

麻衣子は一階の部屋を順に回り、インターフォンを押した。返事があったのは105号室だけだった。

警視庁の遠野ですと名乗り、警察手帳をカメラにかざすと、ドアが開いた。ワイシャツ姿、ノーネクタイの若い男が怪訝《けげん》そうに見ている。部屋の表札に、苅田《かりた》と記されていた。

「何ですか？　今、帰ってきたばかりなんですよ」

迷惑そうに言った苅田に、聞き込みにご協力ください、と麻衣子は言った。

「最近、このマンションに引っ越してきた方はいますか？　あるいは、夜中に出入りするなど、不審な行動をしている人を見たとか……」

さあ、と苅田が言った、反応はそれだけだ。

「騒がしい住人とか、夜中でも明かりをつけているとか、何でも構いません。気になる人を見てませんか？」

「わかりませんよ。最近って言われても、いちいち見てないですし、他の住人とは付き合いもありません。顔がわかるのは両隣ぐらいですよ」

「そうですか」

警察も大変ですね、と苅田が欠伸をした。

「協力したいとは思いますよ？　だけど、本当に何も知らないんで……もういいですか？」

ご協力ありがとうございましたと頭を下げた麻衣子の前で、ドアが閉まった。他の部屋のインターフォンは反応がなかったので、ドアに耳を当てて気配を探ったが、いずれも不在のようだった。

エレベーターで三階に上がり、一番奥の306号室から順にインターフォンを押したが、応答はなかった。帰宅していないのだろう。

最後の301号室の前に立つと、Pフォンが鳴った。平河です、と耳のイヤホンから声がした。

『今、二階の203号室の住人と話しているんですが、ちょっと気になることが……遠野さんは三階ですか？』

301号室です、と答えて麻衣子はインターフォンを押した。返事はなかった。

「三階の確認が終わりました。わたしも行った方がいいですか？」

お願いします、と平河が通話を切った。非常階段でワンフロア降りると、外廊下に立っている平河が見えた。

近づくと、ドアの前にTシャツにジーンズ、スニーカー履きの男がいた。二十代後半だろう。表札にSAKURAGIとあった。

同僚の遠野警部補です、と平河が言った。

「こちらは桜木さんです。すみませんが、今の話をもう一度していただけますか？」

いいですよ、と桜木が仏頂面を麻衣子に向けた。

「刑事さんの話を聞いて、思い出したことがあって……」

「何です？」

東池袋駅へ行く道の途中にコンビニがあるんです、と桜木が外を指さした。

「歩いて三、四分なんで、会社帰りに寄ったり、そんなこともあります。しばらく前、そこで若い連中がたむろしてたんです。夜十時ぐらいだったかな？　二十代だと思いますけど、五人いたのを覚えています」

「それで？」

肩にタトゥーを入れてた奴がいました、と桜木が自分の肩から二の腕辺りを触れた。

「この辺りです。蛇か竜か、そんな感じでした」

「派手ですね」

「いかにも半グレで、近づくのも怖かったんですけど、連中がドアの脇で煙草を吸ってたんで、横を通るしかなくて……」

わかります、と平河がうなずいた。ちょっと揉めてるみたいでした、と桜木が声を潜めた。

「最初から聞いていたわけじゃないんで、はっきりしないんですけど、決まったことなんだとか、やらなきゃまずいんだとか、そんな声が耳に入って……勘ですけど、犯罪絡みだろうって思いました」

続けてください、と麻衣子は言った。ぼくはコンビニで夜食を買って、と桜木がうなずいた。

「四、五分で店を出たんですけど、まだ五人はそこにいて、さっきより険悪な感じになってました」

「険悪？」

「抜けたい、と一人が言ったんです。止《や》めたい、だったかもしれません。五人の中で立場が下なのは、何となくわかりました。立っていられないぐらい、足が震えてましたね」

「五人のグループから抜けたい、という意味ですか？」

そうなんじゃないですか、と桜木が口元をすぼめた。

「さっきも言いましたけど、そう見えたってだけの話で、絶対だなんて言ってませんよ」

続きを促した麻衣子に、五人の話し方で、と桜木が言った。

「ヤバい感じがしたんです。五人だけじゃなくて、他にも仲間がいたようです。上の指示とか命令とか、そんなことも言ってました」

「はい」

「ぼくがコンビニに入る時は、当てが外れた、こんなはずじゃなかった、金が足りないとか、言い合いっていうか、その程度でした。でも、その後で何かあったんじゃないですか？　グループを抜けたいと言った男を、他の四人が脅すみたいな……慌てて離れましたけど」

「五人の顔は覚えてますか？」

いえ、と桜木が眉間を押さえた。

「雰囲気はわかりますけど……五人とも二十代で、ぼくより若かったと思います」

いわゆる輩《やから》ですよ、と桜木が苦笑を浮かべた。

「刑事さんに身長や服装、特徴を聞かれましたけど、ちゃんと見てたわけじゃないんで……」

「一人の男が抜けたいと言った……他の四人は止めてたんですね？」

「今さら何言ってんだとか、ぶっ殺すぞとか……輩なら、それぐらい言うでしょう。若い男は泣いてましたね」

「泣いていた？」

「許してくださいって、何度も頭を下げてました。こっちもビビりましたよ」

「その後は？」

コンビニの真裏にマンションがあるんです、と桜木が言った。

「SKマンションだったかな？　四人がそこに若い男を引っ張っていきました。ぼくが見たのはそこまでで、トラブルに巻き込まれると面倒だと思って、さっさと部屋に帰りました」

「日は覚えてますか？」

いえ、と桜木が首を振った。コンビニはここです、と平河がタブレットの住宅地図を開いた。

「桜木さんが話したように、その裏がSKマンションですね。地図上ではかなり大きいですが……世田谷グループにとっては十分な広さだったのでは？」

麻衣子は平河に目配せして、桜木から離れた。

「彼の話ですが、どう思いますか？」

何とも言えませんが、と平河が背後に目をやった。参ったな、という顔で桜木が見ている。

「桜木さんに嘘をつく理由はないでしょう。とはいえ、半グレの仲間割れとか、それだけの話かもしれませんが」

「そうですね」

「ただ、状況を考えると、その五人が世田谷グループの受け子でもおかしくありません。この辺にアジトがあるのは確かで、それがSKマンションだとすれば……」

石田警視と話します、と麻衣子はPフォンで連絡を入れた。十分ほど前、SKマンションに八木警視が入った、と石田が言った。

『一課の刑事からも報告が入っている。特殊詐欺には広い部屋が必要で、SKマンションには3LDKの部屋もあるそうだ。桜木さんと直接話せるか？　できれば、こっちに来てほしいんだが……』

イヤホンで会話を聞いていた平河が桜木に近づき、一緒に来てもらえませんかと言ったが、無理ですよ、と桜木が腕時計に目をやった。

「さっきも言いましたよね？　約束があるんです。彼女の誕生日で、銀座で待ち合わせてます。どうせ同じことを聞かれるだけでしょ？」

強制はできませんが、と平河が説得を始めたが、勘弁してください、と桜木が部屋に入った。

「彼女の誕生日に遅刻したら何を言われるか……知ってることは全部話しました。こっちは善意で協力したんです。もういいじゃないですか」

遠野くん、と石田が言った。

『スピーカーホンに切り替えてくれ。私が本人と話す』

Pフォンを操作すると、警視庁の石田です、と声が外廊下に流れ出した。

『一、二分で済みますので、ご協力お願いします。お名前と年齢、それから連絡先を――』

桜木隆一、二十八歳です、と桜木が答えた。

「ニチマイ製粉に勤めてます。ニチマイのインスタントラーメンは知ってますよね？」

もちろん、と石田が小さく笑った。日本最大のシェアを誇る製粉会社だ。

名刺を刑事さんに渡しています、と桜木が言った。

「会社の電話番号とぼくの携帯番号も入ってますから、どうしてもっていうなら、明日連絡してください。警察っていつもこんな感じなんですか？　ずいぶん強引ですね」

そんなつもりはありません、と石田が言った。協力できることはしたいですよ、と桜木が口をすぼめた。

「だけど、ぼくにとってはデートの方が大事なんです」

邪魔はしません、と石田が柔らかい声で言った。

『お引き留めして、申し訳ありませんでした。誕生日デートがどれだけ大事か、私もわかっているつもりです。プレゼントは何を？』

関係ないでしょう、と桜木が言った。

「付き合いも長いですし、今さらプレゼントなんて照れ臭いだけですよ」

デートを楽しんでください、と石田が笑った。

『ひとつだけ教えてもらえますか？　ＳＫマンションに行ったことは？』

ないです、と桜木が答えた。

「前を通ったことはありますけど、住んでいるわけじゃないんで……」

マンションの様子を伺いたかったんですが、と石田が言った。

『それなら結構です。平河くん、遠野くん、ウラベ第二マンションの確認が終わったら、連絡を頼む』

通話が切れた。もういいですよね、と桜木がドアを閉めた。

他の部屋は不在でしたので、四階へ上がります、と平河がエレベーターホールに向かった。

「今の話を踏まえて、住人に聞いてみましょう」

わかりました、と麻衣子はうなずいた。ですが、と平河が外に目をやった。

「本線はＳＫマンションのようです。住人の確認が済んだら、私たちも向かった方がいいでしょう」

一緒に四階へ行きます、と麻衣子は言った。

「一階と三階は終わっています。手分けして調べれば、それだけ早く終わります」

平河がエレベーターのボタンを押した。すぐにドアが開いた。

4

四階に上がり、左右に分かれた。406、405、404号室のインターフォンを、順に麻衣子は押した。

部屋にいたのは404号室の住人だけで、最近引っ越してきた者を見ていませんかと尋ねたが、知りませんと言っただけで、ドアが閉まった。

エレベーターホールに戻り、スマホで検索すると、駅までの道沿いにあるコンビニは独立系チェーン店、Q&R東池袋店だった。

数分待っていると、平河が戻って来た。どうでしたかと尋ねると、特に何も、と顔をしかめた。

「八時を回ったので、そろそろ帰宅しているんじゃないかと思ったんですが、いたのは一人だけです。食い下がってみましたが、何も見ていない、覚えていない、それだけでした。遠野さんは?」

同じです、と麻衣子は言った。

「たった今、石田警視からLINEがありました。再度ウラベ第一マンションへ行って、桜木さんの証言を踏まえ、住人に話を聞くように、ということです」

まだ早いでしょう、と平河がエレベーターのボタンを押した。

「一人暮らしの住人が多いマンションで、ほとんどが若者です。帰宅も遅いのでは？」

「そうかもしれません」

ＳＫマンションはどうなんでしょう、と平河が開いたドアからエレベーターに乗り込んだ。

「アジトが見つかればいいんですが……」

無茶はできません、と麻衣子はエレベーター内のパネルで一階のボタンを押した。

「令状なしに踏み込むわけにはいきません。各部屋の住人に話を聞き、証拠を摑むつもりだと思います」

桜木さんの証言だけでは弱いですからね、と平河がため息をついた。

「もっとも、ＳＫマンションの住人が不審な男たちを見ていれば、捜索もやりやすくなるでしょう」

令状も請求できるはずですと言った麻衣子に、簡単ではありません、と平河が肩をすくめた。

「ＳＫマンションの住人が全員帰宅しているとは考えにくいですからね。時間がかかるでしょう。私も八木警視に合流して、世田谷グループのアジトに踏み込みたいものです。大規模特殊詐欺グループの逮捕は、刑事冥利《みょうり》に尽きますよ」

「わかります」

エレベーターのドアが開き、一階に降りた平河が路地を渡った。

「とにかく、命令は命令です。ウラベ第一マンションをもう一度調べましょう。住人が帰宅していればいいんですが」

早足になった平河の後に、麻衣子は続いた。

5

石田の指示通り、担当フロアを替えた。麻衣子は二階と四階、平河は一階と三階だ。

非常階段を上がり、麻衣子は奥の２０６号室から順にインターフォンを押した。全室、明かりが消えていて、応答もなかった。

そのまま一階に降り、インターフォンを押していた平河に声をかけた。何かありましたか、と顔を向けた平河に、気になることが、と麻衣子は言った。

「何です？」

桜木さんですが、と麻衣子は一歩平河に近づいた。

「本当にコンビニ前で男たちを見たんでしょうか？」

そう思いますよ、と平河がうなずいた。

「もちろん、彼が見たのが世田谷グループのメンバーだと断定はできません。半グレでさえないチンピラかもしれませんが、口論している男たちを見たのは確かでしょう」

「根拠は何です？」

証言が具体的でした、と平河が言った。

「曖昧な点もありましたが、時間が経っていますから、そこは仕方ないでしょう。アジトを構えたのは昨日今日じゃないはずです。ひと月、もっと前から借りていたと考えられます。そこに受け子や出し子を集めていたが、怖くなった若い男が止めたいと言い出し、他の四人がそれを止めた……特殊詐欺グループではよくある話です」

「彼は誰も見ていなかったと思います」

「何を言うかと思えば……私たちに嘘をついたと？　桜木さんが世田谷グループのメンバーだと言うんですか？　それなら、何も見ていないと答えたでしょう。余計なことを言うはずがありません」

彼の証言は具体的過ぎました、と麻衣子は言った。

「平河さん、ひと月前のことを覚えていますか？」

昨日の昼に何を食べたかと聞かれたら、と平河が苦笑した。

「何だったかな、となります。ですが、印象に残っていることは思い出せますよ。柄の悪い連中がコンビニ前で揉めてたら、普通は覚えているでしょう。タトゥーをした男もいたんですよ？　かなり暴力的な雰囲気だったようですし、四人の男が若い男を拉致したら、数カ月前でも忘れません」

五人、と麻衣子は手のひらを開いた。

「彼は人数をはっきり言っていました。ひと月経っているのに、妙だと思いませんか？」

あなたは真面目過ぎます、と平河が言った。

「四、五人ってことですよ。それに、コンビニの前で男たちがケンカをしていたら、何人いたか思い出せるでしょう」

では、と麻衣子は首を振った。

「コンビニには店員がいます。ケンカ騒ぎが起きたら、店員も覚えていたはずです。一課の刑事が聞き込みに行って、その話が出たら、石田警視もわたしたちに伝えたでしょう」

「店員はバイトですよ。シフトが違うとか、辞めたとか……」

出ましょう、と麻衣子はエントランスに向かった。

「騒ぎがあれば、昨日の夜は大変だったとアルバイト同士が話しますし、シフトが違っても、そういう話は伝わります。誰も覚えていないなんて、あり得ません」

そうですかね、と平河が首を捻った。なぜ誰も覚えていないのか、と麻衣子は言った。

「そんな騒ぎが起きていなかったからです。つまり、桜木の話は嘘です」

タトゥーもそうです、と麻衣子と平河はウラベ第一マンションを出た。

「肩から二の腕にかけて、蛇か竜のタトゥーがあった、と彼は話していましたね？」

そうですが、と平河が頭を掻いた。

「タトゥー自体は犯罪でも何でもありません。ただ、記憶には残ったでしょう。特徴としてわかりやすいですし――」

ひと月前は三月下旬です、と麻衣子は路地を渡った。

「彼は夜十時にコンビニへ行ったと話していました。肩に入れていたタトゥーが見えたとすれば、着ていたのはタンクトップです。三月下旬にそんな薄着で出歩く者がいますか？」

タトゥーを入れるような男です、と平河が麻衣子の後に続いた。

「若い男を脅すために、タトゥーを見せたのでは？　羽織っていたジャンパーをその時だけ脱いだとか……」

タンクトップと言えば、と麻衣子は自分のブラウスの襟に触れた。

「桜木も軽装でした。Tシャツにジーンズ、スニーカー、彼は二十八歳で、そんなファッションが似合っていました」

今日は暖かいですからねと言った平河に、恋人との誕生日デートに着る服ではありませんん、と麻衣子は苦笑を向けた。

「彼女の誕生日デートで、銀座で待ち合わせているから時間がない、付き合いが長いから、今さらプレゼントなんて照れ臭いと話していました。覚えてますか？」

桜木さんは善意で警察の捜査に協力したんです、と平河が言った。

「誕生日デートを引き留めるわけにもいきませんし、あれ以上は聞き出せないと思いました。あなたもそうでしょう？　妙な格好をしていたわけでもないですし……」

Tシャツ、ジーンズ、スニーカー、と麻衣子は指を折った。

「カジュアルファッションとも言えない普段着です。普通のデートなら、それでもいいかもしれませんが、銀座で彼女の誕生日を祝う男性が着る服でしょうか？」

そこは個人の考え方じゃないですか、と平河が言った。

「バブルの昔ならともかく、誕生日デートと言ってもピンキリですよ。ニチマイ製粉は一部上場の大企業ですが、二十八歳の社員なら、Tシャツにジーンズを着ることもあるでしょう」

その場しのぎの嘘です、と麻衣子は首を振った。

「友達との約束レベルの言い訳は通じないとわかっていた。着ている服がデートにふさわしくなくても、プレゼントを持っていなくても、恋人との誕生日デートという嘘を押し通すしかなかったんです」

「あの話がすべて嘘なら……彼も世田谷グループのメンバーということになります。しかし、それならインターフォンが鳴っても無視すればよかったのでは？」

そこがポイントです、と麻衣子はうなずいた。

「なぜ半グレ風の五人の男がコンビニの前で言い争っていたと、嘘の証言をしたのか？その五人が世田谷グループのメンバーだと思わせたかったからです。若い男を拉致した話は、SKマンションに世田谷グループのアジトがあると暗に示すため、咄嗟に作ったんでしょう」

「なぜです？　何のために？」

警察の目をＳＫマンションに向けさせるためです、と麻衣子は言った。

「野川たちが危険を冒して東池袋へ来たのは、アジトに逃げ込む以外、警察の追跡を断つ手がないからです。この周辺にはマンションが五十以上あり、部屋数は数え切れません。ローラー作戦をかけるほどの人員がいないこと、ガサ入れの令状がないことも知っていたんでしょう。隠れてやり過ごし、深夜に逃げれば警察も追えません」

「なるほど……それで？」

ですが、逃げ切れる保証はありません、と麻衣子は非常階段でウラベ第二マンションの二階に上がった。

「内通者の情報で、警察が行方を追っているのは、野川もわかっていました。世田谷グループのメンバーが野川を監視していた刑事を襲ったのは、内通者にとっても想定外だったはずです。独断で野川の救出に動いた者がいたんでしょう」

「あり得ますね」

野川も予想していなかったかもしれません、と麻衣子は苦笑を浮かべた。

「刑事が襲撃に遭えば、警察は総力を挙げて野川を追います。逮捕を免れるためには、アジトへ逃げ込むしかなかった……ただ、潜伏していても、いずれは見つかります。だから、警察の目を逸らす必要があった」

「そのために、桜木は嘘の証言をしたんですね？　あの男の狙いはＳＫマンションに警察官を集めることで、周辺の配備に穴を作ろうとしたわけですか」

多くの警察官がＳＫマンションに向かえば隙ができます、と麻衣子は言った。

「内通者はその穴を教え、野川たちを逃がそうと考えた。時間が経てば、警察官の数が増えます。逃げるなら今しかない、と判断したんでしょう」

「では……私たちは騙されていた？　バックにいた内通者に踊らされていたんですか？」

桜木の携帯に電話をすればわかります、と麻衣子は言った。

「電源はオフになっているはずです。あの男はとっくに逃げています」

「そこまでわかっていたなら、どうして桜木を逃がしたんです？」

麻衣子は目の前のドアを指さした。二階、２０３号室。桜木の部屋だ。

「ここがアジトだからです」

平河が目を丸くした。麻衣子はドアを強く叩いた。鈍い音がした。

最終章　交渉

1

無言で麻衣子はスマホをスーツの内ポケットに押し込んだ。繋がりませんね、と平河が渋い顔になった。

桜木の名刺に記されていた本人の携帯に平河が、麻衣子は会社に電話を入れたが、どちらも応答はなかった。

確かに怪しいですね、と平河が不精髭の浮いた顎を撫でた。

「あなたが言うように、彼は世田谷グループの一員かもしれません。ただ、ここがアジトとは思えません。窓も真っ暗ですし、人の気配もしませんよ」

逃げたんでしょう、と麻衣子はドアを見つめた。狭過ぎませんか、と平河が言った。

「世田谷グループの掛け子は三十人以上、このマンションはすべて2LDKのようです。ここから一斉に高齢者に電話をかければ、声が重なります。誰だっておかしいと思いますよ」

二階の全室がアジトなんです、と麻衣子は外廊下に視線を走らせた。

「六室ありますから、各室の二部屋からなら一度に十人以上の高齢者と話せます。２０３号室以外、誰も帰宅していないのはおかしいでしょう」

「桜木さんはいたじゃないですか」

いなければならなかったからです、と麻衣子は断言した。

「警察の目をＳＫマンションに逸らし、その間に保管していた多額の現金を野川たちに預け、逃がすためです」

私も不審だと思いますが、と平河がため息をついた。

「部屋には入れません。ここがアジトだと示す証拠がありませんからね。もし間違っていたら、警察の横暴だとマスコミが騒ぎ、ＳＮＳでも叩かれます。家宅捜索令状を請求しても、却下されるでしょう」

「わかっています」

桜木ですが、と平河がしかめ面になった。

「今考えると、妙に落ち着いていました。限りなく黒に近いと私も思いますが、石田警視の指示を仰ぐべきでは？　電話ではわかりにくいでしょう。直接説明した方がいいかもしれませんね」

岡元が殺された時から、と麻衣子は話を変えた。

「何かがおかしいと思っていました」

「おかしい？　どういう意味です？」

岡元はなぜ殺されたのか、と麻衣子は言った。

「八木警視たちも指摘していましたが、口封じのためでしょう。何らかの理由があって、岡元は以前から内通者を知っていた。内通者にとって、岡元の存在そのものが脅威だった。八木警視が受け子を四人に絞り込み、その一人が岡元だったから、殺すしかなかった……岡元を集中監視すると知って殺したように見えますが、誰をマークしても内通者は岡元を殺すと決めていたでしょう。なぜなら、岡元が殺されたのはわたしたちが監視を始める前だったからです」

誰が殺したのか、と麻衣子は先を続けた。

「岡元がサウスバウンドホテルに泊まると知っていた者は限られます。ビジネスホテルを転々とし、予約は本人が取っています。チェックインするまで、どこに泊まるか世田谷グループにもわからなかったでしょう。残るのはセトクの八人で、その中に内通者がいたんです。世田谷グループが精度の高い名簿を持っていたのも、それで説明できます。警察が過去に押収した名簿のコピーを渡していたからで、内通者は名簿屋でもあったんです」

「警察官が特殊詐欺に加担していた例はありますが、名簿屋は聞いたことがありませんね……しかし、遠野さんの言う通りかもしれません。では、内通者が岡元を殺した証拠は？」

内通者はサウスバウンドホテルについて詳しく知っていました、と麻衣子は言った。犯人は誰ですか、と平河が声を抑えて尋ねた。

2

「八木警視ですか？　それとも桂本二課長？　まさか本当に……」

眉間に皺を寄せた平河に、内通者はこう言ってました、と麻衣子は目をつぶった。

「あの辺は夜でも人が多いと……新大久保には他にもビジネスホテルがあります。夜になると人通りが少なくなる場所もあるでしょう。でも、サウスバウンドホテルの立地を知らなければ、わからない情報です」

「誰がそんなことを？」

覚えていませんか、と麻衣子は平河を見つめた。

「あなたです。四月十九日月曜日、あなたは桜田門駅近くの居酒屋でわたしと会澤さんにそう言いました。はっきり覚えています」

待ってください、と慌てたように平河が手を振った。

「若い頃、私は新宿の区役所通り交番勤務だったので、新大久保周辺の土地勘があるんです。昔はそうでしたというつもりで言っただけで、そこだけ切り取られても……思い込みが過ぎます。私を疑うんですか？　私は所轄の刑事で、特殊詐欺の捜査は担当外です。言い掛かりですよ」

原則として、刑事は二人一組で行動します、と麻衣子は言った。

「ですが、ウラベマンションの捜索に際し、二手に分かれようとあなたは言いました。なぜです？」

アジトがあるとは思えなかったからです、と平河が顔をしかめた。

「警察庁キャリアにはわからないでしょうが、そこは刑事の勘ですよ。二人で全部屋を回れば、時間が倍かかります。分担した方が効率的じゃないですか」

あなたはフロアも指示した、と麻衣子は床をパンプスで軽く蹴った。

「二階と四階を自分が調べると言って、わたしを別のフロアに誘導した。その間に桜木と連絡を取り、警察の目を逸らすため、ＳＫマンションに不審な男たちが入っていったと話せと指示した」

馬鹿馬鹿しくて話になりません、と平河が舌打ちした。

「あなたは根拠のない仮説を事実だと主張しているだけです。いいですか、世田谷グループが大規模な特殊詐欺を始めた去年の十月、私は城西署にいたんですよ？　セトクの存在すら知らなかったんです。名簿屋？　内通者？　どうかしてますよ」

無駄です、と麻衣子は首を振った。口を閉じた。平河が半歩近づいた。

わたしを殺すのは簡単です、と麻衣子は言った。

「ですが、あなたが不利になるだけです。世田谷グループとかかわった理由はわかりませんが、事情があったのでしょう。詳しく調べれば、すべてが明るみに出ます。警察の捜査力は知っているはずです」

見逃してくれませんか、と平河が囁いた。

「私が逃げても、あなたの責任にはなりません。あなたを殺したいわけじゃないんです。ですが――」

わたしはあなたの側にいます、と麻衣子はうなずいた。

「あなたは岡元を殺しました。殺人は重罪ですが、殺されたのが一人と二人では大きな違いがあります。一人なら有期懲役、おそらくは十年で仮出所できるでしょう。ですが、二人以上なら無期懲役、最悪の場合、死刑です」

それぐらい知ってます、と弱々しい声で平河が言った。情状酌量の余地があれば、と麻衣子は平河を見つめた。

「刑期はもっと短くなります。フィリピンに潜伏していた四人のリーダーに脅された、岡元を殺すつもりはなかった、何を言うかはあなた次第ですが、ベストなのは今すぐ自首し、世田谷グループの店長、幹部、外部協力者の情報をすべて話すことです。改悛《かいしゅん》の情が認められれば、五年の刑期で済むかもしれません」

できない、と叫んだ平河の腕に、麻衣子は手を掛けた。

「これは交渉です。お互いのメリットを探り、どちらにとっても得になる形で終わらせるべきです。あなたは真面目で職務に忠実な警部補だと、わたしは公判で証言します。石田警視や八木警視を味方につけることも約束します。わたしを殺して逃げても、必ず逮捕されます。警察官を殺すのは最悪手で、運が良くても仮釈放なしの無期懲役ですよ」

平河の手が素早く伸び、麻衣子の首にかかった。ドアに押し付けられたが、麻衣子は抵抗しなかった。

「もう一度言います。わたしの首を絞めて殺すのは簡単です。でも、わたしはお互いのメリットになる解決案を提示します。あなたの側に立つ交渉人を殺すんですか？」

喉にかかった平河の手に力が籠もった。セトクの目的は、と麻衣子はかすれた声で言った。

「店長、幹部クラス、外部協力者を含めた全員の逮捕、そしてバックにいる反社組織を潰すことです。そのためにはあなたの協力が必要で、それは刑期を短くするためのチャンスでもあります。わたしを殺せば、そのチャンスを失いますよ」

アジトに隠れていた連中に襲われたと話す、と平河が顔を寄せた。

「遠野警部補を殺し、逃げたと――」

石田警視は信じません、と麻衣子は平河の手に自分の手を重ねた。

「そして、警察組織には他にない身内意識があります。仲間を殺されて、黙っている刑事はいません。わたしを殺した犯人を逃がしたあなたは警察内部から強い非難を浴びます。耐えられず、あなたは辞職するでしょう。死ぬまで、あなたは良心の呵責《かしゃく》に苛まれる……あなたのために言います。自首してすべてを話してください。警察官の誇りを守るんです」

首から手が離れた。咳き込んだ麻衣子の前で、平河が膝をついた。

行きましょう、と麻衣子はスマホに手をやった。非常階段から足音が聞こえた。

3

四月最後の金曜日、午後一時、麻衣子は警視庁本庁舎十階の会議室の扉を開けた。椅子に座っていた石田と会澤が小さくうなずいた。

平河の取り調べは終わっていた。世田谷グループのリーダーの一人、元倉完治《もとくらかんじ》とかかわりを持ったのは、城西署に配属された直後で、平河の弟が会社の金を横領したのを嗅ぎ付けられたためだった。

当時、元倉は属していた関西を拠点とする反社組織で特殊詐欺の副店長を任されていたが、その腕を買われて東京に移っていた。平河の弟については、東京で噂を聞いたようだ。横領の件を明かさない代償として、捜査情報の提供を要求し、平河も応じざるを得なかった。

その後、城西署の管轄で起きた特殊詐欺で使用された名簿のコピーを渡すようになり、他の警察署に捜査資料として名簿の閲覧を請求、撮影した写真の売却が常態化した。

その頃には平河の妻、息子も元倉の監視下に置かれ、従うしかなくなっていた。元倉は狡猾《こうかつ》で、他の特殊詐欺グループの情報を密告するなど、平河との協力関係を強固にした。

また、元倉は属していた反社組織にも平河の存在を話さなかった。潰した特殊詐欺グループの闇バイトを集め、勢力を拡大し、一年前に世田谷グループを組織化してリーダーとなった。

その際、元倉はダミーの店長を立て、三人の仲間とフィリピンに逃亡中、遠隔操作による特殊詐欺を計画したが、昨年の十二月、現地の暴力組織とトラブルを起こし、四人とも殺害されていたことが判明した。

店長はダミーで、百人を超える世田谷グループを統率できなかった。名簿屋を務めていた平河が元倉に替わってリーダーとなったのは、魔が差したとしか言いようがない。

大人数で高齢者を騙す手法は、特殊詐欺の経験があった元倉が考えた、と石田が長い足を組んだ。

「世田谷グループが最初の大規模特殊詐欺を働いたのは去年の十月だが、当初から桂本二課長は警察関係者の関与を疑っていた。一日に限定する犯行はリスク回避のためで、他のグループのように毎日続けていたら、いずれは捕まる。頭のいいやり方だが、そのためには精度の高い名簿が必要だ。名簿屋は過去に使用した名簿と最新の名簿をセットにして売るが、世田谷グループが騙した高齢者を調べると、複数の名簿を組み合わせ、情報を更新しているのがわかった。これだけのデータを持つ名簿屋はいない。考えられるのは、捜査資料の漏洩だ」

桂本課長から協力要請があったのは去年の十二月だった、と石田がペットボトルの水をひと口飲んだ。

「アポ電強盗による殺人が起き、一課が動いただろう？　あの人が疑っていたのは二課の部下たちで、八木警視もその一人だ。不祥事を恐れて、探ってくれと頼まれた。警務部に相談できない事情は理解できる。八木警視の関与が確実なら、辞職させるつもりだったんだ」

「石田警視は了解したんですか？」

会澤の問いに、意見を言った、と石田がうなずいた。

「まず階級を考慮するべきで、巡査、巡査長、巡査部長レベルだと、入手できる情報が限られる。警察では警部補以上の階級を幹部と見なす。本庁、所轄署も含めて考えた方がいい。だが、対象となるのは警視庁四万五千人の警察官の約三割、一万三千人だ。調査には時間がかかる。十二月に世田谷グループが三度目の特殊詐欺を決行したが、それには間に合わなかった。ただ、連中が使用した名簿の一部が判明し、以前の名簿を加えて検討すると、入手できた可能性のある四人の警部補の名前が浮かんだ。平河はその一人で、交渉人研修に加えて様子を見ることにした」

「では、そのための交渉人研修だったんですか？」

違う、と石田が首を振った。

「交渉人育成については、二年前から提言書を出していた。タイミングが合っただけで、他の三人もそれぞれ名目をつけて、別の研修を受けている。所属署勤務のままだと、監視しにくいからね。平河を交渉人研修に加えたのは桂本さんで、不審に思う何かがあったようだ」

正直、平河は世田谷グループと関係ないと思っていた、と石田が苦笑を浮かべた。

「そんな男には見えなかった。先入観を排するのが交渉人の絶対条件だが、私もまだまだだな……だが、セトクで八木警視を見ているうちに、平河の動きがおかしいと思うようになった」

「なぜです？」

私や八木警視が特殊詐欺の情報を伝えた時の反応が大袈裟だった、と石田が言った。

「彼は警部補で、優秀な警察官だ。経験があるにもかかわらず、知っているはずの情報でも過剰に驚いていた。特殊詐欺と無関係だと強調したかったんだろうが、それが墓穴を掘った」

だが、確信はなかった、と石田が肩をすくめた。

「私の判断ミスだ。直感に従い、平河の事情聴取をしていれば、岡元殺しは防げただろう。怪しいというだけで疑ってはならないと考えたのは失敗だった」

桂本課長に報告すると、泳がせて世田谷グループのアジトを突き止めろと命じられた、と石田が言った。

「殺される前、岡元のスマホに着信があったが、発信場所は警視庁本庁舎だった。その時間、平河は本庁内にいたが、着替えを取りに自宅に帰ると八木警視に伝え、本庁舎を出ている。新大久保へ移動し、岡元を殺してから戻ったんだ。平河は名簿屋として岡元と会ったことがあり、逮捕されたら終わりだとわかっていた。サウスバウンドホテルに泊まれと指示したのも平河だ。供述によると、彼は元倉と会うために、あのホテルを使ったことがあった。非常階段側の壁が防犯カメラの死角になるのも知っていた。岡元の死を確認できなかったのは、本庁に戻らなければならなかったからだ。遠野くんが岡元の死体を発見するまで、生きた心地がしなかっただろう」

「野川や丹原を動かしたのも平河ですか？」

質問した会澤に、そうだ、と石田がうなずいた。

「ただ、野川を監視していた刑事の襲撃には、平河も関与していない。野川には反社構成員の兄がいる。弟を救うためにやったようだ。襲撃犯には世田谷グループのメンバーも加わっていた。東池袋のアジトへ向かったのは、他に逃げる場所がなかったからで、対処に困ったと平河が話していた」

「どうしてウラベマンションにアジトがあるとわかったんです？　あの辺りはマンションが密集しています。特定はできなかったはずです」

平河が教えてくれた、と石田が言った。

「あの段階で、彼が名簿屋とリーダーを兼ねている確信があった。だから住宅地図を見せ、選択肢を与えた。交渉人は声で精神状態を探る。嘘をつけば、それもわかる。そして、犯罪者は真実を隠す。平河の声や抑揚で、アジトのあるマンションがわかった。難しくはない。訓練を積めば誰にでもできる」

なぜわたしを平河と組ませたんですか、と麻衣子は石田を見つめた。

「彼がわたしを殺すとは考えなかったんですか？」

君しかいなかった、と石田が言った。

「私が同行すると言えば、平河は逃げただろう。会澤くんが真相に気づけば、平河の逮捕を試みたはずだが、アクシデントが起きれば殺されたかもしれない。力には力で抵抗するのが人間の本能だからね。だが、君ならそんな事態にはならないと信じていた」

ぼくは止めたんです、と会澤が顔をしかめた。

「リスクが高いと……危険とわかっているのに、部下を使うのは違うでしょう。せめて、事前に話しておくべきだったのでは？」

平河が気づけばかえって危ない、と石田が言った。

「遠野くんなら、真相に到達しようがしまいが適切な対処ができる。都合よく使ったわけじゃない。遠野くんは平河と交渉し、自首という最善の結果を出した。仮免許取得ってところだ」

厳しいですね、と会澤が苦笑した。

「交渉に成功したんですよ？　合格でいいのでは？」

冗談じゃない、と石田がしかめ面になった。

「交渉人としては失格だ。遠野くん、理由はわかるか？」

あの場で交渉を始めるべきではありませんでした、と麻衣子は答えた。

「平河がわたしを傷つける、あるいは殺す可能性があったからです。自分の安全確保ができない者に、交渉人は務まりません」

君がしたのは説得だ、と石田が言った。

「交渉には電話を使うと教えたな？　顔を突き合わせていれば、どちらかが感情的になるからだ。ただ、君が平河の側に立とうと努力していたのは評価できる。六十点ぐらいかな」

点数は辛いですが、と会澤が麻衣子に目をやった。

「石田さんはあなたを心配していましたよ。一緒にいたぼくにも伝わってくるほどで――」

余計なことだ、と石田が横を向いた。

「君は注意深く、記憶力もあり、分析能力も高い。交渉人としての資質は十分に備わっている。交渉術こそ未熟だが、それは学べばいい。会澤くんも同じだ。二人でＳＩＴに来ないか？」

興味はありますが、と会澤が頭を軽く下げた。

「ぼくは本庁に上がったばかりで、まだ経験が足りません。ＳＩＴは交渉に特化した部署で、今行ってもできることはないでしょう」

残念だが諦めよう、と石田が外国人のように両手を開いた。

「気が変わったら、いつでも言ってくれ……遠野くんはどうだ？　警察庁キャリアを交渉人にするのは間違っていると上に釘を刺されたが、君が希望するなら問題ない」

「わたしに務まるでしょうか？」

交渉人にとって最も重要なことは何か、と石田が低い声で言った。

「嘘をつかないことだ。相手を騙してはならない。聞かれてもいないのに、何でもぺらぺら喋れ、という意味じゃない。あえて答えないというテクニックもある。だが、その場しのぎの嘘をつく者は、誰にも信頼されない」

「はい」

嘘をつくのは簡単だ、と石田が笑みを浮かべた。

「交渉人にとって、それは甘い誘惑であり、流される者もいる。平河の供述によれば、君は嘘を言わなかった。殺害されてもおかしくない状況で、恐怖に負けず、メリットとデメリットを提示し、平河の立場に立って交渉を続けた。技術は教えられるが、勇気は天性の能力だ。それを持っている者なら、交渉人が務まる」

警察に限らず、あらゆる仕事、すべての人間関係は交渉と言い換え可能だ。駆け引きではなく、話し合いで相互理解を深めれば、トラブルは解決する。

交渉は人生を豊かにするためのツールだ。そして、交渉は人間にしかできない。

「あの時、わたしと平河をウラベマンションに行かせた意図も、わかっていたつもりです。彼と交渉しろ……そうですね？」

リスクはあったとつぶやいた石田に、いいえ、と麻衣子は首を振った。

「必ずわたしを護《まも》ってくれると信じていました。怖くなかったと言えば嘘になりますが、怯えてはいませんでした」

ＳＩＴに来るなら、と石田が手の中のスマホに目をやった。

「私がすべてを教える。返事は週明けでいい」

立ち上がった石田に、待ってください、と麻衣子は言った。

「今、答えます。わたしは交渉人になります」

うなずいた石田が足早に会議室を出て行った。遠野さん、と会澤が顔を向けた。

「石田警視は優秀な捜査官ですし、信頼できる人だとぼくも思います。ですが、あなたは警察庁キャリアです。交渉人になれば、ラインから外れますよ」

警察庁にわたしのポジションはありません、と麻衣子は首を振った。

「それは最初からわかっていました。必要とされる場所で働きたいと思っています」

石田さんだからですか、と囁いた会澤の目を麻衣子は見つめた。石田への自分の淡い想いに、会澤は気づいている。

だが、仕事にプライベートな感情を持ち込む気はなかった。それでは、交渉人失格だ。

石田さんはぼくも誘いましたが、と会澤が口を開いた。

「遠野さんほどじゃないと思っているのは、わかっています。それもあって、断りました。ただ……石田警視は厳しいですよ」

ひとつ小さなミスを犯しただけで、と麻衣子はうなずいた。

「わたしを切るでしょう。でも……期待に応えたいと思ってます」

会澤が伸ばした手を、麻衣子は強く握った。警察官はチームで動く。いつか会澤とチームを組む予感があった。

一課に戻ります、と会澤が会議室を後にした。麻衣子は椅子に腰を下ろし、窓に目を向けた。遅咲きの桜の花びらが舞っていた。

後書きと謝辞

「親本」と呼ぶべき『交渉人』が新潮社から刊行されたのは二〇〇三年、幻冬舎で文庫化されたのは二〇〇六年だった。

その後続編『交渉人　遠野麻衣子・最後の事件』、『交渉人・籠城』と書いたが、巡り巡ってシリーズ再始動となり、タイトルを『交渉人・遠野麻衣子』、『交渉人・遠野麻衣子　爆弾魔』、『交渉人・遠野麻衣子　籠城』とそれぞれ改め、大幅に加筆修正した上で二〇二三年六月から八月まで河出文庫、そして本書『交渉人・遠野麻衣子　ゼロ』が単行本として世に出た、というのがシリーズの流れだ。

ジャンルで言えば、『交渉人』シリーズはおそらく社会派警察ミステリーになるが、文庫化された三作をお読みいただければおわかりのように、遠野麻衣子の成長物語でもあった。

交渉人は警察でも特殊な捜査官で、おそらく現実に女性交渉人はいないと思われる。それでなくても閉鎖的で男性社会である警察組織（それは日本の縮図でもある）の中で、彼女が捜査官として、人間として、どのように成長するかを描くことも、狙いのひとつだった。

シリーズ再始動に当たり、編集者との打ち合わせの際、なぜ遠野麻衣子は交渉人になったのか、と指摘された。私もそれを知りたいと思い、本書を書くに至った。

本書は二部構成で、前半は交渉人研修、後半は特殊詐欺グループの捜査をテーマにしたが、メインとなるのはあくまで交渉のつもりだ。遠野麻衣子は徹頭徹尾論理の人で、交渉人としての才能があった、と初めてわかった気がする。

『交渉人ゼロ』は彼女のスタートラインの物語であり、既刊の文庫三冊と共にお読みいただければ、それ以上の喜びはない。

交渉人の武器は言葉だけで、電話によって犯人と話すため、理論的には地球の反対側にいても交渉は成立する。ある意味、究極の安楽椅子探偵になり得る立場で、警察ミステリーの主人公にふさわしいポジションにいるのかもしれない。

できれば、その後の遠野麻衣子を描きたいと思っているが、願いがかなうかどうかは読者のニーズによるので、この辺りで筆を置くことにする。

最後に「交渉人・遠野麻衣子」シリーズ再始動の機会を与えてくれた河出書房新社中山真祐子氏、現場で細かい編集と叱咤激励を担当してくれた同社辻純平氏、シリーズ全体の整合性を含めご協力いただいた編集者の関根亨氏に感謝を捧げる。

二〇二三年九月

五十嵐貴久

参考文献

・田崎基『ルポ　特殊詐欺』ちくま新書
・鈴木大介『老人喰い　高齢者を狙う詐欺の正体』ちくま新書
・阿部彩・鈴木大介『貧困を救えない国　日本』ＰＨＰ新書
・廣末登『闇バイト　凶悪化する若者のリアル』祥伝社新書
・鈴木大介『振り込め犯罪結社　２００億円詐欺市場に生きる人々』宝島社
・ＮＨＫスペシャル「職業〝詐欺〟」取材班『職業〝振り込め詐欺〟』ディスカヴァー携書
・鈴木大介『奪取「振り込め詐欺」10年史』宝島ＳＵＧＯＩ文庫

本書は「Ｗｅｂ河出」にて二〇二二年二月から十二月にかけて連載された作品を加筆修正した上で、書籍化したものです。

この作品はフィクションです。
実在するいかなる人物、団体とも一切関係ありません。

編集協力＝関根亨

五十嵐貴久（いがらし・たかひさ）
一九六一年、東京都生まれ。成蹊大学文学部卒業後、出版社に入社。二〇〇一年に「リカ」で第二回ホラーサスペンス大賞を受賞し、翌年デビュー。ミステリーや恋愛小説、スポーツ小説など幅広いジャンルで活躍。著書に『Fake』『1985年の奇跡』『パパとムスメの7日間』『相棒』『年下の男の子』『PIT 特殊心理捜査班・水無月玲』『奇跡を蒔くひと』『スカーレット・レター』などがある。

交渉人《こうしょうにん》・遠野麻衣子《とおのまいこ》 ゼロ

二〇二三年九月二〇日 初版印刷
二〇二三年九月三〇日 初版発行

著者 五十嵐貴久
装幀 坂野公一＋吉田友美（welle design）
装画 生田目和剛
発行者 小野寺優
発行所 株式会社河出書房新社
〒一五一－〇〇五一
東京都渋谷区千駄ヶ谷二－三二－二
電話 〇三－三四〇四－一二〇一（営業）
〇三－三四〇四－八六一一（編集）
https://www.kawade.co.jp/
組版 KAWADE DTP WORKS
印刷 株式会社暁印刷
製本 大口製本印刷株式会社

Printed in Japan
ISBN978-4-309-03130-9